KB120301

“황금시대”의
중국 아동문학

黃金時代的中國兒童文學

中国海洋大学一流大学建设专项经费资助

"황금시대"의 중국 아동문학

黃金時代的中國兒童文學

주쯔창朱自强 저
둥레이董磊 역
홍금주洪锦珠 감수

學古房

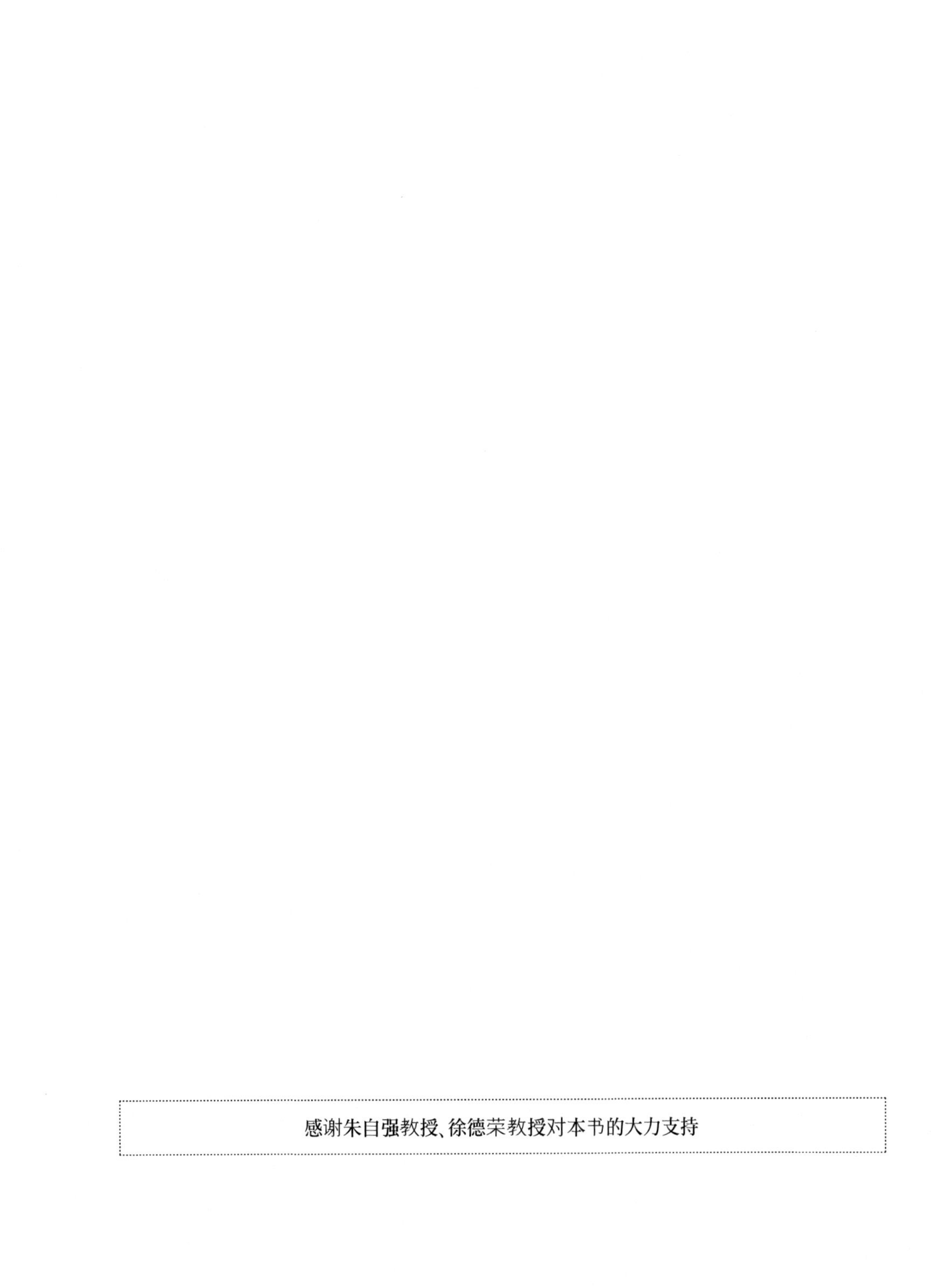

感谢朱自强教授、徐德荣教授对本书的大力支持

목차目录

서론绪言

1908년 『동화童話』총서의 탄생을 표지로 삼는다면 중국 아동문학은 이미 우여곡절 속에서 100년의 여정을 걸어왔다.

나는 일찍이 『중국 아동문학과 현대화 과정中國兒童文學與現代化進程』이란 책에서 1949년 이후의 8년 동안을 "잠깐의 황금시대"로 명명한 적 있지만, 이 책에서 소개하고 논의하고자 하는 "황금시대"는 1978년 개혁개방부터 지금*까지의 기간을 가리킨 것이다.

■ 주쯔창朱自强
중국 아동문학과 현대화 과정
中國兒童文學與現代化進程

주지하다시피 1978년 이래의 30여 년 동안 중국은 정치, 경제, 문화 등 각 영역에서 거대하고 심각한 변화가 일어났다. 중국의 아동문학도 역시 전에 없던 왕성한 발전을 이룩하여 역사상 전례가 없는 "황금시대"를 맞이하게 되었다.

이 시기에 중국 아동문학은 "5 · 4 시기"에 힘껏 제창했던 "아동 본위兒童本位" 사상을 계승, 발전시켰으며, "아동문학은 아동을 교육하는 도구"라는 옛 관념

* 여기의 '지금'은 원 저작의 출판 연도인 2014년을 가리킨 것이다. 이후에 서술된 30여 년이란 기간도 이를 기준으로 해서 계산한 것이다.(역자 주)

의 구속에서 벗어나 "문학성文學性"으로의 회귀, "아동성兒童性"으로의 회귀를 거쳐 "아동의 문학"을 구축하였다.

이 책은 아동문학의 주체를 구성하고, 가장 성과가 풍부한 판타지 아동문학과 현실주의 아동소설을 선택하여 중점적으로 평가하는 동시에 뚜렷한 특색을 가진 아동 시가 및 새롭게 일어난 그림책 창작도 소개하고자 한다.

이 책은 작가와 작품들을 간단히 나열한 것이 아니라 필자에게 아동문학의 "황금시대"를 이해하고 해설하는 데 계시를 주었던 작가와 작품들을 중심으로 논의했다. 지면의 한계로 이 책에서는 단지 일부분의 작가와 작품에 대한 비평과 소개를 통해 "황금시대" 중국 아동문학의 발전 추세에 대한 윤곽만 그렸을 뿐 이 시기 아동문학의 전모를 보여주지 못했다. 필자가 미처 여기에서 소개하지 못한 훌륭한 작가들과 작품들에 대해 깊은 아쉬움을 보낸다. 이 책에서 평가한 아동문학 작자와 작품에 대만, 홍콩, 그리고 마카오 지역의 작가와 작품은 제외된다는 것도 함께 밝혀둔다.

中国儿童文学以1908年《童话》丛书的诞生为标志，走过了起落消长的百年历程。我在《中国儿童文学与现代化进程》一书中，曾经把中国儿童文学自1949年以后的八年称为"短暂的'黄金时代'"。本书中所论述、评介的"黄金时代"则是指自1978年改革开放以来的这段时期。

自1978年以来的三十多年间，中国社会在政治、经济、文化等各个领域发生了巨大而深刻的变化。中国儿童文学也在这个时期里取得了前所未有的蓬勃发展，创造了一个史无前例的"黄金时代"。

在这个时代里，中国儿童文学继承和发展“五四”时期被大力倡导的“儿童本位”的思想，克服了以往“儿童文学是教育儿童的工具”这一观念的束缚，经过向“文学性”回归、向“儿童性”回归，建构了“儿童的文学”。

本书选择构成儿童文学主体的也是成绩最为显著的幻想儿童文学和写实儿童小说做重点评介， 同时介绍特色显著的儿童诗歌以及新兴的图画书创作这两个门类。

本书不是查户口簿式地罗列作家作品，而是讨论那些给我理解、阐释黄金时代的儿童文学带来启示的作家和作品。由于篇幅所限，本书只能通过对一部分作家、作品的评介，勾勒“黄金时代”中国儿童文学的发展走向，而不可能呈现这一时期儿童文学的全貌。对那些我未及评论到的作家和作品，我深怀遗珠之憾。另外需要说明的是，本书评介的儿童文学作家与作品范围不包括台湾、香港和澳门地区。

제1부 판타지 아동문학의 발전
幻想儿童文学的演进

판타지 아동문학은 아동문학 작품의 절반을 차지한다고 할 수 있다. 판타지 아동문학의 수준은 그 나라 아동문학의 수준을 상당한 정도로 대표할 수 있다.

1992년에 발표한 『소설 동화: 새로운 문학 장르』라는 글에서 필자는 "동화에서 문학 동화로 바뀌고, 다시 판타지 소설로 변화하는 것은 세계 아동문학 중 판타지 스토리텔링 작품 발전의 세 단계이다."라고 지적한 바 있다.

개혁개방 이래 판타지 아동문학 창작에서 뚜렷하게 나타나는 거대한 트렌드는 문체상 문학 동화에서 판타지 소설을 향해 진화해 가는 것이었다.

幻想儿童文学作品，可以构成儿童文学的半壁江山。幻想儿童文学的水准，在很大程度上代表着一个国家的儿童文学的水准。

1992年，我在《小说童话：一种新的文学体裁》一文中指出："从 Fairy tales 到 Literary fairy tales，再到 Fantasy，这是世界儿童文学中的幻想故事型作品发展的三个阶段。"

改革开放以来的幻想儿童文学创作，呈现出明显的演进态势。从文体上看，呈现出从童话（Literary fairy tales）向幻想小说（Fantasy）演进的大趋势。

1. '코믹파 동화' 대 '서정파 동화'

"热闹派童话"和"抒情派童话"

필자는 『동화 작가 12명 신작전』에서 이야기를 시작하고자 한다. 1984년 11월에 출판된 이 책은 허이賀宜, 훙쉰타오洪汎濤, 진진金近, 종푸宗璞, 바오레이包蕾, 천보취이陳伯吹, 예용례葉永烈, 정원광鄭文光, 쑨유쥔孫幼軍, 런룽룽任溶溶, 거츄이린葛翠琳, 예쥔젠葉君健 12명의 작가들이 1982년에 펴낸 신작들을 순서대로 수록했다. 사실 동화 창작에서 이름 날린 작가가 이 12명만 있는 것이 아니고(옌원징嚴文井과 같은 작가들도 계속해서 창작하고 있다.), 유명 동화 작가들이 펴낸 신작도 1982년에만 출판된 것은 아니다. 필자가 이 책을 여기서 언급하는 이유는 1950, 60년대 중견 작가들이 예술적 생명력을 계속 유지하고 있을 뿐만이 아니라 쑨유쥔, 런룽룽, 거츄이린 등과 같은 작가들의 경우 최근 30여 년 동안 아동문학 영역에서 여전히 중요한 존재였다는 것을 말하고 싶었기 때문이다.

我想先从《童话十二家新作展》这本书谈起。该书于1984年11月出版，书中依次收入了贺宜、洪汎涛、金近、宗璞、包蕾、陈伯吹、叶永烈、郑文光、孙幼军、任溶溶、葛翠琳、叶君健这十二位童话名家发表于1982年的新作。实际上，在童话创作上成名成家的不止这十二人（比如严文井就继续在写），童话名家发表的新作更不限于1982年。我提及这本书，是想说明，不仅二十世纪五六十年代的重要作家在延续着艺术生命，而且其中的孙幼军、任溶溶、葛翠琳等人还成为近三十多年儿童文学的重要存在。

정위안제郑渊洁

개혁개방 초기 아동문학 창작은 1950, 60년대 전통적 동화의 영향을 받고 있었다. 이 점은 정위안제의 창작에서 뚜렷이 나타나고 있었다. 정위안제는 다음과 같이 장톈이張天翼에게 감사를 표시한 적이 있다. "나는 어렸을 때 장톈이의 동화를 좋아했다. 어른이 된 후 내가 동화를 쓰기 시작하면서 마음속 깊이 그에게 감사하게 되었는데, 어린 시절 그는 내게 기쁨에 주었으며 내 머릿속에 동화란 씨앗을 심어 주었다."* 1979년에 출판된 데뷔작 『헤이헤이의 성실도 모험黑黑在誠實島』과 같은 정위안제의 초기 동화에서는 스토리의 코믹함과 의도적인 교훈성까지 장톈이 동화의 영향을 확연히 느낄 수 있다.

改革开放初期的童话创作还处于五六十年代的童话传统的惯性影响之下。这一点，在郑渊洁的创作上体现得很明显。郑渊洁曾经这样表达对张天翼的感谢："我小时候喜欢张天翼的童话。我长大后也写童话了，我在心底感激他，感激他在我童年时给我的快乐，感激他在我的大脑里埋下了童话的种子。" 郑渊洁早期的童话，如1979年发表的处女作《黑黑在诚实岛》，其故事的趣味性和立意的教训性，都能令人明显感觉到受了张天翼童话的影响。

* 정위안제(1989), 『루시시 실종기』 후기, 『루시시 실종기』, 안휘소년아동출판사, 초판. 郑渊洁：《〈鲁西西失踪记〉后记》，见郑渊洁著：《鲁西西失踪记》，安徽少年儿童出版社1989年12月第1版。

■ 정위안제郑渊洁
마우스 킹의 생일파티
鼠王做寿

■ 정위안제郑渊洁
레드 소파의 녹음실
红沙发音乐城

■ 정위안제郑渊洁
삐삐루와 루시시
皮皮鲁和鲁西西

하지만 무한한 창조력을 자유롭게 방출할 수 있는 시대를 만난 덕분에 정위안제는 그의 상상력을 남김없이 발휘할(반드시 교훈적이어야 한다는 속박으로부터 벗어날) 수 있게 되었다. 시대 관념이 진화하는 동안에도 그는 바로 시대를 초월하려는 태도를 드러냈다. 그는 일찍이, "나는 우리 아이들이 너무 불쌍하다. 놀 틈도 없이 과중한 학업으로 인해 숨도 제대로 못 쉬는데 수많은 명목의 시험들이 마귀처럼 그들의 목을 조여 질식하게 만든다. 나는 내 동화가 아이들이 들어가 개성을 실컷 발휘할 수 있는 자유로운 세상이 되기를 바라며, 내 동화가 나의 작은 독자들이 책 속에서 아침부터 저녁까지 웃으며 즐겁게 놀 수 있는 놀이터가 되기를 바란다."*고 말했다.

不过郑渊洁生逢其时，这个释放创造力的时代，为郑渊洁淋漓尽致地发挥想象力（必然摆脱掉教训的束缚）创造了条件。在时代观念的演进之下，郑渊洁很快就显露出了超越的姿态。他曾说道："我感觉到，我们的孩子太可怜了，没时间玩，繁重的功课压得他们喘不过气来，众多名目的考试像魔鬼一样卡住他们的脖子，令他们窒息。我希望我的童话是一个自由的天地，孩子们置身其中能发展自己的个性。我希望我的童话是一个娱乐的场所，小读者可以在书中玩个痛快，从早笑到晚。"

* 정위안제(1987), 『정위안제 동화선·자서』, 료닝소년아동출판사. 郑渊洁：《郑渊洁童话选·自序》，辽宁少年儿童出版社，1987年版。

정위안제는 더 이상 동화로 아동들의 소위의 "단점"을 고치려 하지 않았고, 오히려 그들이 성장 과정 속에서 느끼는 소망과 희로애락을 그려냈다. 많은 동화에서 그는 아동의 대변인으로 등장해 아동들의 천성天性을 억압하는 교육을 비판하고 "아이들이 어떤 사람으로 성장해야 하는가"라는 아동문학이 직면해야 하는 근본적인 주제를 탐구했다. 예컨대 『토끼 길들이기』는 삐삐루가 초등학교에 들어가 공부하는 이야기를 한다. 그 학교는 아이들을 "가장 성실하고 말을 잘 들으며 부드럽고 순종적이며 장난치지도 말썽을 피우지도 않는" 아이로 키우려고 한다. 결국 같은 반 친구들은 쉬 선생님의 교육 아래에 모두 얌전한 토끼로 변신한다. 그러나 4학년이 되어도 똑똑하고 장난기가 많으며 자기 의견이 강한 삐삐루는 여전히 토끼로 변하지 못한다. 이 때문에 선생님은 삐삐루에 대한 교육의 강도를 높였고 부모님도 선생님께 적극 협조해서 삐삐루에게 매일 당근만 먹이거나 귀를 잡아 늘렸다. 심지어 삐삐루의 방을 모두 빨간색으로 칠해서 삐삐루의 눈이 빨개지기 쉽게 만들었다. 자신을 토끼로 변신시키기 위해 병상에 누워 있는 아들마저 돌볼 틈이 없는 쉬 선생님을 보면서 삐삐루는 몹시 죄책감을 느끼고 "진심으로 토끼가 되고 싶다고 각서까지 써서 선생님께 드렸다." 그러나 수업 시간에 쉬 선생님이 문제를 잘못 낸 것을 보고 삐삐루는 또 지적을 했고, 결국 쉬 선생님에게 토끼가 되겠다는 "결심"만 있을 뿐 "행동하지 않고 있다"는 비평을 받고 만다. "선생님에게 반박하거나 자기 주장이 있는 학생은 토끼로 변할 수 없다"는 것을 삐삐루는 알고 있다. 결국, 삐삐루는 할 수 없이 "24시간 토끼 모양의 옷을 입고 생활하고, 등교했고", "입을 열어 말할 수 없었고, 자기 의견을 말할 수도 없었다." 그러나 "쉬 선생님과 삐삐루의 부모님, 그리고 토

■ 정위안제郑渊洁
삐삐루와 루시시의 새 모험
皮皮鲁与鲁西西新奇遇记

끼가 된 반 친구들은 모두 삐삐루의 변화를 진심으로 기뻐했다." 정위안제는 이 이야기의 결말에서 "이제 삐삐루의 유일한 희망은 토끼 옷을 벗는 날이 오는 것이다"고 썼다. 이 이야기는 아동 교육과 아동 성장이라는 엄숙한 주제를 경희극輕喜劇 형식으로 표현해 아동들의 큰 공감을 이끌어냈다. 정위안제가 "동화 대왕"이란 별명으로 불릴 정도로 어린 독자들의 사랑을 얻었던 것은 그의 독특한 상상력과 흥미로운 이야기 외에도 아이들의 속마음을 대변하였던 것도 중요한 원인이다.

郑渊洁不再用童话帮助儿童改正所谓的"缺点", 而是表现儿童在成长中的愿望以及喜怒哀乐。在大量的童话中, 他往往以儿童代言人的形象出现, 批判压抑儿童天性的教育, 探讨"儿童应该成长为什么样的人"这一儿童文学要面对的根本问题。比如,《驯兔记》这个故事, 讲的是皮皮鲁进小学读书, 学校要把孩子们培养成"最老实、最听话""温柔、顺从, 不调皮捣蛋, 不惹是生非"的人, 结果班上的同学在徐老师的教育下, 纷纷变成了乖乖的小兔子。可是, 到了四年级, 聪明、淘气又有主见的皮皮鲁就是变不成兔子, 于是老师对他加强教育, 爸爸、妈妈也积极配合, 每天只给他吃胡萝卜, 帮他抻耳朵, 还把房间漆成红色, 好让他的眼珠儿变成红色。看到徐老师为了让自己变成兔子, 连瘫痪在床的儿子都顾不上, 皮皮鲁感到非常内疚, 就"真心诚意想变成兔子, 还写了决心书交给徐老师"。可是, 上课时, 发现徐老师出错了题, 皮皮鲁还是指了出来, 结果被徐老师批评说, 只有变兔子的"决心", "可没有行动"。皮皮鲁很惭愧, "他清楚, 反驳老师的同学, 有自己主见的同学, 是变不成兔子的。"最后, 皮皮鲁只好"每天二十四小时穿着兔子模拟衣生活、上学”，“他不敢张嘴说话，他不能说出自己的主见，”而“徐老师、皮皮鲁的父母和兔班同学，都为皮皮鲁的转变感到由衷的喜悦。”郑渊洁在故事的结尾写道：“皮皮鲁生活中的唯一希望，就是能有一天脱掉这模拟兔衣。”这个故事，以轻喜剧的方式表现了一个严肃的关于儿童教育与儿童成长的主题，很能引起孩子们的共鸣。郑渊洁之所以拥有大量的儿童读者，被称为“童话大王”，除了其作品独特的想象力、有趣的故事性之外，说出了孩子们的心声亦是一个重要原因。

1980년대 초부터 중국의 동화 창작에 새로운 유파流派 하나가 등장했는데, 이는 얼마 안가 “코믹파熱鬧派”라는 이름을 얻었다. 코믹파 동화의 출현은 중국 문학사에서 매우 중요한 의의를 지닌다.

코믹 동화의 과감하고 자유분방한 상상력, 황당무계한 과장성誇張性, 그리고 코믹스런 유희성遊戱性으로 정위안제는 코믹파 동화의 선두 주자로 간주되었다. 정위안제의 동화 창작은 1980년대 아동문학의 중요한 성과가 되었다. 특히 “삐삐루와 루시시 시리즈”, “열두 띠 시리즈”, 『슈크와 베타의 모험』 등은 유아동 독자들에게 많은 사랑을 받았다.

自1980年代初期起，中国的童话创作出现了一个崭新的流派。这一流派很快就被人以“热闹派”命名。热闹派童话的出现具有不可低估的文学史意义。

由于童话中大胆奔放的想象力、怪诞的夸张性和热闹的游戏性，郑渊洁被视为热闹派童话的领军人物。郑渊洁的童话创作成为1980年代儿童文学的重要景观。其“皮皮鲁和鲁西西系列童话”“十二属相系列童话”《舒克和贝塔历险记》等作品深受儿童读者和幼儿读者的喜爱。

저우루이周锐

■ 저우루이周锐
손소성과 저소능
孙小圣和猪小能

저우루이는 코믹파 동화의 또 다른 대표 작가이다. 중·장편 소설과 시리즈를 위주로 창작하던 정위안제와 달리 저우루이는 1992년에 장편소설『손소성과 저소능』이 출판될 때까지 상당히 긴 시간 동안 기본적으로 단편 소설만 창작했다.

周锐是热闹派童话的另一位代表性作家。与主要创作中长篇和系列作品的郑渊洁不同，周锐在相当长的时期里，基本上是一个短篇作家，直到1992年创作出版《孙小圣和猪小能》，才开始成为长篇作家。

■ 저우루이周锐
슈퍼맨 아웅超人阿嗡

F별 사람들의 귀는 지구인과 거의 똑같다. 코는? 비슷한 것 같기도 하다. 내장도 모두 비슷한데, 단 한 가지만은 분명히 좀 작은 것 같다. 그것은 바로 담이다.

F별 자전거는 어린이가 타는 것이든 어른이 타는 것이든 모두 바퀴가 세 개 달려 있다. 이래야 넘어지지 않는다.

다이빙풀의 점프대 높이는 수면에서 20cm를 넘지 않는다.

F별에도 폭죽이 있지만 모두 저음형이라서 터질 때 벌레 한 마리를 잡는 것 같이 "팍~" 소리만 살짝 난다. 현재 관련 기술자들은 사람들이 더 이상 놀라지 않도록 저음형 폭죽을 무음형 폭죽으로 혁신하려는 노력이 한창이란다.

F星人的耳朵同地球人几乎一样。鼻子呢？好像也差不多。从内部器官来比较，件件相似，只有一件显得小了些，那就是：胆。

F星的自行车，不管是小孩儿骑的还是大人骑的，都是三个轮子。这样不怕摔。

跳水池上跳台的高度，不超过水面 20 公分。

F星也有爆竹，不过都是低音型的，爆炸时只发出轻轻的一声"哔"，就像捏瘪一只臭虫。为了不再使大家受到惊吓，有关技术人员正在努力把低音爆竹改进为无声爆竹。

이는 저우루이의 『F별-13월 59일』의 첫머리에 나온 구절로, 코믹파 동화의 주요 특징인 "과장, 변형, 해학"을 그 안에 응축하고 있다.

저우루이는 우수한 단편 동화 작가이다. 그의 『삼림수기』, 『파리채를 든 하트 왕자』, 『송나라 거리』, 『미래 고고학 일기』, 『붉은 얼굴과 흰 얼굴』 등 대부분 작품은 예술적 구상이 교묘하고 사상적 착상이 독특하며 작은 것 속에서 큰 것을 나타내는 小中見大 우의적인弦外餘音 예술적 효과로 유명하다.

这是周锐《F星：十三月五十九日》的开头叙述，其中凝缩了热闹派童话的主要特征：夸张、变形、戏说。

周锐是一个优秀的短篇童话作家。他的《森林手记》《拿苍蝇拍的红桃王子》《宋街》《未来考古记》《红脸和白脸》等作品，大多在艺术构想上有巧思，思想立意上意味独到，具有小中见大、弦外余音的艺术效果。

유머 또한 저우루이 동화 작품의 큰 특징이다. 『삼림수기』의 주인공 "나"는 수어獸語대학 호랑이어학과 학생으로서 졸업논문을 준비하기 위해 삼림에 실습하러 갔다가 호랑이들에게 붙잡혀 나무를 심어 만든 "감옥"에 갇혔다. 호랑이 마우瑪烏는 "밀림에서 동물원을 만든 다음 사람 몇 명 잡아다 안에 가두어 놓고 동물 친구들이 구경하러 와서 물건을 던지게 하자"고 했다. "나"는 항의했다. "나는 동물이 아니니까 여기를 동물원이라고 부르면 안 되지." 그러나 마우는 "너희들이 우리를 동물로 여긴다면 우리도 너희들을 동물로 여겨야 공평하지."라고 말했다. "나"는 삼림에서 호랑이들로부터 친근하고 우호적인 대우를 받았다. 졸업논문을 위한 자료를 충분히 수집한 "나"가 호랑이 마우에게 떠나게 해 달라고 부탁했을 때 마우는 "너는 너의 형제자매와 친구들이 있는 곳으로 돌아가야지. 나도 형제자매와 내 친구들이 숲속으로 돌아와야 한다고 생각하니까. 부탁인데, 돌아가서 동물원 안에 갇힌 동물들을 모두 풀어주도록 동물원 관리자를 설득하겠다고 약속해 줘."라고 말했다. "나"는 이 약속을 지킬 자신이 없어서 "나"를 인질로 삼아 동물원에 있는 동물들과 바꾸도록 시장市長에게 편지를 보내라고 제안했다. 그러나 편지를 받은 시장은 라디오에서 "나"에게 말하기를,

周锐的童话，幽默是一大特色。在《森林手记》里，"我"是兽语大学虎语系的学生，为准备毕业论文，去森林里实习，结果被老虎们抓住，关进了用树种出的"牢笼"。老虎玛

乌说："要在森林里造一个动物园，抓几个人关在里面，让森林里的伙伴来看看他们，向他们扔东西。""我"表示抗议："这儿不能叫'动物园'，因为我不是动物呀。"可是玛乌说："既然你们可以把我们当动物，我们也可以把你们当动物，这很公平。""我"在森林里得到了老虎们友善的对待，当我为毕业论文搜集到了足够的材料，向老虎玛乌提出要走的请求时，玛乌说："你应该回到你的兄弟、伙伴那儿去，因为我觉得我的兄弟、伙伴应该回到森林来。请你答应我，回去以后要说服管动物园的人，把关在里面的动物都放出来。" "我"知道无法完成这一交涉，就出主意让老虎把"我"当人质，给市长写信，让他拿动物园的动物做交换。可是，市长接到信后，却在收音机里对"我"发表了这样的讲话：

"삼림에 잡혀 있는 대학생, 이 따뜻한 전자파를 빌려 위로의 말씀을 보냅니다. 희귀한 동물을 포함한 동물원 전체 동물을 보통 대학생 한 명과 바꾸는 일이 현실적이지 않다는 것을 학생도 알고 있으리라 믿습니다. 교환은 등가를 전제로 해야 하니까요. 웅담이나 밍크 가죽과 같은 것을 떠나 단지 지불한 인건비만 계산해도, 그쪽은 그저 학생 한 명을 잡았지만 이쪽은 이렇게 많은 동물들을 잡는 게 쉬웠겠습니까. 바라건대 학생은 인류의 지혜로 스스로 거기에서 빠져나오기 바랍니다. 더군다나 학생은 동물 언어를 배우는 학생이니만큼 완전히 위대한 인성으로 그들을 감화시켜 정신적인 면에서 그들을 압도할 수 있을 것입니다…."

"被困在森林里的大学生，本市长通过这温暖的电波，向你表示慰问。关于用整园动物（包括许多珍稀动物）来交换一个普通学生，你知道，这不够现实。交换只能在价值相当的情况下进行。且不算熊胆、貂皮之类的经济账，单以花去的劳动力相比，它们只抓了你一个，而我们抓了那么多个，很不容易呢，希望你能依靠人类的智慧自行脱险。再说你是学兽语的，完全有可能用伟大的个性去感化它们，从精神上压倒它们…"

"보통 학생"은 바꾸지 않는다니, 호랑이들이 어쩔 수 없이 시장市長과 "국가1급 보호동물"에 해당하는 대통령을 잡아놓고, 비로소 동물원 전체와 바꿀 수 있었다. 인질 교환이 끝난 후, "나는 고개를 돌려 대삼림을 향해 호랑이말로 격정적으로 길게 세 번 울부짖었다." 시장은 "이거 뭐라고 한 건가?" 분명히 "테러 행위에 대해 지탄하는 말이겠지?"라고 물었다. 대통령은 "이것은 자유에 대한 환호야"라고 했다. 그러나 "나"는 모두 부정했다. 그렇다면, 이건 도대체 무슨 뜻일까? 저우루이는 결말에서 "번역 불가!"라고 썼다.

『삼림일기』는 지혜와 사상을 겸비한 이야기이다. 그 안에는 인간에 대한 조롱, 웃어 넘긴 후에야 깊이 생각하게 만드는 진정한 유머가 충만하다. 코믹 동화 중에서도 저우루이의 동화가 의미심장한 맛을 갖는 것도 바로 이러한 유머 때문이다.

既然"普通学生"不换, 老虎们就抓来了市长和相当于"国家一级保护动物"的总统, 这才算换回了整园的动物。人质交换完毕, "我回过头来, 对着大森林动情地用虎语长啸三声。" 市长问 : "这是什么意思 ?" 是不是"表示对恐怖行动的痛恨" ? 总统说 : "这是对自由的欢呼"。可是"我"一一否认。那么, 这到底是什么意思 ? 周锐收笔写道 : "无法翻译 ! "

《森林手记》是一个充满智慧和思想的故事, 其中对人类的嘲讽, 笑过之后发人深思, 这才是真正的幽默。在热闹派童话中, 周锐的童话之所以耐人寻味, 就是因为有这样的幽默。

저우루이 동화는 언어도 매우 독특하다. 예를 들어, "간간이 그릇과 젓가락이 달그락대는가 하면 때때로 바가지와 대야가 서로 부닺치는 소리도 난다. 솥뚜껑이 시루와 함께 춤추고 소금 그릇은 설탕 단지와 서로 메아리를 울린다. 흥에 겨워 무술 공연을 하는 건 식칼, 여기에 맞춰 서커스를 하는 건 부지깽이."(『먹깨비별이 내려온다』) 이와 같은 언어적 표현은 그 자체로 재미를 선사한다. 『송나라 거리』에서는 송나라 시대의 생활을 재현하기 위해 안경을 못 쓰게 했는데, 이것 때문에 이런 대련對聯이 생겼다. "송나라 거리는 송나라를 모방하여 정말로 신기한데, 여행객이 지금과 옛날을 구분하지 못하는 건 진짜가 800년이나 멀리 있어서지. 안경을 벗고 나니 정말 괴로운데, 서생이 동서를 구분하지 못하는 건 1000도나 되는 근시 때문이라지." 동화 작가 중에서 저우루이의 언어적 표현력은 일류라 할 만하다.

周锐童话的语言也颇具特色。比如"一阵阵碗筷相敲，一声声瓢盆互碰。锅盖同蒸笼齐舞，盐钵与糖罐共鸣。乘兴演武的是切菜刀，奉陪作耍的有烧火棍。"（《天吃星下凡》）这种语言本身就传达出一种趣味。在《宋街》里，人们要过仿宋生活，所以不许戴眼镜，于是就有了这样的对联："宋街仿宋，好稀奇，令游客今古难分，真个远追八百年。眼镜离眼，实难过，叫书生东西不辨，只因近视一千度。"童话作家中，周锐驾驭语言的能力堪称一流。

■ 저우루이周锐
먹깨비별이 내려온다
天吃星下凡

1962년에 바오레이가 펴낸 『저팔계신전新傳』이 아동 독자들에게 많은 사랑을 받았다. 바오레이의 창의성에 영감을 받았는지 저우루이는 2003부터 2004년까지 『유머 서유기』, 『유머 수호전』, 『유머 삼국지』, 『유머 홍루몽』, 『유머 요재지이』란 5부작을 한꺼번에 출판했다. 이 작품들은 저우루이의 유머러스한 필치와 해학적인 방식, 그리고 장난스런 심리를 기본적으로 유지하여 매우 흥미롭고 잘 읽힌다. 이야기 구성을 보면 장편소설에 해당하는 분량이지만 기본적으로는 단편소설의 체제를 갖는다. 특히 『유머 서유기』는 사건들이 꼬리에 꼬리를 물고 이어지기는 하지만 이야기를 이끄는 핵심적인 줄거리가 없으므로 전형적인 장편소설이라고 보기 어렵다.

1962年，包蕾出版童话《猪八戒新传》，深受儿童读者的喜爱。也许是受了包蕾这一创意的启发，周锐自2003年至2004年，一举推出了《幽默西游》《幽默水浒》《幽默三国》《幽默红楼》和《幽默聊斋》五部作品。这些作品基本保持着周锐幽默的笔触、戏说的方式以及游戏的心态，颇为有趣好读。从故事结构来说，虽然是长篇的字数，但基本是短篇的体制。《幽默西游》虽然事件是一环接一环，但是故事的展开并没有核心情节来推动，所以也难说是典型的长篇作品。

■ 저우루이周锐
유머 서유기幽默西游

■ 저우루이周锐
유머 수호전幽默水浒

펑이 彭懿

펑이 역시 코믹파 동화의 대표적인 작가이다. 1980년대 중반에 어느 코믹 동화에 대한 토론에서 펑이는 동북지방 사람 특유의 솔직함으로 단도직입적으로 말하기를, "…할머니가 이야기하듯 수다스러운 동화 창작 방식은 이미 여러 층차의 아동 독자들의 갈증을 만족시킬 수 없다."라고 했다. 그는 스스로 코믹파 동화의 예술적 스타일을 다음과 같이 귀납했다. "…이 작품들은 아동의 현실적인 생활에서 출발한다. 동공을 극도로 확대시킨 듯한 과장되고 괴이한 시점을 운용하고, 흘러넘칠 듯 유동적인 아름다움을 가진 운동감, 빠른 템포, 빠르고 큰 장면 전환으로 끊임없이 움직이는 정보를 받아들이는데 능한 아동 독자들로 하여금 마치 눈이 어지러울 정도로 영화처럼 움직이는 카메라의 강렬한 자극 하에 심미적인 쾌감을 느끼게 한다. 유머나 풍자만화, 코미디 심지어 개그 같은 표현 기법을 채용하여 엄숙한 내용을 익살스럽게 그려내어 아이들이 경쾌한 분위기 속에서 심오한 이치를 체득하고 자연스럽게 교훈을 받아들이도록 한다."* 내가 보기에 펑이의 이 말들은 거의 자기 자신을 이야기하는 것이었다.

* 펑이(1986), "화산" 폭발 뒤의 사색, 『아동문학선간』 제5호. 彭懿：《"火山"爆发之后的思索》, 《儿童文学选刊》1986 年第5期。

彭懿也是热闹派童话作家的重要代表。1980年代中期，彭懿曾经在一场关于热闹派童话的讨论中，以东北人特有的直率，毫不客气地说：“…絮絮叨叨的外婆式的童话已经无法，也不可能满足各层次的儿童读者的渴求。” 他自觉地归纳出热闹派童话的艺术风格：“…这些作品是从儿童现实生活出发的；运用瞳孔极度放大似的视点，夸张怪异；追求一种洋溢着流动美的运动感，快节奏，大幅度地转换场景，以使长于接受不断运动信息的儿童读者，在令人眼花缭乱的类似电影运动镜头的强刺激下，获得审美快感；采用幽默、讽刺漫画、喜剧甚至闹剧的表现形态，寓庄于谐，使儿童读者在笑的氛围中有所领悟，受到感染熏陶。” 在我看来，彭懿的这段话几乎就是夫子自道。

펑이의 코믹 동화는『안개를 길들이기 후유증』,『은하수 여객선은 내일 도착』,『무음형을 받은 마을』 등 단편 소설은 물론 장편 소설로 분류할 수 있는『사십 명의 강도에 관한 새로운 이야기』,『외계인 강도 사건』,『코카콜라 쥐』에서도 장소와 사건 전환의 빠른 리듬감을 느낄 수 있다. 이런 작품들을 읽다 보면 마치『톰과 제리Tom and Jerry』 같은 애니메이션을 보는 것 같다. 코믹 동화 창작은『피노키오의 모험』과 같은 외국 동화의 영향 외에도 외국 애니메이션에서 예술적 영향을 받았을 가능성이 높은 것 같다.

펑이의 코믹 동화 창작은 마침 그가 코믹파 동화를 논한 글의 제목과 같이 “화산 폭발”처럼 맹렬했지만 동시에 폭발이 끝난 화산처럼 금방 잠잠해졌다. 1988년에 펑이는 공부를 더 하기 위해 일본으로 떠났다. 그러나 이것은 다음 번 화산 폭발 전까지 잠깐의 침묵이었을 뿐이다.

读彭懿的热闹童话，不论是短篇的《驯服雾后遗症》《星系载客飞舰明日抵达》《判处声音死刑的小镇》等作品，还是算得上长篇的《四十大盗新传》《外星人抢劫案》《可口可乐鼠》，都能感到其场景、事件转换的快节奏。读这样的作品，很像在看《猫和老鼠》一类的动画片。我猜测，热闹派童话创作除了受《木偶奇遇记》等外国童话的影响，很可能也从外国动画片那里汲取了艺术资源。

彭懿的热闹童话创作，正如他那篇谈论热闹派童话的文章名，像"'火山'爆发"一样迅猛，同时也像爆发过的火山一样，很快恢复了宁静。1988年，彭懿赴日本留学，不再创作热闹童话。不过，这只是他的下一次"'火山'爆发"前的宁静。

평이彭懿
사십 명의 강도에 관한 새로운 이야기四十大盗新传

평이彭懿
외계인 강도 사건外星人抢劫案

거빙葛冰

거빙의 코믹 동화는 대부분이 단편으로 구성된 시리즈인데, 그 중에서 『파란 쥐와 큰 얼굴 고양이』가 제일 유명하고 같은 제목으로 낸 동화집(1989)도 있다. 그리고 "허크와 큰 코를 가진 쥐" 시리즈도 있는데 1992년에 『허크와 큰 코를 가진 쥐 완본』이 출간되기도 했다. 거빙의 코믹 동화는 스토리도 재미있고 흥미롭지만 그저 코믹한 것만은 아니다. 예를 들어, 큰 얼굴 고양이라는 캐릭터는 스스로 철학을 안다고 자랑하기도 하고, 그가 하는 말에도 어느 정도 철학적인 의미가 있기도 했다. 예컨대, "쥐의 수명은 고양이에게 달려 있지"라든가, 전기가 나갔을 때 파란 쥐가 큰 얼굴 고양이를 전등으로 삼았는데, 큰 얼굴 고양이는 "고양이의 눈이 비록 야간에 빛을 내기는 하지만 그건 쥐를 발견했을 때뿐이야." 강도를 당했을 때, 파란 쥐가 거짓말을 하는 것을 보고 큰 얼굴 고양이는 "거짓말을 하는 아이는 착한 아이가 아닌 것이 분명하지만, 강도 앞에서 거짓말을 한 아이가 착한 아이인지 아닌지 잘 모르겠구나."라고 말했다. 이러한 말들은 코믹한 이야기를 읽는 독자들로 하여금 마음을 잠시 가라앉히고 생각을 하도록 만들 수 있다. 그의 일부 코믹 동화에는 깊은 함의를 가진 것도 있다. 예를 들어, "파란 쥐와 큰 얼굴 고양이" 시리즈 중 『교활한 로봇』이란 이야기에서 파란 쥐와 큰 얼굴 고양이에게 밥을 지어주는 로봇은 맛있는 것은 모두 자신을 위해 남겨 놓고 물 탄 우유와 닭다리 없는 훈제닭만 상에 올렸다. 그런 상차림을 보고 파란 쥐와

■ 거빙葛冰
허크와 큰 코를 가진 쥐 완본판
哈克和大鼻鼠全传

큰 얼굴 고양이는 어이가 없었다. 작가는 끝에서 "이건 누구 탓일까? 그들 자신이 로봇에게 '이기심'을 가르쳐 주었는데…."라고 썼다.

葛冰的热闹童话大多是由短篇构成的系列作品，著名的有"蓝皮鼠大脸猫"，葛冰以此为题出过童话集（1989年），另外还有"哈克和大鼻鼠"系列，出版过《哈克和大鼻鼠全传》（1992年）。葛冰的热闹童话，故事编得好玩儿、有趣，可是其中不只是"热闹"。比如，大脸猫这个人物，自称会讲哲学，他嘴里说出的话的确有点儿哲理，比如，他说"老鼠的寿命，全在于猫"。在没有电的时候，蓝皮鼠让大脸猫当电灯，大脸猫说："猫的眼睛，虽然夜间可以放光，但据说那是见了老鼠的时候。" 遇到强盗抢劫，蓝皮鼠撒了谎，大脸猫说："撒谎肯定不是好孩子，可当着强盗的面撒谎，算不算好孩子，我可有点儿拿不准。" 这种语言，使读着热闹故事的读者会内心沉静一下，琢磨一会儿。他的有些童话的热闹里，是有内涵的。比如，"蓝皮鼠大脸猫"系列里《狡诈的机器人》这个故事，为蓝皮鼠和大脸猫做饭的机器人，把好吃的都留给了自己，却把兑了水的牛奶、没了鸡大腿的熏鸡端了上来。大脸猫和蓝皮鼠傻了眼。作家最后一笔写道："这怪谁呢？是他们自己把'自私'教给了机器人。"

■ 거빙葛冰
파란 쥐와 큰 얼굴 고양이
蓝皮鼠大脸猫

거빙이 1992년에 펴낸 『덜렁이 꼬마 신선』이라는 작품은 때로는 판타지 소설다운 현실주의 기법으로 표현했고, 때로는 코믹 동화다운 해학적인 기법으로 표현했다. 코믹 동화 창작의 포인트는 대부분이 코믹스럽고 재미있는 이야기에 있지만, 『덜렁이 꼬마 신선』은 소설을 쓰는 것처럼 인물 성격의 묘사에 많은 힘을 쏟았다. 제목에서 나타나듯 주인공 꼬마 신선은 덜렁쟁이이다. 거빙은 꼬마 신선의 덜렁거리는 모습을 아주 섬세하고 재미있게 그려냈다. 꼬마 신선은 원래 뚱보 친구와 함께 하늘에서 비행 공연을 하면서 크게 주목을 받았다. 그러나 그는 어리벙벙하게도 류강劉剛("나")과 함께 비행했다고 여겼다,

葛冰的《小糊涂神儿》(1992年) 这部作品, 时而出现的是幻想小说的写实手法, 时而又出现热闹派童话的"戏说"手法。热闹派童话创作的兴奋点大多在热闹有趣的故事上, 可是,《小糊涂神儿》在人物性格的刻画上, 像写小说一样, 很是下了一番功夫。如题名所示, 故事中登场的小神仙是个糊涂神。葛冰非常有趣地写出了小神仙的糊涂劲儿。小糊涂神儿本来是和小胖子一起, 在天空中进行飞行表演, 大出风头, 可是他却糊涂地以为是和刘刚 ("我") 在一起飞——

"야~! 이번에는 실컷 놀았지?"

나는 화가 나서 벌떡 일어나 빈 거북이 껍질을 밟고 벽에 기대어 빙그레 웃고 있는 꼬마 신선을 노려보았다.

"재밌게 놀았냐니, 약 올리는 거야? 너랑 뚱보는 재미있게 날더만, 나는 혼자 밑에서 쳐다보기만 했는데."

"뭐? 나랑 같이 난 얘가 너 아니었어?" 꼬마 신선은 깜짝 놀란 표정으로 물었다.

"모른 척하지 마." 나는 쌀쌀맞게 답했다. 내 말 듣고 꼬마 신선은 진지하게 대답했다.

"모른 척한 게 아니야. 진짜야! 너랑 같이 비행할 때 남들한테 들킬까 봐 내가 눈을 가렸지. 근데 귀도 막는다는 걸 깜빡해서 남들이 내 목소리를 들었을 거야."

“喂，这回玩得痛快吧？”

我一下子跳起来，看见小糊涂神儿笑眯眯地靠在屋角的墙壁上，脚踩着空乌龟壳。

“还痛快哩，都快把我气死了！” 我生气地瞪着他说，“你和小胖子飞得倒开心，把我扔在下面干瞪眼。”

“怎么，和我一起飞的不是你？” 小糊涂神儿仿佛十分惊愕。

“别装糊涂了。”我冷冷地说。

“不是装，是真的糊涂。”小糊涂神儿认真地说，“我和你一块儿飞时，怕别人看见，就把自己的眼睛蒙上，可是我忘记塞住自己的耳朵，所以他们一定听见了我的声音。”

바로 이 덜렁거리는 꼬마가 마법과 보물로 류강과 학우들이 숙제 때문에 “숨이 막힐 듯한” 생활을 바꿨다. 원 교장과 왕 선생님은 “팔괘미혼진八卦迷魂陣”에서 “나이가 다시 어려지는 강返老還童河”을 건너 마침내 아이들을 이해하게 되었다. “요즘 아이들은 노는 시간이 너무 적은 것 같아.” “돌아가면 압수한 장난감을 모두 아이들에게 돌려줘야지.”

就是这个有点儿糊涂的小神仙，运用魔法和宝物帮助刘刚和同学们改变了被作业压得“快喘不过气来”的生活——袁校长和王老师在“八卦迷魂阵”里涉过“返老还童河”，终于理解了孩子们：“现在的孩子好像玩得太少了。” “回去我就把没收的那些小玩意儿，全还给同学。”

『덜렁이 꼬마 신선』의 놀라운 점은 환상과 현실을 유기적으로 엮어 생동감 있고 합리적인 묘사를 했다는 점이다. 예를 들어, 왕 선생이 가정방문을 온 이유는 류강의 행동을 부모에게 고자질하기 위해서였다. 류강은 꼬마 신선에게서 얻은 동물을 담은 마

■ 거빙葛冰
덜렁이 꼬마 신선小糊涂神儿

술상자 안의 기린의 기운을 이용해 왕 선생님이 말 못하게 하려고 했는데 실수로 구관조의 기운을 내보내 버렸다. 그러자 왕 선생님이 내뱉은 말이 "얼마나 뚜렷하고 얼마나 우렁차게 울리던지, 팍-팍- 입에서 튀어나오는데", 류강의 단점만 전부 골라 말하는 것이었다. 류강은 허둥지둥 옆 칸을 열었는데 그 안에 있던 기운이 그만 어머니에게 가고 말았다. "확신하는데, 그건 분명히 앵무새의 기운이었을 거야. 왜냐하면 어머니가 줄곧 왕 선생님을 따라서 '맞아요. 얘가 실수를 잘해요. 자꾸 문제를 틀리게 풀어요. 옷이나 바지도 마구 던지고요!'라고 반복하고 있었으니까." 아버지도 류강에게, "이리 와! 잘 들어!"라고 했다. "아버지는 딱따구리의 기운을 받았을 거야. 왜냐하면 아버지는 손가락으로 계속 '통통'하고 내 머리를 두드렸으니까." 아이들의 현실 생활을 생동감 넘치게 그리는 데다가 마법까지 더한『덜렁이 꼬마 신선』이 어떻게 아이들의 사랑을 받지 않을 수 있겠는가.

《小糊涂神儿》的难能可贵之处在于，把幻想和现实巧妙地交织在一起，进行了生动又合理的描写：王老师来家访，为的就是告刘刚的状。刘刚从小糊涂神那儿得到动物百宝盒，想用百宝盒放出长颈鹿的气，使王老师说不出话来，可是，放出来的气是八哥的气，于是王老师说出来的话"又清晰又响亮，从嘴里蹦出来，叭叭的响"，说的全是刘刚的缺点。刘刚赶紧抠开旁边的小格子，结果里面的气传给了妈妈。"我敢肯定，是鹦鹉之气。因为妈妈一个劲儿地在跟王老师学舌：'就是，他老错题！老做错题。乱扔衣服、裤子！'"爸爸对刘刚说："过来！好好听着！""爸爸一个劲儿用手指头敲我的脑袋，'咚咚'直响，他沾了啄木鸟的气了。" 有对孩子们的现实生活的生动呈现，再加上魔法的渲染，《小糊涂神儿》怎么能不受孩子们的欢迎呢？

빙보冰波

지난 30여 년 동안의 동화와 판타지 소설 창작의 경험 및 스토리가 아동문학에 미치는 가치적 문제를 탐구하는 데 있어 빙보는 시사적인 의의를 지닌 작가이다.

1985년에 젊은 동화 작가 빙보는 어느 글에서 다음과 같이 언급한 바가 있다. "요즘의 동화 작품은 줄거리가 복잡하고 구상이 독특하며 철학적인 내용까지 담긴 작품들이 대다수를 차지하고 아이들의 사랑도 많이 받았다. 이런 동화는 독자들에게 호방하고 소탈한 인상을 준다. 그러나 담백하고 고요한 인상을 주는 동화나 감각과 정서를 중요시하는 동화는 비교적 적다. 플롯이 강한 동화가 독자들에게 동적이고 강인한 미를 가져다준다고 할 수 있다면 서정적인 동화는 조용하고 부드러운 미를 가져다준다고 할 수 있을 것이다. 그렇다면 이 두 가지 성격의 동화는 모두 필요한 것이다. 어쩌면 아이들이 후자를 좋아하지 않을 수도 있겠지만 그렇다고 그것이 필요 없다고 말할 수는 없다. (중략) 창작 스타일을 풍부하게 하기 위해 나는 '점잖은' 동화를 쓰기 원한다."* 여기서 빙보는 "플롯이 강한 동화"(즉 코믹파 동화)와 다른 "서정적인 동화"라는 예술적인 스타일의 개념을 명확히 제시했다. 서정파 동화의 출현은 1980년대의 동화 창작에 구조적 균형을 제공했다.

* 빙보(1985), 더 "점잖게" 쓰면 안 될까? – 『여름의 꿈』과 『창 아래 오두막』의 창작을 중심으로, 『아동문학선간』제3호. 冰波：《不妨"文气"一点——〈夏夜的梦〉和〈窗下的树皮小屋〉创作点滴》,《儿童文学选刊》1985年第3期。

对于探讨近三十多年童话和幻想小说创作的经验，以及故事对于儿童文学的价值问题，冰波是一个颇具启示意义的作家。

1985年，年轻的童话作家冰波在一篇文章中写道："目前的童话创作，情节曲折离奇、想象奇特、富有哲理的可说占多数，很受孩子们的欢迎。这类童话给人以豪放、洒脱的印象。而能给人以淡泊、恬静的印象的童话，或是注重感觉和情绪的童话，目前比较少，能不能这样说，情节性强的童话，给人以动的、刚的美，而抒情的童话，则给人以静的、柔的美呢？如果能这么说的话，那么这两种童话都是需要的。或许，孩子们未必很欢迎后一种，但这并不证明不需要。…为繁荣创作计，我也愿意再写点'文气'的童话。" 在这里，与"情节性强的童话"（即热闹派童话）相区别，冰波明确提出了"抒情的童话"这一艺术风格的概念。抒情派童话的出现，对于1980年代的童话创作是一种平衡态的建构。

■ 빙보冰波
창 아래 오두막窗下的树皮小屋

1982년에 펴낸 『바다, 동화를 꿈꾼다』, 1983년에 펴낸 『여름의 꿈』, 1984년에 펴낸 『창 아래 오두막』, 1985년에 펴낸 『그네, 그네…』 등은 모두 빙보의 서정적인 동화의 대표작들이다. 1986년부터 빙보는 『신기한 색깔』, 『피처럼 붉은 반점』, 『독거미의 죽음』과 같은 탐험 동화 작품들을 발표하기 시작했다. 서정적인 동화든 탐험적인 동화든 역사적으로 모두 의미와 가치가 있음은 의문의 여지가 없다. 단, 빙보의 서정적인 동화를 처음 읽었을 때 느꼈던 감정 과잉 문제는 아직도 나의 고민거리다. 필자가 1990년에 발표한 「신시기* 청소년 소설의 문제점」이란 글에서 주장한 "아동의 문학"이란 기준으로 본다면, 그 탐험적인 동화에서 저자가 탐구하려던 문제들의 방향을 바로잡을 필요가 있다고 본다.

* 중국 현대문학사에서 말하는 "신시기"는 1978년 12월에 열린 중국공산당중앙위원회 제11기 제3차 전원회의로부터 시작하여 20세기 말에 이르는 시기를 가리킨다.(역자 주)

冰波在1982年发表《大海，梦着一个童话》、1983年发表《夏夜的梦》、1984年发表《窗下的树皮小屋》、1985年发表《秋千，秋千…》，这些都是他的抒情童话的代表作。自1986年起，冰波开始发表《那神奇的颜色》《如血的红斑》《毒蜘蛛之死》等探索性作品。毫无疑问，不论是冰波的抒情童话，还是探索性童话，都自有其存在的历史意义和价值。不过，对冰波的抒情童话，当年我阅读时所感到的情感过剩的问题，今天依然存在于我的思考之中。而对冰波的探索性童话，如果用我在1990年发表的《新时期少年小说的误区》一文所持的“儿童的文学”的标准来衡量，那么，其探索的方向就有一个需要矫正的问题。

■ 빙보冰波
늑대박쥐狼蝙蝠

■ 빙보冰波
하늘에서 온 계란의 수수께끼怪蛋之谜

빙보는 지난 30년 동안 창작한 작품들을 돌이켜 본 「변화 속의 나」란 글에서, 『여름의 꿈』과 같은 서정적 동화에 대한 고민을 다음과 같이 솔직하게 털어놓은 적 있다. “‘이대로 쓰면 안 된다. 다시는 이렇게 쓰면 안 된다. 변해야 한다.’라고 거듭 자신에게 경고했다.”* 빙보가 자신의 문제점을 성실하게 직면할 수 있던 것은 강한 자신감을 가지고 있었기 때문이다. 그리고 이러한 자신감을 지탱한 것은 그의 예술적 재능이다. 그가 예술적 변화를 추구해서 얻은 첫 번째 성과는 1993년에 출판된 장편 판타지 소설 『늑대박쥐』였다. 이 작품은 빙보의 아동문학 창작이 근본적인 스타일 전환을 했음을 상징한다.

1995년에 필자가 발표한 「플롯의 가치」란 논문은 1980년대 중반 이래로 탐험 동화 작품들을 중심으로 하는 플롯을 약화

* 빙보(2008), 변화 속의 나, 『파란 고래의 눈』, 신세기출판사.冰波：《我变故我在》，见冰波著：《蓝鲸的眼睛》，新世纪出版社2008年9月。

시키는 창작 경향 및 일부 비평가들이 줄거리를 경시했던 경향을 배경으로 작성한 글이다. 이 논문에서 필자는 "아동문학은 플롯의 문학이다. 아동문학에서 플롯이 만능은 아니지만 플롯이 없어서는 절대로 안 된다." "만약 아동문학에서 플롯을 뺀다면 아이들의 눈앞이 온통 어둠뿐일 것이라 나는 믿는다."*고 지적했다.

冰波在回顾自己三十年创作的文章《我变故我在》中，很诚实地袒露了自己面对《夏夜的梦》这样的抒情童话的苦恼——"不禁连连告诉自己：不能这样写了，不能再这样写了，得变变。" 冰波如此诚实，是因为他内心有着强大的自信，而支撑这一自信的是他艺术上的才华。冰波求变的艺术努力的第一个重要成果，就是出版于1993年的长篇幻想小说《狼蝙蝠》，这部作品标志着冰波儿童文学创作的根本转型。

1995年，我发表了论文《故事的价值》，其背景是1980年代中期以来，以探索作品为中心的消解故事的创作倾向以及个别评论家轻视故事的导向。我在文章中指出："儿童文学是故事文学。" "对儿童文学来说，故事不是万能的，但是没有故事却是万万不能的。" "如果在儿童文学的世界中抽去故事，我相信，儿童的眼前将是一片黑暗。"

빙보는 『늑대박쥐』를 창작했을 때 플롯을 짜는 것을 매우 중요시했을 뿐만 아니라 거의 완벽하게 써냈다. 이 이야기는 거대한 상상력을 원동력으로 하였을 뿐만 아니라 구조적인 반전도 갖춘 상당히 복잡하고 세부적으로 전문적인 지식이 담겨져 있어 논리적인 설득력을 지닌다. 이 장편 판타지 소설은 빙보의 스토리 구성 능력이 절대로 일류임을 보여준다. 이로 인해 필자는 빙보의 초기 서정 동화를 다시 보게 되었는데, 다른 이유가 아니라 그 작품들이 완전히 자각적이고 주체성 강한 미학적 추구에서 창작된 것이었기 때문이다.

* 주쯔창, 플롯의 가치, 『아동문학 연구』, 1995년 제1호.(역자 보완) 《儿童文学研究》1995年第1期。

『늑대박쥐』가 엄숙한 정극正劇이라면, 2002년에 출판된 『둔한 고양이 이야기』은 유머러스한 희극에 속한 것이다. 아동문학은 줄곧 애니메이션의 중요한 자원이었지만 반대로 어떤 면에서는 애니메이션도 아동문학의 품질을 검증할 수 있다. 『둔한 고양이 전집』은 애니메이션 『둔한 고양이』의 각본을 근거로 만든 것이다. 『둔한 고양이 전집』은 아동 애니메이션의 스토리성故事性, 액션성動作性, 대화성對話性 등의 요소를 계승, 발전시키고 유머까지 통합하여 빙보 문학 작품의 새로운 스타일을 보여주었다.

冰波在创作《狼蝙蝠》时，极为重视写故事并把故事写到登峰造极。这个故事不仅有宏大的想象力作为推动力，而且结构上有峰回路转的复杂性，细节上还有些专业性，所以具有逻辑说服力。这部长篇幻想小说证明，冰波讲故事的能力绝对是一流的。我因此愿意对他早期的抒情童话刮目相看——那些作品完全是出于一种自觉的、富于主体性的美学追求，而不是出于别的什么原因。

如果说《狼蝙蝠》是正剧的话，那么2002年出版的《阿笨猫全传》则是幽默喜剧。儿童文学一直是动画片的重要资源，而动漫艺术也会反过来检验儿童文学某方面的质地。《阿笨猫全传》是依据动画片《阿笨猫》的脚本撰写完成的。文学作品《阿笨猫全传》继承和发扬了儿童动画片的故事性、动作性、对话性这些要素，并用幽默来加以整合，显示了冰波文学作品的一种崭新风格。

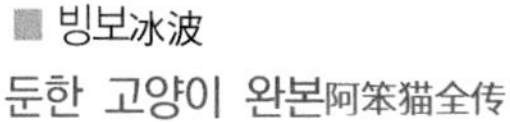
■ 빙보冰波
둔한 고양이 완본阿笨猫全传

■ 빙보冰波
달빛 아래의 배불뚝이 늑대
月光下的肚肚狼

시인이자 평론가 가오훙보는 빙보의 동화 창작에 대해 다음과 같이 평가한 적 있다. “비극에서 희극으로, 답답함에서 쾌활함으로, 시적 필치는 비록 포기하지 않았지만 빙보식의 유머가 이전의 우아함을 대신했다. 그러므로 더욱 많은 아동독자들의 사랑과 환영을 받게 되었다.”* 확실히, 『둔한 고양이 전집』부터 빙보는 자신만의 유머러스한 스타일을 형성했다. 이러한 유머러스한 스타일은 일부 작가나 작품의 익살맞거나 웃기는 차원을 뛰어넘어 유머 속에 엄숙하게 깊이 생각할 만한 내용을 포함했다. 그리고 반복 스토리**로서 『둔한 고양이 전집』은 빙보의 패턴화(유형화) 속에서 새로운 것을 만들어내는 예술적 능력을 증명했다. 빙보는 끊임없는 아이디어로 독자들에게 만족할 만한 답안지를 낸 셈이다.

이야기의 초반에 “똑똑한” 옥쇄 선생이 배불뚝이 늑대를 이끌며 사건의 발전을 주도했다. 예를 들어 배불뚝이 늑대는 구걸을 담당하고 옥쇄 선생은 배불뚝이 늑대가 구걸해 온 돈을 관리했다. 그러나 이야기의 후반에 이르면 옥쇄 선생이 일기에서 쓴 것과 같이 둘의 위치가 뒤바뀌었다. “나는 내가 항상 똑똑한 줄 알았는데, 이제 보니 잘못 판단한 게 많았다. 앞으로 배불뚝이 늑대를 어떻게 이끌어야 할까? 어쩌면 내가 배불뚝이를 이끌어갈 게 아니라 배불뚝이가 나를 이끌어야 할지도 모르겠다.”

....

* 가오훙보(2008), 『창 아래 오두막』 서문, 『창 아래 오두막』, 신레이출판사. 高洪波 :《〈窗下的树皮小屋〉序》, 冰波著 :《窗下的树皮小屋》, 新蕾出版社2008年3月。

** 반복 스토리란 하나의 핵심적인 스토리 라인 없이 각각 독립적인 챕터로 되어 있는 시리즈 작품의 스토리들을 가리킨다. 반복 스토리와 대조되는 것은 성장 스토리이다. 성장 스토리에는 종종 작품 전체를 관통하는 역동적인 플롯이 있으며, 주인공이 이 플롯의 전개에 따라 변화하고 성장한다. 反复故事 : 指系列作品中的主人公身上发生的一个个故事之间, 没有一个贯穿始终的核心故事情节, 每个故事基本可以独立成篇。与反复故事相对的是成长故事。成长故事往往具有一个贯穿整个作品的动力性情节, 主人公在这一情节的发展过程中变化、成长。

诗人、评论家高洪波这样指出冰波童话创作的变化："由悲剧转向喜剧，由压抑走向快活，诗意的笔触固然没有舍弃，但冰波式的幽默取代了先前的优雅，于是，他的受众面更广，也更让小读者们喜爱和欢迎。" 的确，自《阿笨猫全传》起，冰波形成了自己的幽默风格，而且这种幽默风格超越了一些作家、作品的滑稽、搞笑的层次——幽默中蕴含着严肃和引人思索的东西。而且，作为反复故事，《阿笨猫全传》考验了冰波在模式化（类型化）中推陈出新的艺术能力。可以说，冰波以其层出不穷的创意交出了令读者满意的答卷。

对于早已经转型的冰波的幻想文学创作，《月光下的肚肚狼》（2005年）是一部重要的作品，冰波作为儿童文学作家的多才多艺，在这部作品中得到了十分集中的、颇有高度的展示。

일찌감치 판타지 문학 창작으로 전환한 빙보가 2005년에 펴낸 『달빛 아래의 배불뚝이 늑대』는 아동문학 작가로서 그의 다재다능함을 집중적이고 선명하게 보여준 중요한 작품이다.

배불뚝이 늑대肚肚狼의 친구인 햄스터 옥쇄玉碎 선생은 배불뚝이가 보름날 밤에 왕자로 변신할 수는 있지만 변신 시간이 매우 짧다는 비밀을 알았다. 그래서 옥쇄 선생은 배불뚝이 늑대가 철저하고 완전하게 변신하도록 도와주려고 애썼다.

옥쇄 선생과 배불뚝이 늑대의 근본적인 차이는, 한 사람은 자신을 생각하지만 다른 한 명은 남을 배려하는 데 있다. 그리고 후자의 바보 같아 보이는 배불뚝이 늑대가 삶의 방향과 최종 결과를 결정하는 것이다. 여기에서 우리는 삶과 인생에 대한 작가의 해석을 느낄 수 있다.

肚肚狼的朋友——仓鼠玉碎先生发现了肚肚狼能在月圆之夜变成王子的秘密，但是，变身的时间却十分短暂。于是，玉碎先生想方设法帮助肚肚狼彻底、永远地变身。

在故事的前半部分，是"聪明"的玉碎先生引领着肚肚狼，主导着事情的发展，比如，肚肚狼负责行乞，玉碎先生却负责管理肚肚狼行乞得来的钱。但是到了故事的后半部分，两个人的位置颠倒了过来，正如玉碎先生在日记中写的："我总以为自己很聪明，但现在看来，我的好多判断都是错的，接下来，我该怎么引导肚肚狼呢？或许，根本不是我在引导肚肚狼，而是肚肚狼在引导我。"

玉碎先生和肚肚狼的根本区别在于，一个考虑的是自己，一个关怀的是他人。恰恰是后者，是貌似愚笨的肚肚狼决定了生活的发展方向和最终结果。在此，我们体悟到了作家对生活、人生的哲学阐释。

『달빛 아래의 배불뚝이 늑대』의 유머는 캐릭터의 성격과 긴밀하게 연결되어 있다. 옥쇄 선생이 아름다운 사물을 명상하자고 했을 때 배불뚝이 늑대가 생각해 낸 아름다운 사물은 바로 고기만두였다. 배불뚝이 늑대는 구걸할 때 모자를 열 개를 내놓으면 사람들이 돈을 더 많이 줄 줄 알았다. 노천극장에서 공연할 때 단장이 새 양복으로 갈아입으라고 하자 배불뚝이 늑대가 생각한 것은 "새 양복을 입으면 돈을 구걸하지 못할 거야."라는 것이다. 이것들은 모두 배불뚝이 늑대가 단순하고 유치하며 세상물정을 모른다는 증거들이다. 그러나 이렇게 웃기는 행동들 속에서 우리가 배불뚝이 늑대의 순진무구하고 순박하며 선량한 심성을 여실히 느낄 수 있다.

《月光下的肚肚狼》的幽默是和人物性格息息相通的。玉碎先生说要冥想美好的事物，肚肚狼想出的美好事物却是肉包子；肚肚狼以为乞讨时摆上十顶帽子，人家就会多给钱；去天籁大剧院演出，团长让他换上新西装，肚肚狼想的是"穿上新西装，我会要不到钱的"。这些都是肚肚狼单纯、幼稚、不谙世事的表现。但是，在这些令人发笑的行为背后，我们分明感受到了肚肚狼心性中的天真无邪、纯朴善良。

아기자기한 스토리, 선명하고 재미있는 캐릭터, 의미심장한 묘사, 유머러스한 필치, 『달빛 아래의 배불뚝이 늑대』가 보여준 이런 예술적 성과들은 모두 자랑스럽게 내놓을 수 있는 것이다. 20여 년의 예술적 수련을 거쳐 빙보는 독자들의 마음을 사로잡을 수 있는 스토리는 물론 예술적 능력을 자유자재로 구사하여 생동감 넘치는 캐릭터의 구축, 함축된 사상, 유머러스한 글쓰기 스타일 등을 한데 융합시켜 고도의 예술적 수준을 갖춘 작품을 만들어 낼 수 있게 되었다. 이러한 특징들은 상당한 기간 동안 같은 장르의 작품들 속에서 『달빛 아래의 배불뚝이 늑대』를 특별히 돋보이게 만들었다.

吸引人的故事、鲜明有趣的性格、耐人寻味的意蕴、幽默的叙述风格，《月光下的肚肚狼》的这些艺术成绩，哪一项都是可以自信地拿出来展示的。经过二十多年的艺术修炼，冰波已经能够将讲述吸引人的故事、塑造生动的人物性格、熔铸蕴藉的思想、驾驭幽默的风格这些艺术能力炉火纯青地融合在一起，以此打造具有艺术高度的作品。 而这些，使得《月光下的肚肚狼》在一段时期里的同类型作品中显得出类拔萃。

장치우셩张秋生

이어서 장치우셩의 서정적 동화를 살펴보자. 장치우셩의 서정적 동화는 아동문학 창작의 특별한 발전 흐름을 이해하는 데 소중한 시사점을 제공해줄 수 있다고 생각한다.

내가 보기에 장치우셩은 "젊은" 노작가이거나 나이 든 "젊은" 작가이다. 왜냐하면 그의 작품은 예술적인 신선함과 생명력을 줄곧 유지해 왔기 때문이다. 그는 1950년대 후반부터 아동문학을 창작하기 시작했다. 처음에는 동시童詩를 썼는데, 1980년대에 들어 시와 산문散文, 동화를 한 데 엮어 "시적인 우아함과 산문적인 자유로움, 동화적인 상상력을 겸비한 짧은 작품"(장치우셩 말)을 창작하는 예술적 실험을 진행하였다. 그는 스스로 이러한 작품을 "손바닥 동화"라는 이름을 지었다.

接下来，我要谈一谈张秋生的抒情童话。我认为，张秋生的抒情童话为我们理解儿童文学创作的特殊规律，提供了十分宝贵的启示。

在我眼里，张秋生是一位“年轻”的老作家，或者是一位年老的“年轻”作家，因为他的作品一直保持着艺术上的新鲜和活力。他从二十世纪五十年代后期就开始儿童文学创作，最初写的是儿童诗。进入1980年代，他努力进行艺术上的新探索，独创了将诗、散文和童话糅合在一起的“一种精短的，既有诗的韵味，又有散文的随意、童话的想象的作品”（张秋生语）。他自己将这种作品命名为“小巴掌童话”。

짧은 동화를 창작하는 작가는 많지만 장치우성의 "손바닥 동화"는 우수하고 매혹적인 동화의 상징이 되었다. 장치우성 동화의 특징에 대해서 아동문학 작가인 장제張洁가 잘 평가했다. "스토리가 손 가는 대로 만들어진 듯 각양각색이다. 크게는 무녀가 '(하늘에서) 날고, 날고, 한참 날고 나서야 땅으로 내려와' 도시에서 깊은 숲 속으로 들어간 이야기가 있고, 작게는 낙엽 하나가 떨어지자 별 하나가 웃고 강아지 한 마리가 앞으로 힘차게 뛰어갔다는 것까지 있다. 이 작품들 중에는 몇 줄로만 된 것도 있고, 수천 자나 되는 것도 있다. 어떤 시는 줄거리에 편중되어 있고, 어떤 시는 시적 표현이 풍부하고, 어떤 시는 지식을 더해 주고, 어떤 시는 수행에 유용하다. 어떤 시는 단순한 감상情趣이고, 어떤 시는 아름다운 장면情景이다. 어떤 시는 피아노곡처럼 흘러가고, 어떤 시는 수채화와 같은 감성이 넘친다. 하지만 글을 어떻게 쓰든 그의 작품은 늘 간결한 흐름으로 충분한 재미를 표현하기 때문에 적당히 우아하고 적당히 평이하며 친절하면서도 풍부하고 재미있다."*

写短小童话的作家很多，但是，张秋生的"小巴掌童话"却成为了一种优秀而迷人的短小童话的标志。对张秋生童话的特点，儿童文学作家张洁评论得真好——"故事各式各样，似乎信手拈来就是，大到巫婆'飞啊飞啊，一直飞了好久才落下地来'，她从城市落到了森林里；小到一片叶子落下，一颗星星笑了，一只小狗冲向前去。这些作品有的几行字，有的上千字，有的偏重情节，有的富有诗意，有的益智，有的修行，有的是单纯的情趣，有的是美妙的情景，有的如钢琴曲流淌，有的如水彩画充满意境等等。但是，不管如何写作，作品始终流动着最简洁的思路并且富有趣味，有一份适度的优雅，也有一份随意的清浅，亲切、丰富、好玩。"

* 장제(2008), 푸른 잎이 끼워진 책, 『여우는 어떻게 악취를 풍기게 되었는가』, 신세기출판사, 초판.
张洁：《夹着绿叶的书》，见张秋生著：《狐狸是怎么变臭的》，新世纪出版社2008年10月第1版。

서정적 동화에는 예술적 분위기가 있어야 한다. 가을의 낙엽을 묘사한 동화들을 많이 읽어 봤는데, 어떤 것은 낙엽을 삶의 종결에 대한 한탄에 빗대고 어떤 것은 내년의 새잎에다 맡길 소망이나 꿈을 서술한다. 작가는 매우 격동적이고 묘사는 아주 화려하다. 그러나 장치우셩은 다음과 같이 썼다.

抒情童话要有意境。我读到过某些描写秋天落叶的童话，它们或者抒发落叶对生命结束的慨叹，或者书写落叶在明年的新叶上寄托愿望与梦想，作家很动情，辞藻很美丽。可是，张秋生却这样写——

빨간 낙엽 몇 장이
산속 계단에 날아와 떨어졌다.

가을바람이 간간이 불어오자 계단 위의 빨간 낙엽들이 소곤소곤 이야기한다. 가을바람 고모가 부르는 노래에 따라 즐겁게 춤추기까지.
빨간 낙엽들이 계단에서 한 칸 한 칸 뛰어 내려간다.
계단 어머니가 걱정되어,
"더 이상 뛰어 내려가지 마. 아래는 계곡이야. 떨어지면 큰일 나."
빨간 낙엽들이 하하 웃고, 이리쿵저리쿵! 하며 대답하기를,
"그게 바로 저희가 가려는 곳이에요. 빨간 요트로 변신해 계곡 누나를 따라 여행갈 거예요."

맞다! 빨간 낙엽은 여행 가야 한다.
가을의 산과 들은 가장 아름다우니까.

几张飘落的红叶。
飘落在山间台阶上。

秋风阵阵吹来，红叶在台阶上窃窃私语。他们还随秋风姑姑的歌儿，跳着快乐的舞步。

小红叶们，一步步地往台阶下面跳。

台阶妈妈着急了，她说：

“别再往下跳了，下面是小溪，掉进小溪可是危险了。”

小红叶们哈哈笑了，他们七嘴八舌地说：

“这正是我们向往的，我们要变成一群红色的小船，让小溪姐姐带着我们去旅行呢！”

是的，小红叶该去旅行了。

秋天的山野是最美丽的

이것은 진정한 시이다. 『떨어지는 붉은 낙엽들』에 그려진 아름다운 경치는 작가의 심경에서 우러나온 것이고, 그 심경에는 천지만물에 대한 축복이 가득 차 있다. 저 빨간 낙엽들이 바로 넓은 세상을 향해 나아갈 천진난만한 아이들이 아닌가?

这是真正的诗！《几张飘落的红叶》的美好意境来自于作家的心境，而这心境充满了对天地万物的美好祝愿。那群小红叶不就是天真活泼地走向广阔生活的孩子们吗？

장치우셩이 지난 30년의 창작 성과들을 모아 출간할 때, 1집의 제목으로 『잔물결의 동화』를 썼는데, 이것은 바로 첫 번째 "손바닥 동화"의 제목이었다. 전문全文은 아래와 같다.

张秋生在将自己三十年的创作成果结集出版时，第一辑的书名用的是《小波纹的童话》，这是他的一篇"小巴掌童话"的名字。全文如下——

연못에는 많은 동화들이 숨겨져 있다. 물결 속에도 하나하나 작은 동화들이 숨겨져 있다.

나는 어느 작은 물결을 만났지만, 그가 어디에서 왔는지 잘 모르겠다. 바람이 그를 날려 왔는지, 물고기가 뛰어오를 때 그가 일어났는지, 아니면 낙엽이 떨어질 때 그를 데려오거나 연잎에서 이슬이 굴러떨어지며 만들어졌는지…

아무튼 그는 연못에서 발랄하고 즐거운 잔물결이었다.

잔물결의 수명이 짧기 때문에 우리가 연못에서 만났을 때 그는 짧은 몇 마디만 말해 주었을 뿐이다.

"나는 잔물결이자 달리기 선수야!"

"나는 잔물결이지만 내가 작다고 무시하지는 마. 나는 나무의 그늘도 구름의 그림도, 심지어 산의 그림자까지 흔들 수 있으니까…"

"나는 잔물결이요. 내가 가장 좋아하는 일은 낙엽을 흔들 때 그 위에 앉아 있는 나비가 그네 타듯이 춤추면서 깔깔 웃는 것을 보는 거야."

"나는 잔물결…" 잔물결의 마지막 몇 마디는 잘 들리지 않았다.

연못에 많은 동화가 숨겨져 있다.

잔물결의 동화는 아주 작고 작은 동화다.

池塘里藏着很多童话。波纹里也藏着一个个小童话。

我认识一道小波纹，但不知道他是哪里来的。是风儿吹起了他，还是鱼儿打挺时激起了他？也许是落叶飘落时带来了他，是露珠从荷叶上滚落出现了他…

反正，他是池塘里的一道活泼、开心的小波纹。

小波纹的生命很短，当我们在池塘相遇时，他只来得及和我说短短的几句话。

“我是小波纹，我是赛跑小能手！”

“我是小波纹，别看我小，我能晃动树荫，我能晃动云影，我还能晃动山的倒影…”

“我是小波纹，我最开心的是当我晃动一张落叶时，落叶上的一只蝴蝶，像是荡起了秋千，她咯咯咯咯地笑个不停！”

“我是小波纹…”小波纹的最后几句话，我几乎听不见了。

池塘里藏着许多童话。

小波纹的童话是最小最小的童话。

한순간에 스쳐 지나가는 아주 작은 사물을 이렇게까지 생동감 있고 유쾌하게 쓸 수 있다는 것은 작가의 더할 나위 없는 포용적인 선의와 사랑(그리고 민첩하고 풍부한 감수성) 덕분이라 생각한다. 필자는 장치우성의 선의와 사랑의 마지막 종점은 종종 아이였음을 느낀다. 빨간 낙엽이나 잔물결과 같은 작은 것들이 장치우성의 눈에는 모두 무한한 가능성을 지니는 아이가 된다. 장치우성은 “아이”를 통해 자신과 이 넓고 아름다운 세상과의 정신적·감정적 관계를 맺었다. 작은 “손바닥” 안에 넓고 깊은 세상을 펼쳐준 장치우성의 재주가 경이로울 따름이다.

■ 장치우셩张秋生
손바닥 동화,
새로운 손바닥小巴掌童话

■ 장치우셩张秋生
새로운 손바닥 동화
이야기新小巴掌童话

■ 장치우셩张秋生
숲속의 붉은 귀신과 검은 귀신
森林里的红鬼和黑鬼

■ 장치우셩张秋生
빗자루를 타고 노래를 듣는 무당
骑在扫帚上听歌的巫婆

能把转瞬即逝的微小事物写得如此生意盎然、快乐灵动，是得之于作家的无所不包的善意和爱心（及机敏的感受力）。我感受到，张秋生的善意和爱心的最终指向往往都是孩子。小红叶、小波纹，这一切在张秋生的眼里，都变成了有着无限可能性的孩子——张秋生通过“孩子”建立了自己与大千世界的精神和情感的联系。在“小巴掌”里，展开一个博大、幽深的世界，张秋生的才华真是令人敬畏。

쑨유쥔孙幼军

장치우성과 마찬가지로 쑨유쥔도 일찍이 1960년대 초에 아동문학 문단에 데뷔했다. 당시, 쑨유쥔은 『샤우뿌, 어디 가니』로 명성을 날렸고, 오늘날에도 이 작품만 언급되면 머리 꼭대기에 후광이 난다. 쑨유쥔이 창작한 총 300여만 자의 작품은 기본적으로 대부분 1980년대 이후 작품으로, 주로 동화였다. 지면의 제한으로 여기에는 단지 쑨유쥔의 판타지 아동문학 작품에서 가장 사랑받고 환영받았던 두 주인공 "꼬마 돼지 꿀꿀이"와 "이상한 할아버지"만 논할 것이다. ("이상한 할아버지"란 캐릭터가 유머러스하고 사람들의 사랑을 받았기 때문에 작가 본인도 친근하게 "이상한 할아버지"로 불리게 되었다.)

与张秋生一样，孙幼军也早在1960年代初就登上了儿童文学文坛。当时，一部《小布头奇遇记》令他声名鹊起，如今依然是头顶的一道光环。孙幼军创作的三百余万字作品，基本都是1980年之后的作品，而且主要是童话作品。篇幅所限，我这里只能谈论孙幼军的幻想儿童文学作品中，最受关注和欢迎的两个人物形象：小猪"唏哩呼噜"和"怪老头儿"（因为怪老头儿的有趣和受人喜爱，作家本人也被亲昵地称为"怪老头儿"）。

■ 쑨유쥔孙幼军
꿀꿀이 돼지 모험기
唏哩呼噜历险记

■ 쑨유쥔孙幼军
샤오베이 방랑기小贝流浪记

예술적 지향에서, 장치우성의 "손바닥 동화"가 예술적 분위기意境 조성에 관심을 기울였다면, 쑨유쥔의 유아 동화는 캐릭터 만들기에 힘썼다. 분량에 있어서는 장치우성의 "손바닥 동화"들에 비하면 쑨유쥔이 유아를 위해 쓴 것은 영락없는 "대大"동화였다. 그는 유아 동화가 짧아야 한다는 통념을 깨뜨리고 『꿀꿀이 모험기』와 『꿀꿀이 대협기』, 『샤오베이 모험기』 등 "장편" 유아 동화를 창작했다. 쑨유쥔의 유아 동화가 길이가 긴 것은, 한편으로는 작가 본인이 밝힌 대로 아이가 이야기를 들려줄 때 스토리가 너무 짧다며 불평하는 것을 보고 힌트를 얻었고, 다른 한편으로는 그가 번역한 일본의 유아 동화 작가인 나카가와 이에코中川李枝子의 명작 『아이들은 모두 문제아』에서 영향을 받은 것으로 짐작된다.

꼬마 돼지 꿀꿀이는 중국 유아 동화에서 가장 성공적으로 만들어진 예술적 형상 중의 하나이다. 쑨유쥔이 이렇게 큰 성공을 얻을 수 있었던 것은 그가 전적으로 유아를 본위로, 유아들이 생활을 경험하고 세상을 느끼는 논리를 그대로 따라 창작했기 때문이다. 예를 들어, 『꿀꿀이 모험기』의 첫머리에서,

在艺术指向上，如果张秋生的"小巴掌童话"主要是营造意境，那么，孙幼军的幼儿童话则主要是刻画人物。在篇幅上，与张秋生的那些"小巴掌童话"相比，孙幼军给幼儿写的可是不折不扣的"大"童话。孙幼军颠覆了幼儿童话要篇幅短小这一传统观念，创作出了《唏哩呼噜历险记》《唏哩呼噜行侠记》《小贝流浪记》等"长篇"幼儿童话。孙幼军的幼儿童话篇幅长，一方面如作家自己所言，是因为给孩子讲故事时，看到小孩子不满足于故事太短而得了启发；另一方面，我猜测是受了他翻译的日本幼儿童话作家中川李枝子的名著《不不园》的影响。

小猪唏哩呼噜是中国幼儿童话中塑造得最成功的艺术形象之一。孙幼军所以能取得这样的成功，是因为其创作完全以幼儿为本位，遵循了幼儿处理生活、感受世界的逻辑。比如，《唏哩呼噜历险记》的开头——

꼬마 돼지 꿀꿀이를 이야기하려면 꿀꿀이의 아빠와 엄마부터 이야기해야 겠다.

꿀꿀이의 아빠는 돼지다. 아빠가 만나서 결혼한 아내는, 정말 공교롭게도, 역시 돼지다. 어느 날, 돼지 아내가 돼지 남편에게 한 무더기의 아이를 낳아주었다. 남편은 너무 기뻤다.

"와우! 이제 나도 아빠야!" 남편이 말했다.

"하나, 둘, 셋, 다섯, 여섯…" 남편은 아내 옆에서 아이를 세기 시작했다.

"틀렸어요. 셋 다음은 넷이요!" 아내가 지적했다.

"하나, 둘, 셋, 넷, 다섯, 여섯, 아홉…" 남편이 처음부터 다시 세기 시작했다.

"또 틀렸어요. 여섯 다음은 일곱이요!" 아내가 말했다.

要讲唏哩呼噜，就得先讲唏哩呼噜的爸爸和妈妈。

唏哩呼噜的爸爸是一头猪。他娶的太太嘛，真巧，也是一头猪。有一天，这位猪太太

给猪先生生了一大窝孩子。猪先生快活极了，他说：

"哈，这回我就是爸爸啦！"

他站在一旁数："一、二、三、五、六…"

猪妈妈说："错啦，'三'完了是'四'！"

猪爸爸又从头数："一、二、三、四、五、六、九…"

猪妈妈说："又错啦，'六'完了是'七'。"

꼬마 돼지 "꿀꿀이" 시리즈는 전체가 유아의 심리적 세계이며, 인물들도 거의 다 어린아이다. 꼬마 돼지 꿀꿀이는 가장 천진난만한 유아의 형상이며 처음부터 끝까지 순진한 모습뿐이다. 이 나이 든 "아이"가 그린 어린아이들은 자연스럽지 못한 구석이 한 군데도 없이 정말로 순진하고 깨끗한 캐릭터이다. 전체 시리즈에 나타난 유머와 재미는 대부분 꼬마 돼지 꿀꿀이의 순진무구한 성격에서 비롯된 것이다.

小猪"唏哩呼噜"系列故事，整个儿是一个幼儿的心理世界，里面几乎全都是小孩子。小猪唏哩呼噜是最天真无邪的幼儿形象，而且一路天真无邪到底。这个老小孩儿笔下的小小孩儿，没有一处是卖萌，而是真的天真，真的无邪。整个系列故事的幽默、有趣，大多出自小猪唏哩呼噜的天真无邪。

쑨유쥔이 꼬마 돼지 꿀꿀이의 형상을 성공적으로 그려낼 수 있었던 것은 그가 유아 문학 창작의 정수를 터득했기 때문이다. 독자층이 어릴수록 장면의 현실감과 진실감을 더욱더 강하게 느낄 수 있게 해 주어야 한다. 그러나 낮은 연령의 아동에게 쓴 일부 작품들은 작가 혼자서만 이야기하고 소개할 뿐이었다. 요컨대 이러한 작품들은 어른인 작가가 아동의 생활 모습을 직접적으로 그려낸 것이 아니라 간접적으로 전술한 것이다. 유아 문학 창작에서 작가들은 막후로 물러나 아이들을 무대 가운데에 서게 해야 한다. 그러려면 제일 중요한 것은 설명을 되도록 덜하고 아이들의 행동, 특히 아이들의 대화를 직접 써야 한다. 쑨유쥔은 바로 이렇게 했다.

쑨유쥔은 예술적으로 끊임없이 혁신하려 노력하는 작가이다. 그의 "이상한 할아버지" 시리즈는 바로 예술적으로 혁신한 대표적인 작품이다. 1980년대 초반에 창작한 『이상한 우산』과 『푸른 혀』는 모두 동화라는 범주를 뛰어넘기 직전의 작품들이다. 특히 『푸른 혀』는 판타지적 이야기를 소설적 필치로 표현한, 상당히 훌륭한 판타지 소설이다. 작가 본인마저도 "『푸른 혀』는 중학생들도 이런 형태의 작품을 읽을 수 있도록 시도해 본 작품인데, 다 쓰고 나서 보니 내 스스로도 회의에 빠져 '이게 과연 동화일까? 이 동화에는 나의 상상만 있을 뿐, 아이들의 눈과 마음이 빠져 있잖아. 미스테리 소설에 더 가깝겠다!'고 느꼈다."[*]라고 말한 적 있다. 1990년대 초반에 이르면 쑨유쥔은 "이상한 할아버지" 시리즈를 창작하는 데 주로 판타지 소설 기법을 사용했다.

■ 쑨유쥔孙幼军
이상한 할아버지怪老头儿

孙幼军刻画唏哩呼噜这个形象，是得了幼儿文学创作的精髓。越是给年幼儿童写的故事，越要写出情境的临场感。有些写给低龄儿童的作品，是作家在那儿讲话、介绍，而不是孩子们自己在那儿行动，也就是说这些作品是成人作家对儿童生活情态的间接转述，而不是对其进行直接呈现。创作幼儿文学，成人作家要退到幕后，让孩子们在舞台中央表现。做到这一点的一个重要方法就是少做说明，直接写出孩子的行动，特别是写出孩子的对话。孙幼军正是这样做的。

孙幼军是一个在艺术上锐意求新的作家。他的"怪老头儿"系列作品就是艺术创新的一例。孙幼军于1980年代初创作的《怪雨伞》《兰色的舌头》，都是越童话之雷池一步的作品。特别是《兰色的舌头》，完全用小说笔法来描写幻想情节，是十分出色的幻想小说。作家自己曾说："《兰色的舌头》，我尝试着让这形式也适合中学生，写完了，却连自己也怀疑：这像童话吗？这篇童话通篇是我的想象，缺少'孩子的眼睛和心灵'，很像怪诞小说。" 到了1990年代初，创作"怪老头儿"系列，则基本上运用了幻想小说的方法。

* 쑨유쥔(1996), 『쑨유쥔동화집·자서』, 후난소년아동출판사, 초판.孙幼军：《孙幼军童话全集·自序》，湖南少年儿童出版社，1996年12月第1版。

쑨유쥔의 "이상한 할아버지" 시리즈를 코믹파 동화와 비교해 볼 수도 있다. 우선 "이상한 할아버지" 시리즈는 코믹파 동화와 일맥상통한 점이 있다. 예를 들어 모두 기특하고 황당무계한 상상이 있고, 모두 현실 생활에서 발생할 수 있는 환상적인 사건이 있다. 하지만 코믹파 동화에서 환상적인 장면을 끊임없이 전환시키는 것에 열중하는 것과 달리 쑨유쥔은 상당히 긴 시간 동안 환상적인 장면의 깊이를 늘리는 데 집중했고 더욱 많은 소설 묘사 수법을 추가하여 캐릭터의 형상이 더욱 뚜렷해졌다. 코믹파 동화의 판타지에 대한 "해학적諧謔的"인 태도와 달리 쑨유쥔의 동화에서는 환상에 대한 태도가 비교적 정중하다. 작가로서 쑨유쥔은 판타지 소설의 창작에 있어 잠재력이 매우 풍부한 사람이라 할 수 있다.

아동문학 작품에서 성인 캐릭터를 그리는 것은 매우 어려운 일이다. "이상한 할아버지"라는 캐릭터로부터 쑨유쥔이 성인 캐릭터를 그리는 예술적 실력을 엿볼 수 있다. 이상한 할아버지의 "이상함"과 일을 할 때의 "기이함"은 아이들의 심미적 취향과 몹시 가깝다. 이상한 할아버지에게는 여전히 활발하고 장난기 많으며 가만히 있지 못하는 승부욕이 강한 아이 같은 마음이 있고 바로 이렇기 때문에 아이들한테 환영받을 수 있었다. 이 캐릭터는 중국 판타지 아동문학의 중요한 성과라 할 수 있다.

可以将孙幼军的"怪老头儿"与热闹派童话作一比较。虽然 "怪老头儿"系列与热闹派童话有相通之处, 比如, 都有奇特、怪诞的想象, 都有幻想事件发生于现实生活之中的处理, 但是, 与热闹派童话热衷于不断转换幻想场景相比, 孙幼军更愿意花较长时间增加幻想场景的深度；与热闹派童话注重故事讲述的速度相比, 孙幼军更注重人物的性格表现, 加入了更多的小说描写手法, 笔下的人物形象更清晰；与热闹派童话面对幻想的"戏说"态度相比, 孙幼军对幻想的态度显得比较庄重。应该说, 在孙幼军这位作家身上, 蕴藏着更多的幻想小说创作的潜质。

在儿童文学作品中塑造成人形象, 难度很大。"怪老头儿"这一形象, 显示了孙幼军塑造人物形象的艺术功力。怪老头儿的"怪", 做出事情的"奇", 与孩子的审美趣味是贴近的。"怪老头儿"的身上, 还有着活泼顽皮、好动淘气、争强好胜的孩子心性, 正因如此, 所以为孩子们所亲近。这个形象是中国幻想儿童文学的一个重要收获。

창싱얼常星儿

창싱얼은 『하모니카를 부는 꼬마 산토끼 알로즈』에서 생동감 넘치는 동화 캐릭터를 많이 그려냈는데, 그 중에서 꼬마 산토끼 알로즈는 쑨유쥔의 꼬마 돼지 꿀꿀이만큼 유아의 마음에 딱 맞는 캐릭터였다.

창싱얼은 소설 창작으로 알려진 작가이다. 『하모니카 부는 꼬마 산토끼 알로즈』에서 동화 캐릭터를 잘 그려낼 수 있었던 것은 그의 풍부한 소설 창작 경험 덕분일 것이다. 이밖에 창싱얼의 소설에 흔히 나오는 료닝성遼寧省 서부 지방에 있는 800리 모래밭의 씁쓸한 쑥밭과 짭짤한 풀밭, 말린 풀더미 등은 작품 속에 황량한 분위기를 감돌게 하는 것들이지만 『하모니카 부는 꼬마 산토끼 알로즈』에서는 마치 깡충깡충 뛰는 산토끼처럼 즐겁고 경쾌하게 묘사되어 있다.

常星儿的童话《吹口琴的小野兔阿洛兹》塑造了不少生动的童话人物，其中的小野兔阿洛兹，是可以与孙幼军的小猪唏哩呼噜相媲美的具有幼儿心性的形象。

常星儿主要以小说创作为人所知，他在《吹口琴的小野兔阿洛兹》中把童话人物写得很好，得益于小说的创作经验。另外，常星儿的小说常常写到辽西八百里沙原上的苦艾甸、碱草滩、大草垛等，作品里弥漫着一股苍凉的气息，而《吹口琴的小野兔阿洛兹》却写得十分欢快、轻盈，就像那只蹦跳的小野兔。

■ 창싱얼常星儿
하모니카를 부는 꼬마 산토끼 알로즈吹口琴的小野兔阿洛兹

이 동화의 첫머리는 꼬마 산토끼 알로즈의 모습을 가장 성공적으로 그려냈다.

지난 몇 년 동안 알로즈의 아빠는 『알로 가문의 영광사』를 쓰는 데 온 힘을 쏟았다. 그는 현재 999장을 끝냈는데 1,000장째에 무엇을 써야 할지 아무 생각이 안 났다. 알로즈 아빠는 고민에 빠져 9박 10일 동안 밥을 먹지 못했다. 꼬마 산토끼 알로즈도 아빠 못지않게 고민하고 있었다. 그의 고민은 어떻게 하면 아빠가 밥을 먹을까 하는 것이다. 결국 알로즈 아빠는 기러기 아까阿嘎에게서 아이디어를 얻어 1,000장째에 쑥밭 바깥의 일을 쓰기로 했다. 그러자 새로운 근심거리가 생겼다. 알로 가족은 아직 아무도 쑥밭 밖으로 나가 본 적이 없었다. 아빠가 밥을 다시 먹도록 알로즈는 쑥밭 밖으로 나갔다 오기로 했다. 가족들은 알로즈에게 성대한 송별회를 열어주었다. 다음 날 아침 일찍 알로즈는 집을 떠났다. 그러나 가다가 가다가 알로즈는 "걸음을 멈추고, 생각하기를, 내가 왜 이렇게 나왔지? 아직 아빠에게 작별 인사도 안 했잖아. 그리고 다시 집으로 왔다." 알로즈 아빠가 아들이 돌아온 것을 보고 깜짝 놀라 『알로 가문의 영광사』의 원고를 바닥에 내동댕이쳤다. "너 생각 바꿨니? 남쪽으로 안 갈 거야?"라고 물었다. 알로즈는 아니라고, 아빠한테 작별 인사를 드리러 왔다고 대답했다. 아빠와 작별하고 다시 떠난 알로즈는 조금 가다가 또 돌아왔다. 왜냐하면 엄마에게도 작별 인사를 드리고 싶었기 때문이다. 그 결과 아빠는 또 『알로 가문의 영광사』 원고를 내동댕이칠 정도로 긴장했다. 알로즈는 엄마와도 작별했다. 그러나 알로즈는 또다시 돌아왔다. 이번에 알로즈는 아빠에게 "아빠, 놀라지 마세요. 『알로 가문의 영광사』도 내던지지 말고. 저 마음 안 바꿨어요. 아빠, 엄마와는 작별 인사를 했지만 형제자매와는 안 했잖아요."라고 말했다. 알로즈는 형제자매와 작별을 했다. 그러나 이때는 이미 날이 어두워져 버렸다. 알로즈는 하늘을 살펴보더니 다시 아빠와 엄마를 보면서 작은 목소리로 "저기…저 내일 떠나면 안 될까요?"라고 물었다.

这部童话的开头对小野兔阿洛兹的形象塑造是最为成功的。

这几年，阿洛爸爸把全部精力都用于《阿洛家族辉煌史》的写作上去了。现在，他已经写好了九百九十九章，可是第一千章要写什么，却没了主意。阿洛爸爸愁得九天九夜没有吃饭了。小野兔阿洛兹也在发愁，他愁的是怎么才能叫爸爸吃饭。当阿洛爸爸受大雁阿嘎的启发，决定第一千章就写苦艾甸外面的事时，愁事又来了——阿洛家族还没有一个人走出过苦艾甸。为了让爸爸重新吃饭，阿洛兹决定到苦艾甸外面走一趟。苦艾甸为阿洛兹举行了盛大的欢送晚会。第二天一早，阿洛兹上路了，走着走着，他“站住了，阿洛兹想，我怎么就这样走了呢？我还没跟爸爸告别呢。于是，阿洛兹就转身朝回走去。” 阿洛爸爸见阿洛兹回来了，紧张得把《阿洛家族辉煌史》都扔到了地上：“你改变主意了吗？你不想去南方了吗？” 阿洛兹说不是，我是回来和你告别的。他和爸爸告了别，走着走着，又回来了，因为他还想和妈妈告别。结果爸爸又紧张得把《阿洛家族辉煌史》都扔到地上。阿洛兹和妈妈告了别，可是，他又回来了。阿洛兹说：“爸爸，你别紧张，也别扔《阿洛家族辉煌史》，我没改变主意。我跟你和妈妈告别了，可我还没跟兄弟姐妹告别呢。” “阿洛兹跟兄弟姐妹告别后，天已黑了下来。阿洛兹看了看天色，又看了看爸爸妈妈，小声说：‘要不…要不我明天再走吧。’”

다음 날 알로즈는 떠났을까? 물론 떠났지. 알로즈는 쑥밭 바깥으로 나가려는 오소리 아저씨를 만났고, 아저씨의 차를 타고 나가고 싶었다. 오소리 아저씨는 좋다고 했지만 하던 일을 마저 끝내야 갈 거라고 했다. 오소리 아저씨가 해야 하는 일은 봄에는 씨를 뿌리고, 나무를 심은 다음 여름에는 농작물을 가꾸고, 가을에는 겨울에 쓸 장작을 베고…이러다 겨울이 올 거야. 알로즈는 아저씨의 말을 듣고 계속 “기다릴게요”하고 반복했다. “이렇게 알로즈는 오소리 아저씨의 집에서 머무르면서 오소리 아저씨의 뒤를 깡충깡충 따라다니면서 오소리 아저씨가 일을 다 마치면 아저씨의 차를 타고 쑥밭 바깥으로 나가길 기다렸다.”

알로즈는 쑥밭 바깥으로 나갔을까? 물론 나갔지. 이 동화는 알로즈의 성장 이야기니까.

이렇게 순진하고 유치하며 귀여운 알로즈를 묘사하는 글을 읽으면서 필자의 머릿속에는 『피노키오의 모험』이나 『곰돌이 푸』 같은 동화 속의 멋진 문자들이 간간이 떠올랐다.

第二天，阿洛兹走了吗？当然走了。阿洛兹还遇到了要去苦艾甸外面的獾子大叔，他想坐獾子大叔的车出苦艾甸。獾子大叔答应了他，可是说要等做完了活儿才行。獾子大叔要做完的活儿是春天先种地，再种树，夏天还要侍弄庄稼，秋天还要砍越冬的柴火……这样冬天就来了。阿洛兹听着，只是一个劲儿地说"我等着"。"这样，阿洛兹就住在了獾子大叔家里，蹦蹦跳跳地跟在獾子大叔身后，等獾子大叔把活儿做完，好坐他的车出苦艾甸。"

阿洛兹走出苦艾甸了吗？当然走出去了，故事写的就是阿洛兹的成长。

我读这些描写天真、稚拙、可爱的阿洛兹的文字，脑海里不时浮现出《木偶奇遇记》《小熊温尼·菩》等童话中的一些精彩描写。

탕수란汤素兰

쑨유쥔의 꼬마 돼지 꿀꿀이라는 캐릭터로부터 나는 탕수란이 쑨유쥔보다 훨씬 더 젊은 나이에 창작한 "바보 늑대"라는 캐릭터가 생각났다.

由孙幼军的唏哩呼噜这个幼儿形象，我还想到了比孙幼军年轻很多的汤素兰笔下的"笨狼"这个人物。

■ 탕수란汤素兰
바보 늑대 이야기笨狼的故事

10여 년 전에 필자가 『중국 아동문학과 현대화 과정』이란 책에서 탕수란의 『바보 늑대의 이야기』시리즈를 다음과 같이 평가한 적 있다. "중국의 유머 아동문학을 전망할 때 청년작가 탕수란이 쓴 『바보 늑대의 이야기』가 우리에게 상당한 자신감을 실어주었다. 그녀는 훌륭한 유아 동화를 창작할 수 있는 예술적인 감각을 갖고 있다. 젊은 작가이지만 실력파라 할 만하다. 내가 보기에 유아 문학 창작은 아동문학 작가에게 더욱더 엄격한 시련이다. 중국에 탕수란만큼 유아의 심성을 통찰하고 재현할 수 있는 아동문학 작가는 많지 않다. 『바보 늑대의 이야기』의 몇몇 이야기에서 나는 영국 작가 밀른A. A. Milne의 세계적인 명작 『곰돌이 푸』가 생각났다. 그 작품과 똑같이 캐릭터의 성격이 이야기를 이끌고 있을 뿐만 아니라, 바보 늑대의 순진하고 착하며 무지하지만 지적知的 욕구가 넘치는 성격도 곰돌이 푸를 꽤 닮았기 때문이다. 『바보 늑대의 이야기』의 몇몇 이야기에 나타난 엉뚱하고 기상천외한 상상력은 미국의 월트·디즈니의 애니메이션 『미키 마우스와 도날드 덕』과 일맥상통한 점도 있다. 『바보 늑대의 이야기』시리즈는 총 33화로 구성됐다. '집을 잃어 버렸다', '꼬리를 말린다', '30분의 아빠', '지붕 위에 앉다', '유용한 계약서', '전화와 초인종', '농구경기장에서의 멋진 연기' 등 이야기들에는 모두 유머가 넘친다. 바보 늑대는 자연스러운 유머러스함으로 이미 유머 캐릭터 형상의 전형이 되었다. 어쩌면 요즘 연예계에서 유행하는 '개그맨'이라는 이름으로 불리는 것이 더 어울릴지도 모르겠다. 여기서 특별히 덧붙일 것이 있다면, 유머러스한 아동문학으로서 『바보 늑대의 이야기』의 성공은 작가가 유머러스한 인생관으로 유아의 세계를 바라보고 있기 때문이라는 점이다. 만약 작가가 이같이 소탈하고 낙천적이며 유아의 생명에 무한한 믿음을 갖고 있지 않다면 유아의 생명 세계에 잠재하는 유머러스한 본질이 가려져 유머 문학의 독특한 표현 형태도 드러날 길이 없어질 것이라 믿는다."

十多年前，我在《中国儿童文学与现代化进程》一书中，对汤素兰的系列童话《笨狼的故事》做过这样的评价："在我们展望中国幽默儿童文学的前景时，青年作家汤素兰的《笨狼的故事》为我们增添了相当的自信。汤素兰有极好的创作幼儿童话的艺术感觉，她虽然年轻，但却是实力派。在我看来，幼儿文学创作是对儿童文学作家更严格的考验。在中国儿童文学作家中，像汤素兰这样能够洞察幼儿心性并将其原汁原味地艺术再现出来的作家为数不多。《笨狼的故事》中的有些故事会让我想起英国作家米尔恩的世界级名著《小熊温尼·菩》的幽默，因为它不仅同样以人物的性格推动故事的展开，而且小笨狼的天真、善良、无知但却充满了求知欲的性格也与小熊温尼·菩颇有几分神似。而《笨狼的故事》中的有些故事的热闹荒诞、异想天开，又大有美国的沃特·迪斯尼的动画片《米老鼠和唐老鸭》之风。《笨狼的故事》由三十三个系列故事构成。'把家弄丢了''晾尾巴''半小时爸爸''坐到屋顶上''有用的合同''电话和门铃''篮球赛上的精彩表演'等小故事各个通体幽默，笨狼通过那些不露声色的幽默表演，肯定已经成为幽默人物形象的典型，也许用演艺界的称谓'笑星'来封它会更合适。需要特别指出的是，作为幽默儿童文学的《笨狼的故事》的成功，得之于作家以一种具有幽默气质的人生态度面对幼儿的生命世界。我相信，《笨狼的故事》的作者如果没有这种轻松洒脱、乐天达观、对幼儿的生命可能充满信任的儿童观，幼儿生命世界本身的幽默品性终将被遮蔽，幽默文学特有的表现形态也无从获得。"

리둥화李东华

리둥화는 소설가이며 장편소설 『돼지 분분의 행복한 시간들』(2008)을 펴내기 전에 이미 장편 청춘소설 『베라의 하늘』과 『먼 곳의 수레국화』를 출판했다. 낭만적이고 서정적인 청춘소설에서 유머러스하고 재미있는 동화까지 그 차이가 매우 큰데도 불구하고 『돼지 분분의 행복한 시간들』은 독자들에게 뜻밖의 놀라움을 많이 안겨주었다.

李东华是一位小说家，在创作长篇童话《猪笨笨的幸福时光》（2008年）之前，曾出版长篇青春小说《薇拉的天空》《远方de矢车菊》。从写浪漫抒情的青春小说，到讲述幽默有趣的童话故事，此间反差很大，但是，《猪笨笨的幸福时光》给人带来的是意外的惊喜。

돼지 엄마는 승부욕이 강한 사람이라 무엇을 하든 1등을 해야만 한다. 그러나 돼지 분분은 선천적으로 둔해서 숫자를 세는 것조차 제대로 못 배운다. 그래서 돼지 엄마는 몹시 초조해하고 화도 많이 냈다. 하지만 돼지 아빠는 조금도 초조해하지 않고, 오히려 아들의 미래에 신심만만하다. "그만둬. 날 좀 봐. 평생 숫자를 셀 줄 몰라도 잘만 살고 있잖아. 중요한 건 나처럼 숫자를 제대로 셀 줄 아는 마누라를 골라 결혼하도록 가르치는 거지. 그럼 다 해결된다고." 사람들의 눈에 "바보" 같은 분분은 실은 마음씨가 착한 아이다. 그는 돼지 죠죠에게 목륜 자전거를 만들어 주려고 하지만 어떤 나무도 베기가 아까워서 벨 수 없었다. 둔한 돼지 분분은 바보 같지만 실은 자기가 원하는 것이 무엇인지 정확히 알고 있는 무지 지혜로운 아이다. 그가 왜 고양이 걸음을 걸어서 슈퍼모델이 되어야 하는지를 잘 모르겠다고 말하자 캥거루와 얼룩말은 "많은 사람들이 널 숭배하고 박수 치고 꽃을 선물해 주잖아. 게다가 별 다섯 개짜리의 호텔에서 묵을 수도 있거든."라고 말했다. "그런데 나는 돼지잖아. 돼지한테 가장 중요한 것은 박수도 꽃도 별 다섯 개짜리의 호텔도 아닌 잠과 햇빛이야."라고 분분이 반박했다. 돼지 분분은 매일 무대에서 20시간이나 걷기 싫어서 시골로 돌아가려고 했다. 친구 죠죠가 말하듯 분분의 소원은 "돈은 당신들이 모두 가져가. 대신 자유는 우리 거야!"라는 것이다.

■ 리둥화李东华
돼지 분분의 행복한 시간들
猪笨笨的幸福时光

猪妈妈是一个争强好胜的人，干什么都要争第一。可是猪笨笨天生愚笨，连数数都学不会。猪妈妈急坏了，也气坏了。猪爸爸倒是不急，他对儿子的前程充满信心："算了吧。你看我，一辈子不会数数，不也活得挺好吗？关键是教育他，要向我学习，找个会数数的太太，一切都解决啦。" 在大家眼里是个"笨蛋"的猪笨笨，实际上却是一个心性善良的孩子。他要帮助猪娇娇，为她做一辆木轮自行车，可是他舍不得砍任何一棵树。愚笨的猪笨笨又是一个大智若愚的人，他心里知道自己想要的是什么。他不懂为什么要走猫步、成为超级名模，袋鼠先生和斑马先生就告诉他："许多人崇拜你呀，给你鼓掌啊，送你鲜花呀。另外，你可以住五星级宾馆啊。" 猪笨笨的回答是，"可我是一头猪，对猪来说，最重要的不是掌声呀，鲜花呀，五星级宾馆呀，是睡眠和阳光。” 猪笨笨不想每天在台上走二十个小时，他要回到乡下去。他的愿望就是他的知己猪娇娇所表达的：“钱，全归你们，请你们让自由归我们。”

이 작품은 두 가지 가치관과 두 가지 서로 다른 정신적 세계를 선명하게 그려냈다. 돼지 분분은 자유를 되찾기 위해 캥거루와 얼룩말의 회사를 떠났다. 그러나 얼룩말은 이러한 삶의 선택을 이해할 수 없었다. 따라서 도망간 돼지 분분과 죠죠가 반짝이는 황금빛 자전거를 타고 허공에서 평지를 밟는 것처럼 자유롭게 달리는 모습을 보고 얼룩말은 “이 두 녀석한테 이런 특기가 있으리라 상상도 못했네. 어쩐지 내 회사에서 일하고 싶어하지 않더라니. 이렇게 재주 있는 두 사람이니 어디를 가도 큰돈을 벌겠구만! 얘들이 더 큰 돈을 벌 새 고용주를 찾은 게 분명해. 안 되지. 무슨 수를 써서라도 얘들을 다시 데려 와야지.”라고 생각했다.

作品形象地写出了两种价值观，两个不同的精神世界。离开袋鼠和斑马的公司，猪笨笨是为了自由，但是，斑马先生不可能理解这样的人生选择，所以，看到逃走的猪笨笨和猪娇娇“骑在一辆金光闪闪的自行车上，在半空中，却如履平地”，他想的是，“没想到他俩还有这种绝活。怪不得他俩不想在这个公司发展了，这样两条大鱼，到哪里去都会赚大钱啊，他们一定是找到更赚钱的新东家了，不行，说什么也要把他们追回来。”

돼지 분분의 선량함은 늘 전화위복의 계기가 되어 그를 곤경에서 빠져나오게 했다. 이와 같은 스토리 구상은 작가의 인성관人性觀을 반영한다. 이는 동화 기법으로 쓴 장편소설이다. 작품에서 동화다운 마법도 나타났다. “돼지 분분이 품에서 회화나무槐樹의 잎을 꺼냈다. 그는 1년 넘도록 이 잎을 품에 안고 다녔다. 하지만 자신을 보호해 달라고 한 번도 빌지 않았다. 돼지 분분은 그저 이걸 계속 간직하는 것이 회화나무와의 우정에 보답하는 길이라고 생각한 것뿐이다. 이제, 이 회화나무의 잎은 다시 한 번 금빛으로 반짝거리며 목륜 자전거를 날아오르게 한다." 돼지 분분이 위기 상황에서 회화나무의 도움을 받을 수 있었던 것은 그 보물을 아꼈기 때문이 아니라 그 잎을 가슴에 품고 다닐 만큼 회화나무와의 우정을 소중히 여겼기 때문이다. 또 다른 위기의 순간에는 늙은 대추나무로 만들어진 마차馬車가 나타나 돼지 분분을 구해 주는데, 이것 역시 그가 늙은 대추나무의 꿈을 기억하고 있었기 때문이다. 돼지 분분은 "회색 늑대에게 부탁해 『회색 늑대 조간신문』에 전면 광고를 냈고" 솜씨 좋은 목수가 이걸 보고 늙은 대추나무로 마차를 만들었고, 그리하여 대추나무는 자신의 백마왕자를 찾을 수 있었다.

猪笨笨的善良总能让他逢凶化吉、遇难成祥。这样的情节设计正反映了作家的人性观。这是一部用童话手法写就的长篇故事。作品里出现了童话的魔法："猪笨笨从怀里掏出了槐树叶——这一年多来，他一直把它带在身上，虽然，他从来没有祈求它能真的保佑他，他只是觉得，只有这样，才能对得起小槐树的情谊。现在，这片普通的槐树叶，又变得金光闪闪，使木轮自行车飞了起来。"猪笨笨能够在危急时刻，得到小槐树的帮助，不是因为猪笨笨珍视这个宝物，而是因为猪笨笨珍视小槐树的情谊，一直把这片普通的槐树叶揣在怀中。在又一个危机时刻，老枣树做成的马车出来相救，也是因为猪笨笨惦记着老枣树的梦想，"托大灰狼先生在《大灰狼晨报》上发了一整版的广告"，才有一个巧手木匠把老枣树做成了一辆马车，从而找到了自己的白马王子。

『돼지 분분의 행복한 시간들』은 동화다운 스토리텔링으로 현실 사회에서의 생활 모습을 반영해 눈앞의 성공과 이익에만 급급한 교육관이나 배금주의 인생관에 대해 신랄한 폭로와 풍자를 했다. 이는 생동감 있는 동화적 예술 표현으로 시대적 흐름을 터치하고 사회적 폐단을 드러낸 작품이다.

《猪笨笨的幸福时光》以童话式故事叙述模式，反映现实社会的生活样貌，对急功近利的教育观、崇拜金钱的人生观进行了辛辣的揭露和嘲讽，是一部以生动的童话艺术表现触摸时代脉搏，揭示社会弊病的及时的作品。

탕탕汤汤

■ 탕탕汤汤
5센티 밖으로 가지 마
别去五厘米之外

탕수란이 『바보 늑대의 이야기』를 창작했을 때 아주 젊었다. 리둥화가 『돼지 분분의 행복한 시간들』을 창작했을 때도 매우 젊었다. 쑨유쥔이 『샤오뿌, 어디 가니』를 창작했을 때는 더 젊었다. 이는 우리가 젊은 작가들에게 큰 기대를 걸게 한다. 그래서 필자는 이제 다른 젊은 동화 작가 한 명을 소개하려고 한다. 그녀의 본명은 탕훙잉湯宏英, 필명은 탕탕이라는 매우 유명한 작가이다.

인상 중 필자가 제일 먼저 읽은 탕탕의 작품은 『5센티 밖으로 나가지 마』였다. 그 때 느낀 경이로운 감정은 아직까지 생생하다. 당시 필자는 주편主編을 맡고 있던 그 해의 아동문학선집에 주저 없이 당장 이 작품을 포함시켰다.

写《笨狼的故事》时，汤素兰很年轻。写《猪笨笨的幸福时光》的李东华很年轻。其实，写《小布头奇遇记》时，孙幼军更年轻。这使我们有理由对年轻作家抱有期待。那么，我就来介绍另一位年轻的童话作家。她的本名叫汤宏英，笔名已经非常有名，就是汤汤。

印象中，我读到的汤汤的第一篇童话应该是《别去五厘米之外》。那种惊异感至今还很强烈，当时我毫不犹豫地将其收入了我主编的一个年度儿童文学选本之中。

심사위원으로서 필자가 중국작가협회에서 주최한 제8회 전국아동문학상 심사에 참여했을 때 탕탕의 동화 『네 가슴에 들어가 잠깐 피할게』는 모든 심사위원들에게 놀라움과 감동을 주었고 "청년작가단편가작상"을 수상했다. 그때 필자의 머릿속에 스쳐간 생각은 "만약 탕탕의 『5센티 밖으로 나가지 마』나 『열여덟 개 계란을 지키면서 그대를 기다린다』가 심사에 참여했어도 상을 탔겠어."라는 것이었다. 다시 말해, 탕탕의 단편 동화들은 모두 주옥같이 훌륭하다는 것이다.

훌륭한 동화 창작에는 기발한 상상력이 필수적이다. 『네 가슴에 들어가 잠깐 피할게』도 마찬가지다. 하지만 이 동화가 독자들의 마음을 울릴 수 있는 것은 작가가 복잡한 인간 세계, 깊은 감정, 그리고 기특한 생각을 표현하는 알맞은 방법-판타지 스토리를 찾았기 때문이다. 물론 전자가 없다면 판타지 스토리도 생겨나기 어려웠을 것이다.

지금까지 탕탕은 이미 장편소설 여러 편을 출판했다. 하지만 『시디의 이』(2012)는 아직도 기발한 상상력으로 빛나고 있다.

作为评委，我参加了中国作家协会第八届全国儿童文学奖的评审工作，汤汤的童话《到你心里躲一躲》让所有的评委惊异并且感动，获得了"青年作者短篇佳作奖"。当时我心里曾闪过一个念头：如果汤汤以《别去五厘米之外》或者《守着十八个鸡蛋等你》来参评，也是有获奖可能的。我的意思是说，汤汤的这些短篇童话字字珠玑。

好的童话创作肯定需要奇特的想象力，《到你心里躲一躲》也不例外。不过，这篇童话之所以触动心灵，是因为作家为复杂的人生况味、深沉的情感以及独到的思想找到了恰切的表现形式——一个幻想故事。没有前者，幻想故事似乎难以生发。

现在，汤汤已经出版了好几部长篇作品。她的长篇幻想小说《喜地的牙》（2012年）依然表现出了奇特的想象力。

주즈샹诸志祥

이름이 작품보다 유명한 작가가 있는가 하면 작품이 이름보다 더 유명한 작가도 있다. 주즈샹은 후자에 속한다. 그의 이름은 마치 아이들에게 환영받고 사랑받은 『검은 고양이 경장』(1984)이란 작품으로 인해 사람들의 기억 밖으로 밀려버린 것처럼 보인다. 물론 아동문학 작가에게는 이보다 더 행복한 일이 없을지도 모른다.

有的作家，是名字比作品有名；有的作家，是作品比名字有名。诸志祥属于后者，他的名字似乎被《黑猫警长》1984年）这部广受孩子们欢迎的作品挤出了人们的记忆。当然，对于儿童文学作家而言，这应该是最大的幸福。

■ 주즈샹诸志祥
검은 고양이 경장黑猫警长

■ 주즈샹诸志祥
검은 고양이 경장의 새로운 이야기
黑猫警长新故事

동화 『검은 고양이 경장』과 애니메이션 『검은 고양이 경장』의 관계는 주즈샹과 동화 『검은 고양이 경장』과의 관계와 좀 비슷하다. 애니메이션이 동화 작품보다 훨씬 더 유명할 뿐만 아니라, 많은 경우 사람들은 애니메이션을 보고 동화 작품을 알게 되었다고들 한다. “어머니는 아들로 인해 귀해진다.母凭子贵”란 중국의 옛말로 동화 작품과 애니메이션 『검은 고양이 경장』의 관계를 비유할 수 있을 것이다.

《黑猫警长》这部童话作品与《黑猫警长》这部动画片的关系，也有点儿像诸志祥和童话《黑猫警长》的关系——动画片远远比童话作品有名，而且很多情况下，人们是因为知道动画片才顺便听说了童话作品。中国有句古话：母凭子贵，可以用来比喻童话作品与动画片《黑猫警长》的关系。

2. 판타지 소설의 확립

幻想小说的确立

■ 평이彭懿
서양 현대 판타지 문학론
西方现代幻想文学论

1992년에 필자는 『소설 동화: 새로운 문학 장르』란 글에서 최초로 판타지를 문학의 한 장르로 연구하도록 제의하였다. 3년 후, 평이彭懿의 연구와 창작으로 판타지 소설이 중국에서 활기차게 전파되기 시작했다. (전술한 두 번째의 화산 폭발이란 이를 가리킨 것이다.) 1995년에서 1997년까지 평이는 일련의 번역문과 논문들을 발표했고, 판타지 소설 『미친 녹색 고슴도치』를 창작했으며 『서양 현대 판타지 문학론』이란 전문적 저술까지 출판했다. 판타지 소설에 대한 인식과 이해가 아직 몽매한 상태였던 중국 아동문학계에 평이의 『서양 현대 판타지 문학론』은 일종의 계몽서啓蒙書였다.

我于1992年，在《小说童话：一种新的文学体裁》一文中，最早将 Fantasy 作为一种文学体裁来研究并大声提倡。三年以后，彭懿通过研究和创作，在中国有声有色、风风火火地传播幻想小说（前文提到的下一次火山爆发，就是指的这件事）。自1995年至1997年，他发表了一系列译文、论文，创作了幻想小说《疯狂绿刺猬》，还出版了专著《西方现代幻想文学论》。对于对幻想小说的认识、了解尚处于蒙昧状态的中国儿童文学界来说，彭懿的《西方现代幻想文学论》是一部启蒙书。

1997년에 "21세기 중국 청소년 소설 심포지엄"은 산칭산三清山에서 열렸다. 이번 회의의 핵심적 주제는 "판타지 문학"이었고, 이 주제가 선정된 것은 바로 평이가 "판타지 문학"의 매력을 충분히 보여 주었기 때문이다. 이 회의에서 "'판타지 문학'이란 예술적 형태가 중국 청소년 문학의 주력 작가들에게 많은 관심과 폭넓은 호응을 받았다. 많은 작가들이 이미 상당히 긴 시간 동안 풍부한 창작 에너지를 축적해 왔고, 이 아름답고 광활한 예술적 공간을 만장일치로 인정하였다."* 1998년과 1999년에 21세기출판사에서 『판타지 문학·중국 소설』총서 제1, 2집을 기획하여 14명 작가의 판타지 소설 15편을 잇달아 출판했다. 이로부터 대규모 플랫폼에서 중국 판타지 소설의 자각적인 창작이 본격적으로 시작되었다.

『판타지 문학·중국 소설』 총서 제목에 있는 "소설"이라는 말과 장즈루張之路, 친원쥔秦文君, 장핀청張品成, 쉐타오薛濤, 펑쉐쥔彭學軍, 쭤훙左泓 등의 소설가란 신분은 더욱 중시할 만한 가치가 있다. 이러한 정보들을 통해 판타지 소설이 문체적으로 동화와 크게 다르다는 것을 알 수 있다.

1997年, "跨世纪中国少年小说研讨会"在三清山召开。这次会议的中心议题就是"幻想文学", 而这个议题的确定就是由于"彭懿带着'幻想文学'的魅力登场"。在这次会议上, "'幻想文学'的艺术形态, 获得了中国少儿文学主力作家群体的浓厚兴趣和广泛响应。许多作家对此都早已蕴积着充沛的创作能量, 一致认同这一瑰丽而广阔的艺术空间。"1998年和1999年, 二十一世纪出版社实施会议的策划, 接连推出了"大幻想文学·中国小说"丛书第一辑和第二辑, 出版了十四位作家的十五部幻想小说。就此, 在一个规模较大的平台上, 中国幻想小说的自觉创作拉开了帷幕。

"大幻想文学·中国小说"丛书题名中的"小说"一词值得玩味, 而且张之路、秦文君、张品成、薛涛、彭学军、左泓等人的小说家身份更值得重视。这些信息透露着幻想小说在文体上与童话存在着极大的区别。

---

* 평이·반마(1998), 세기가 바뀔 무렵 큰 일 한 번 하자 — 기획안 머리말, 『판타지 문학·중국 소설』 제1집, 21세기출판사, 초판.彭懿、班马:《在世纪的风里做一件大事(总策划导言)》, 见"大幻想文学·中国小说"第一辑, 二十一世纪出版社1998年9月第1版。

펑이彭懿

이전에 판타지 소설이 중국에 전혀 나타나지 않았던 것은 아니다. 1957년에 발표된 장톈이張天翼의 『보물 호리병의 비밀』, 옌원징嚴文井의 『"다음에 다음에"』등은 모두 중국 판타지 소설의 선구적인 작품이었다. 1993년에 출판한 빙보冰波의 『늑대박쥐』도 비자각적인 영감의 창작이었다. 중국 최초의 자각적인 장편 판타지 소설은 1996년에 이르러야 등장했는데, 그것은 바로 펑이의 『미친 녹색 고슴도치』다.

此前并非没有幻想小说作品出现过。发表于1957年的张天翼的《宝葫芦的秘密》、严文井的《"下次开船"港》就是中国幻想小说的先驱性作品。冰波出版于1993年的《狼蝙蝠》也是不自觉的灵性之作。到了1996年，中国第一部自觉的长篇幻想小说出现了，它就是彭懿的《疯狂绿刺猬》。

■ 펑이彭懿
미친 녹색 고슴도치疯狂绿刺猬

일종의 문체로서 판타지 소설은 자신만의 독특한 " 글쓰기 기법文法"을 갖는다. 펑이는 일본으로 유학 갈 무렵 이미 국내 코믹파 동화의 대표적인 작가 중 하나였다. 그는 일본에 간 지 얼마 되지 않아 판타지 소설이라는 문체에 애착을 갖기 시작했다.

그의 이러한 선택은 기존 동화의 문체적 의식(판타지 소설은 동화와 매우 가까운 문체)에도 영향을 받았겠지만 그보다는 자아를 뛰어넘고 더욱 자신의 옛 작품을 혁신하려는 충동의 영향을 더욱 강하게 받았을 것이다. 그는 판타지 소설이라는 문체가 갖고 있는 강력한 예술적 매력과 생명력을 민감하게 발견했다. 일본에서 7년간 판타지 소설을 전공한 뒤 쓴 『미친 녹색 고슴도치』를 보면 펑이가 과연 이 문체의 수많은 진수眞髓를 이미 터득했던 것이 확실하다.

판타지 세계를 표현하는 판타지 소설은 환상을 기본적 특징으로 하는 동화와 "글쓰기 기법"에서 근본적인 차이점이 존재한다. 전자는 2차적 구조를 가지는 반면 후자는 1차적 구조를 가진다. 펑이는 『미친 녹색 고슴도치』에서 2차적 구조를 구축했다. 작품 속 캐릭터들은 주인공 고슴도치가 갖고 있는 마법을 두려워하고 현실적 세계와 환상적 세계를 뚜렷하게 구분한다. 예를 들어, 소년 주인공 샤잉夏瀛이 불량소년인 니카라과 검은 개미 등에게 쫓기다 폐허廢墟에 고립적으로 서 있는 작은 건물에 도망쳐 유령 같은 녹색 고슴도치와 우연히 마주쳤을 때 "나도 모르게 눈을 비볐다"고 하며, 눈앞에 있는 광경이 "너무 무서워서 환각을 보는 거 아닐까?"라고 의심했다.

作为一种文体，幻想小说当然要有自己独特的"文法"。彭懿当年赴日本留学时，已经是国内热闹派童话的代表作家之一。他去日本不久，便开始对幻想小说这一文体情有独钟。我想他的这一选择既受以往的童话文体意识的影响（因为幻想小说是离童话很近的一种文体），更受着他想超越自己、更新自己的艺术冲动的驱使。他敏感地发现了幻想小说这一文体的强大艺术魅力和生命力。他在日本花七年时间专攻幻想小说之后而创作的《疯狂绿刺猬》果然得了这一文体的许多真传。

表现幻想世界的幻想小说与以幻想为基本特征的童话在"文法"上的根本区别之一，是前者具有二次元结构，而后者则是一次元结构。彭懿在《疯狂绿刺猬》中就搭建了这种二次元结构。作品中的人物对绿刺猬的魔法深怀恐惧，对现实世界与幻想世界有明确的区分意识。比如少年主人公夏瀛被不良少年尼加拉瓜黑蚁等人追打，被迫逃入孤立于废墟中的一座小楼，与幽灵般的绿刺猬不期而遇时，"情不自禁地揉了揉眼睛"，疑惑眼前情景该"不是恐惧带来的幻觉吧"。

“글쓰기 기법”에 있어 판타지 소설이 동화와 다른 중요한 차이점은 소설의 방법으로 표현된 환상적인 세계가 독자들에게 현장적現場的 리얼리티를 만들어준다는 것이다. 이는 판타지 문학의 한 축을 담당하는 현대 판타지 소설이 반드시 추구해야 할 예술적 효과이다. 현실 속에서 환상이 마치 진짜 존재하거나 발생하는 것처럼 보여야 다윈Robert Darwin의 진화론 등 과학 이론에 영향을 받은 독자들을 설득하고 끌어당길 수 있기 때문이다. 펑이의 『미친 녹색 고슴도치』는 “사실적”인 묘사를 특징으로 하는 소설에서 사용하는 논리적 전개 방식을 채택하여 환상적 세계의 존재를 문학적으로 “실증”했다.

幻想小说与童话“文法”上的另一个重要区别是，它用小说的方法表现出的幻想世界给读者以临场式的真实感。这是作为幻想文学之一翼的幻想小说在现代必须追求并获得的艺术效应。因为只有在现实中逼真地让幻想存在、发生，才能说服并吸引被达尔文进化论等科学理论影响过的读者。彭懿的《疯狂绿刺猬》便采用了以“真实”描写为特征的小说的那种合乎逻辑的展开方式，对幻想世界的存在进行了文学的“实证”。

펑이는 쉐잉雪螢이 녹색 고슴도치에게 발목을 물린 후 변신하는 모습을 자세히 묘사했다. “그녀는 자신을 통제할 수 없는 것처럼 보였다. 악한 영혼이 붙어서 보이지 않는 마력에 의해 완전히 지배되었다. 그녀는 공중으로 떠오르더니 발끝이 땅으로부터 약 수십 센티미터쯤 떨어진 곳에서 멈추었다. 한 차례 경련이 지나간 후 그녀의 구부러진 몸이 갑자기 아주 빠르게 회전하기 시작했는데, 마치 얼어붙은 호수 위에서 미끄러지는 팽이 같았다. 처음에는 샤잉夏瀛도 아직 그녀의 얼굴을 알아볼 수 있었지만 점차 흐릿해져 한 무더기의 빛무리만 남아 아무것도 보이지 않았다. 집 안에 연기가 자욱하여 마치 평지에 회오리 바람이 몰아치는 것 같았다….” 이런 영화 같은 마법 변신 장면은 『그림 동화』나 한스 안데르센Hans Christian Andersen의 독창적인 동화에서도 찾아보기 어려운 장면이다.

이어서 펑이는 『요호의 전설』(1998), 『마법 타워』(1999), 『치아교정기를 낀 개구리 왕자』(2009) 등 작품을 창작함으로써 중요한 판타지 소설 작가로 성장하게 되었다.

彭懿这样细致地描写雪萤被绿刺猬咬过脚踝后的蜕变："她似乎是控制不住自己了，她恶魂附体，完全被一种看不见的魔力左右了。她飘到半空，在脚尖离地大约有几十厘米的地方停住不动。一阵抽搐之后，她佝偻的身子突然旋转起来，转得飞快，像一只在冰封的湖面上打滑的陀螺。起先，夏瀛还能够看清她的脸，渐渐地就模糊得只剩下一团光影，什么也看不见了。屋里烟尘滚滚，好似平地刮起一股龙卷风…" 这种电影镜头似的"魔变"场面，是我们在格林童话，甚至安徒生的那些富于个人独创性的童话中所难以见到的。

彭懿后来又创作了《妖湖传说》（1998年）、《魔塔》（1999年）、《戴牙套的青蛙王子》（2009年）等作品，成为重要的幻想小说作家。

■ 펑이彭懿
치아교정기 낀 개구리 왕자
戴牙套的青蛙王子

■ 펑이彭懿
요호의 전설妖湖传说

장핀청张品成

판타지 아동문학뿐만 아니라 중국 아동문학의 전체적인 발전에 대해서도 판타지 소설의 창작이 자각적으로 이루어진 일은 역사적 의미를 지닌 것이다. 이것은 중국 아동문학이 번창, 심화 내지 무한히 발전할 수 있는 수많은 기회를 가져주었고, 앞으로도 계속 그럴 것이다.

판타지 소설 『신비한 배달길』를 창작하여 출간한 당시 장핀청은 소설집 『적색 소년』(1995), 장편소설 『어린 홍군 전사들』(1998), 『바람처럼 날아라』(1998)로 훌륭한 아동 역사 소설가가 되었다. 장핀청이 이런 소재로 쓴 소설 중 가장 초기의 작품 『진』의 제목에서 나타나듯이 이러한 역사소설들은 어떠한 담론에 의해 가려진 역사적 진실을 밝히기 위해 창작된 것이다. 판타지 소설 『신비한 배달길』(1999)도 이것과 같은 예술적 추구의 연장선상에서 쓰여진 것이다.

■ 장핀청张品成
적색 소년赤色小子

不只限于幻想儿童文学，对于整个中国儿童文学的发展来说，幻想小说创作的自觉都是一件历史性的事件。它已经并且还将继续为中国儿童文学的丰富、深化以及可能性带来一个个机遇。

在创作出版幻想小说《神奇邮路》之时，张品成已经以小说集《赤色小子》（1995年），长篇小说《北斗当空》（1998年）、《翱翔如风》（1998年），成为一个优秀的儿童历史小说家。这些历史小说，正如张品成最早写此类题材的小说《真》的题目所示，他是想揭示被某些话语所遮蔽的历史的真实。创作幻想小说《神奇邮路》（1999年）显然也是这一艺术追求的一种延伸。

『신비한 배달길』은 소년 주인공인 샤오쉬의 시각으로 역사적인 문제를 바라보는 판타지 소설이다. 이 작품은 소년 샤오쉬가 우표를 모으는 일부터 쓰기 시작했다. 그는 소년 시절에 홍군紅軍 통신원으로 일했던 할아버지로부터 공산당에게 해방된 지역蘇區의 우표가 붙은 편지를 고향 사당의 낡은 담벼락에 쑤셔 넣었다는 이야기를 들었다. "할아버지는 샤오쉬의 마음속에 영웅이자 하늘에 닿을 듯 우뚝 솟은 거대한 나무이다." 할아버지가 돌아가신 후 샤오쉬는 그 귀중한 우표를 찾기 위해 선생님이 여름 캠프의 장소를 할아버지의 고향으로 정하도록 부추겼다. 고향에서 샤오쉬는 홍군이 남긴 돌 스탬프石頭代郵戳儿를 발견했고, 돌 스탬프는 샤오쉬를 할아버지가 홍군이었던 어린 시절("적색 소년赤色小子")로 데려다주었다. 샤오쉬가 만난 어린 시절의 할아버지(얼량二良)는 전통보고회나 집에서의 할아버지의 모습과는 매우 달랐다.

■ 장핀청张品成
신기한 배달길神奇邮路

《神奇邮路》是一部从少年主人公晓序的视角，处理历史问题的幻想小说。作品从少年晓序集邮写起。他从在少年时代做过红军通信员的爷爷那里得知，爷爷曾将贴有苏区邮票的信件，进了老家祠堂的老墙里。"爷爷是晓序心目中的英雄，是一棵高耸入云的大树"。爷爷死后，晓序为了找到苏区邮票，鼓动老师把夏令营的地点放在了爷爷的老家。在老家，晓序发现了红军留下的石头代邮戳儿，代邮戳儿将晓序送入了爷爷当红军（"赤色小子"）的小时候。晓序见到的小时候的爷爷（二良）与爷爷在传统报告会上、在家里对晓序讲述的形象很不一样：

얼량은 노는 데만 정신 팔려있었는데 할아버지는 틈만 나면 공부를 했다고 말했다. 할아버지가 들려준 "역사"는 할아버지가 영웅이라고 말했지만, 샤오쉬가 지금 보는 얼량은 "철두철미한 시골 개구쟁이"다. 소년 얼량은 "내가 별다른 생각이 있어서 홍군을 따라 일을 하는 건 아니야. 논 몇 마지기 가질 수 있을까 해서니까."라고 한다. 그러나 할아버지 얼량은 이렇게 말한 적이 없다. 소년 얼량은 "전쟁을 안 하면 좋겠는데, 다 사람인데 맨날 싸우고 죽이냐…."라고 말했다. 그러나 할아버지 얼량은 오히려 "그때 나는 너무 신나서 계속 싸우기를 바랬다"고 했다. 할아버지 얼량은 전투 때 "아무도 두려워하지 않았지, 누가 죽기를 두려워해? 홍군이야 아무도 죽음을 두려워하지 않았지…."라고 했다. 그러나 샤오쉬가 본 것은, "얼량(친구)들도 거기 나와 마찬가지로 그렇게 도랑 안에 엎드려서는 백지처럼 얼굴이 하얘져서 벌벌 떨고 있었다." 는 것이다. 할아버지의 역사에 대해 샤오쉬는 의심하면서 탐구하고 탐구하면서 사색한다. 마지막에 "그는 홍군 소년 영웅의 진정한 성장 과정을 보았는데" "얼량의 형상은 가면 갈수록 할아버지가 들려준 이야기 속의 소년 영웅과 점점 더 가까워지기 시작했다"고 했다.

二良本来很贪玩, 爷爷却说他一有闲空就学文化；爷爷讲述的"历史"告诉晓序, 爷爷是英雄, 可是, 晓序现在看到的是一个"地道的乡村顽童"；少年二良说："我没啥想头, 跟了红军选了闹事情, 图想的就是几亩田。"可是, 爷爷二良却不是这么说的；少年二良说："要不打仗就好了, 都是人, 好好的打打杀杀…", 可是爷爷二良说的却是："那时我好激动, 我就盼着能有仗打"；爷爷二良说, 打仗时"没人怕死, 谁怕死？红军嘛谁怕死…"可是, 晓序看到的是 :"二良他们趴在那儿, 他们几个也和自己一样那么趴在壕沟里, 他们发抖, 脸白得像张纸。"对爷爷的历史, 晓序在疑惑中探寻, 在探寻中思索, 最后, "他看到一个红军少年英雄真正的成长过程", "而二良的形象越来越和爷爷故事里的那个英雄少年贴切起来"。

『신기한 배달길』에서 장핀청은 그 시기의 역사를 판타지 소설화함으로써 역사를 해석하는 가운데 현실과 역사를 연결하는 독특하고 효과적인 시각을 찾아냈다. 이 작품에서 작가는 판타지 소설 특유의 예술적 표현력을 발굴했다. 『신기한 배달길』에서 작가는 단순하고 긍정적으로 가공된 역사를 뒤엎은 뒤 단순 부정의 오류에 휘말리지 않고 보다 복잡하고 진실한 역사적 인식을 구축하도록 노력했다. 이것은 일방적인 주입이 아니라 대화와 소통을 통해 이루어지는데, 손자 샤오쉬와 할아버지 얼량, 그리고 소년 얼량과의 관계이자 오늘의 현실과 어제의 역사의 관계이기도 하다. 장핀청은 판타지 소설이라는 예술적 형식으로써 독자들에게 이 모든 것을 알려주었다.

在《神奇邮路》中，通过将那段历史幻想小说化，张品成找到了阐释历史，进而连接现实和历史的一个独特而有效的角度。《神奇邮路》挖掘了幻想小说所特有的艺术表现力。在《神奇邮路》中，作家在推翻简单肯定的虚构历史之后，并没有陷入简单否定的误区，而是努力建构一个更为复杂、更为真实的历史认知。不是单方面的灌输，而是通过对话和交往，这是男孩晓序与爷爷二良和少年二良的关系，也是今天的现实和昨天的历史的关系。而张品成正是以幻想小说这一艺术形式来告诉读者这一切的。

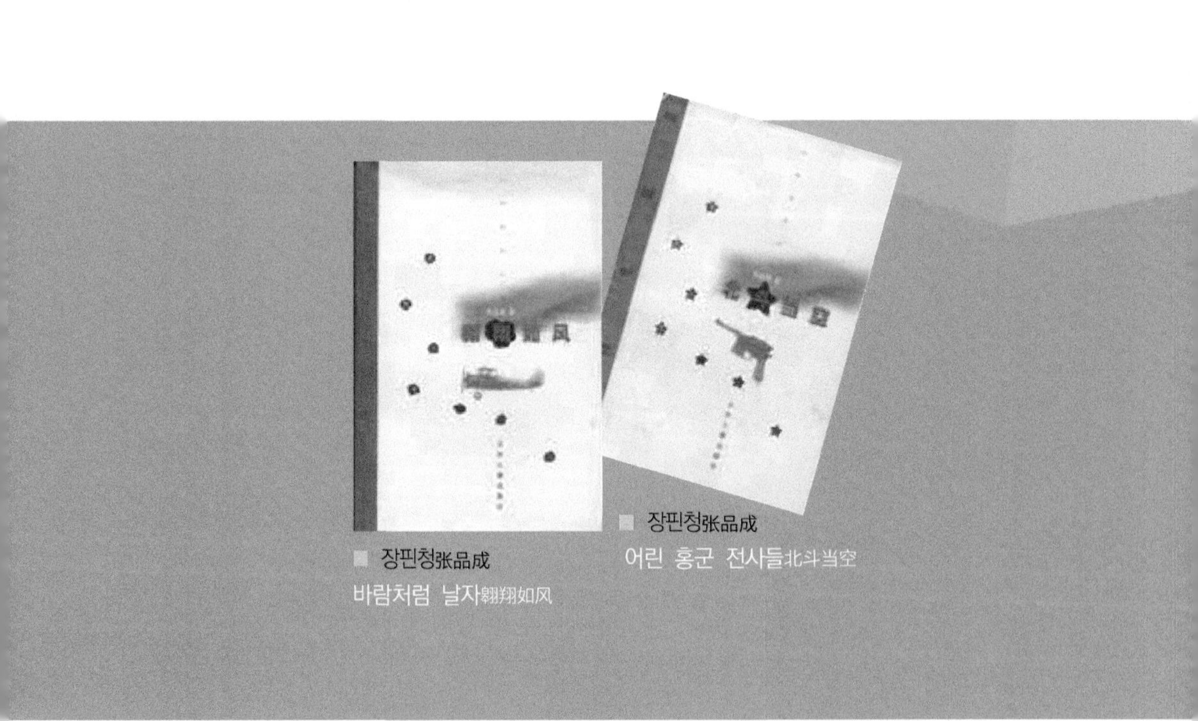

■ 장핀청张品成
바람처럼 날자翱翔如风

■ 장핀청张品成
어린 홍군 전사들北斗当空

쉐타오薛涛

역사를 말하자면, 여기에는 곧 문화 전통을 어떻게 직면할 것인가라는 문제가 존재한다. 이는 필자에게 쉐타오의 판타지 소설 창작이 생각나게 했다.

쉐타오는 문학 창작에 있어 사상이 있고 탐구심이 많은 작가이다. 2005년에 칭다오青島에서 열린 "중국 창작 아동문학의 현황 및 전망 심포지엄"에서 쉐타오가 제출하고 발표한 논문의 제목은 「중국 아동문학의 문화적 성격 의식을 일깨우자」였다. 그는 "고민 끝에 나는 우리 문화로 되돌아가 거기에 있는 좋은 소재素材를 잘 다듬어 작품에 문화적 의식과 토착적 스타일을 부여하고 소년 시절의 동양문화에 대한 애착을 되살리기로 했다"고 말했다. 그리고 쉐타오는 판타지 소설 시리즈인 『산해경의 새로운 전설』(2004)로 자신의 목표를 실현했다.

说到历史，这里就存在着一个如何面对文化传统的问题。这让我想到了薛涛的幻想小说创作。

薛涛是一个在创作中有思想、有探求的作家。2005年在青岛召开的"中国原创儿童文学的现状和发展趋势研讨会"上，薛涛所提交和宣读的论文题目是《唤醒中国儿童文学的文化性格意识》。薛涛说："思来想去，我决定回过身去，打理我们家里的好东西，赋予作品以文化意识、本土风格，重拾少年时代对东方文化神韵的迷恋。"* 薛涛以幻想小说系列"山海经新传说"（2004年）践行了自己的这一追求。

『산해경의 새로운 전설』시리즈에는 『정위 새와 여자아이』, 『과부와 국화 선녀』, 『반고와 투명한 소녀』란 세 장편 판타지 소설이 포함된다. 쉐타오는 "소년 시절에 동양 문화에 대한 애착을 되살리고 싶다"고 했지만 『산해경』을 이어서 쓰지 않고 필치를 현대 생활로 향해 샤오와小瓦, 샤오당小當 등 평범한 아이들을 그렸다. 이 평범한 아이들은 일정한 계기(예를 들어 『정위 새와 여자아이』에서의 반짝거리는 골목, 『과부와 국화 선녀』에서의 악기 훈塤)으로 인해 신화 속 주인공을 만나는데, 그들의 이야기를 바꾸지는 못했지만 그들 자신의 삶은 바꿀 수 있었다. 『정위 새와 여자아이』에서 샤오와와 샤오당은 여자아이가 물에 빠져 죽는 것을 눈 뜨고 보면서도 도와줄 방법이 없었다. 설령 그들이 이 장면을 반복해서 보았다고 해도 말이다. 반대로, 여자아이가 바다를 메우는 일에 참여했다는 이유로 "옌귀"煙鬼(물귀신)는 그들이 살고 있는 도시 전체를 대상으로 보복하려 했다. 결국 여자아이는 그녀와 샤오와와 샤오당을 잇는 낮은 담장을 허물어 옌귀가 오는 길을 막아서 그 도시 사람들의 삶을 구했다. 『과부와 국화 선녀』에서 과부는 샤오와가 태양을 쫓아내는 것에 돕고 시간을 멈춰서 작은 국화와 작은 국화의 할아버지, 그리고 정원에 있는 생물들이 빠르게 늙는 것을 막았다. 요컨대, 이 시리즈의 이름에서 알 수 있듯이 쉐타오는 『산해경』의 인물과 사건을 원형으로 삼아 현대의 "새로운 전설"을 창작했다.

"山海经新传说"包括了《精卫鸟与女娃》《夸父与小菊仙》《盘古与透明女孩》三部长篇幻想小说。虽然薛涛想"重拾少年时代对东方文化神韵的迷恋"，可是，他

* 쉐타오(2006), 중국 아동문학의 문화적 성격 의식을 일깨우자, 『중국아동문학의 발전－중국 원작 아동문학의 현황 및 전망 심포지엄 논문집』 주쯔창 편, 소년아동출판사, 초판.薛涛：《唤醒中国儿童文学的文化性格意识》，见朱自强主编：《中国儿童文学的走向——中国原创儿童文学的现状和发展趋势研讨会论文集》，少年儿童出版社2006年9月第1版。

并没有采取接续《山海经》神话来讲述的方式，而是将笔触伸向现代生活，描写着小瓦、小当这些普通的孩子。当这些平凡的孩子因为某个契机，比如《精卫鸟与女娃》里的那个闪光胡同，《夸父与小菊仙》里的那个埚，与神话主人公相遇时，他们并不能改变神话主人公的故事，而是改变他们自己的生活。《精卫鸟与女娃》里的小瓦和小当，眼睁睁看着女娃溺水身亡，却无法施以援手，哪怕他们能够反复置身于这一场景。相反，倒是他们自己因为参与了女娃的填海工作，招致了“烟鬼”（水怪）对所住城市的报复。最后是女娃毁去连接她与小瓦和小当的矮墙，阻塞了“烟鬼”的来路，拯救了城市人的生活。在《夸父与小菊仙》里，是夸父帮助小瓦追赶太阳，停住时间，阻止了小菊和小菊爷爷以及园子里生物的迅速衰老。总之，薛涛的确如这个系列的名称所示，是依凭《山海经》的人物和事件的原型，创造了一种现代的“新传说”。

『정위 새와 여자아이』에서, 샤오와와 샤오당이 비록 시공時空을 뛰어넘어 신화 속의 여자아이와 잊을 수 없는 시간을 보냈다. 소년 시절의 샤오와와 샤오당은 여자아이가 염제炎帝의 딸이자 『정위가 바다를 메우다』란 신화 속의 새 정위精衛鳥라는 사실을 몰랐다. 소설의 결말에 베이징대학교北京大學 학생이 된 샤오당은 고서古書를 보다가 우연히 이 유명한 신화의 원문을 읽고 감개무량해 한다. 필자 생각으로는 쉐타오의 3부작 『산해경신전』시리즈를 읽은 아동 독자들도 『산해경』 신화에 관심을 갖게 되거나 감개무량하지 않을 수 없을 것 같다. 이것이 바로 “문화적 의식이나 토착적 스타일”을 호소한 쉐타오의 초심 중의 하나가 아닐까 생각한다.

虽然《精卫鸟与女娃》中的小瓦和小当曾经穿越时空，与神话中的女娃生息相通地度过一段难以忘怀的时光，但是，少年时代的小瓦和小当并不知道女娃就是炎帝之女，是《精卫填海》神话里的精卫鸟。在小说的结尾，成了北京大学学生的小当翻看古书，偶然读到这篇著名神话的原文，感慨万分。我想，阅读薛涛的这三部“山海经新传说”的儿童读者，也会对《山海经》神话心生兴趣或者感慨吧。这是不是薛涛呼吁“文化意识、本土风格”的初衷之一呢？

■ 쉐타오薛涛
정위 새와 여자 아이
精卫鸟与女娃

■ 쉐타오薛涛
과부와 국화 선녀
夸父与小菊仙

■ 쉐타오薛涛
반고와 투명한 소녀
盘古与透明女孩

장즈루张之路

■ 장즈루张之路
매미는 누구를 위해 우는가
蝉为谁鸣

필자는 줄곧 장즈루가 아동문학 작가 중에서 이야기를 가장 잘하는 소설가 중 하나라고 생각해 왔다. 판타지 소설을 쓰면서 그는 이 재능을 한 층 더 발휘하게 되었다. 작가에게는 판타지 소설의 창작은 상상력에 대한 시험대이기도 하지만 복잡하고 생각 깊은 이야기를 엮는 능력에 대한 시험대이기도 하기 때문이다.

장즈루 또한 중화 문명과 문화 전통을 소중히 여기는 작가이다. 판타지 소설로서 그의 『매미는 누구를 위해 우는가』(1999)는 서술이 매우 자연스럽고 스토리 구조가 아주 교묘한 판타지 소설이다. 그 중에서 임종의 순간에 소년 벤위邊域가 슈난秀男을 도와주는 설정은 포송령蒲松齡의 『귀뚜라미』에서 청즈成子가 죽고 나서 귀뚜라미로 태어난 이야기로부터 아이디어를 얻었을 가능성이 있다.

我一直认为，张之路是儿童文学作家中，最会讲故事的小说家之一。创作幻想小说，他的这一才华得到了进一步发挥。因为对作家来说，幻想小说创作既是对想象力的考验，也是对编织复杂的、有深度的故事这一能力的考验。

张之路也是一位十分珍视中华文明和文化传统的作家。就幻想小说而言，他的《蝉为谁鸣》（1999年）是一部叙述极为流畅、情节十分自然巧妙的幻想小说，其中弥留之际的少年边域帮助秀男这一情节设定，可能就是受到了蒲松龄的《促织》里成子魂化促织的启发。

『첸원의 춤』(2011)을 창작했을 때 장즈루는 중국 문화가 응축된 한자에 상상력을 집중적으로 쏟아 한자에 대해 놀라운 예술적 해석을 진행했고, 거기에 인도 종교에서 유입된 윤회전세輪回傳世라는 민간적 상상력까지 더해 놀라운 판타지 세계를 창조했다. 『매미는 누구를 위해 우는가』(1999)에서 청소년의 삶을 그린 것과 달리 한자의 심오하고 복잡한 의미를 밝히기 위해 장즈루는 어른들의 삶을 대상으로 삼아 갈등의 초점을 중국 고대 선비들의 운명을 좌우하는 과거시험科擧考試에 두었다.

■ 장즈루张之路
첸원의 춤千雯之舞

创作《千雯之舞》（2011年）时，张之路直接将想象力投注于凝聚着中国文化的汉字之上，对汉字进行出人意料的艺术阐释，加之中国从印度宗教吸纳的轮回转世的民间想象，张之路创造了一个令人叹为观止的幻想世界。与《蝉为谁鸣》描写少年人的生活不同，为揭示汉字深奥、复杂的意义，张之路睿智地选取了成人生活作为描写对象，并且将矛盾的起点置于左右中国古代读书人命运的科举考试之上。

300여 년 전, 선비 꾸웬머우顧遠謀가 성도省都인 양저우揚州에 3년에 한 번 열리는 향시鄕試에 참가하러 갔다. 본래 그는 논리가 웅대하고 빈틈없고 글의 흐름이 아주 교묘한 문장을 썼는데, 시험관들이 바꿔치기 하는 바람에 글자 하나 없는 백지가 되고 말았다. 이처럼 억울한 경우를 당한 꾸웬머우는 매일 제대로 씻지도 않고 말할 때도 뒤죽박죽 조리가 없어 "미치광이字瘋子"란 별명까지 얻었다. 어느 날 꾸웬머우가 늘 가던 곳에서 억울한 사정을 호소하고 있었는데, 한 난쟁이가 그에게 손바닥만 한 작은 책 한 권을 주고, 그것이 "검도 될 수 있고 거문고도 될 수 있다"라고 하면서 그걸로 자신을 보호하라고 했다. 이날 두 명의 아전衙役이 사나운 개를 데리고 와서 미친 풍경을 만드는 꾸웬머우를 쫓아내려고 했다. 꾸웬머우가 그 작은 책으로 사나운 개의 머리를 한 대 때리자 순식간에 개가 "견犬"자로 변했다. 이후 꾸웬머우는 피해를 입은 사람에서 사람을 해치는 사람으로 변모했다. 그는 사람을 글자로 바꾸어 자신이 응시했을 때 쓴 2,152자를 모으겠다는 기발한 생각을 했다. 자신을 모함한 시험관들을 소인(그들은 문장 속의 글자가 될 수 없다)으로 만든 것 외에, 꾸웬머우는 여인숙까지 열어서 투숙객들을 글자로 만들어 버렸다. 강남江南의 부잣집 딸인 모첸원莫千雯은 아버지의 유지를 받들어 "첸원장서루"를 열었다. 명인名人과 기서奇書를 찾기 위해 첸원은 하녀 둬얼朵兒을 데리고 사방을 돌아다니다가 강에서 조난당하여 선비 양톈싸楊天颯에게 구조되었다. 첸원과 톈싸는 서로 사랑했지만 이별할 수밖에 없었다. 첸원과 둬얼은 꾸웬머우의 여인숙에 투숙하였는데, 첸원은 한자로 변하기 직전 "싸颯"자로 변한 양톈싸를 발견했다. 그녀는 양톈싸를 구하기 위해 글씨를 사람으로 만들어 주는 목걸이를 양톈싸의 목에 걸어서, 양톈싸를 간신히 구해냈다. 양톈싸는 첸원에게 "아가씨, 기다리세요. 아가씨를 반드시 구할게요. 이번 생에 안 되면 다음 생에라도 반드시 구할 거예요."라고 말했다.

三百多年前，书生顾远谋到省城扬州参加三年一度的乡试，本来写出了一篇立论雄阔恢宏、行文丝丝入扣的妙文，却遭考官们调包，变成了不着一字的白纸。受此冤屈，顾远谋每天蓬头垢面，说话颠三倒四，人送绰号"字疯子"。一日，顾远谋在老地方陈述冤情，一矮人送他一册巴掌大的小书，说它"可成剑可成琴"，你就拿它自卫护身吧。这一天，两个衙役带着恶狗驱赶制造"疯景"的顾远谋，顾远谋将小书向恶狗头上一拍，恶狗转眼间变成了一个剪纸模样的"犬"字。顾远谋由被人害变为想害人，他发奇想，要拍人变字，凑出自己应试文章的两千一百五十二个字来。除了把陷害自己的主考官等人拍成了小人（他们变不成文章中的字），顾远谋还开了一家客栈，把投宿的客人拍成字。江南大户人家的女儿莫千雯遵从父亲遗志，开设"千雯藏书楼"。为寻访名人奇书，千雯带丫鬟朵儿云游四方，在江中遇险，被书生杨天飒所救。两人互生爱慕，依依惜别。千雯与朵儿投宿顾远谋客栈，千雯在被变成汉字之前，发现了被变成"飒"字的杨天飒，她把能变字成人的项链戴在杨天飒的脖颈上，奋力救出了杨天飒。杨天飒向千雯承诺："姑娘，你等着，我一定救你出去。今生不成，来世也要救你！"

첸원은 300년이나 기다렸다. 300년 후, 성도의 남산 기슭 한적한 곳에 "첸원도서관"이라는 곳이 생겼다. 어느 날, 도서관에 대학을 갓 졸업한 쌍난桑南이라는 새 사관원이 찾아왔다. 쌍난은 모첸원과 어떤 관계가 있을까? 이건 아주 긴 이야기다….

장즈루의 『첸원의 춤』은 한자를 둘러싼 산 넘고 물 건너 언덕과 골짜기가 이어지고 구름과 안개가 겹겹으로 짙게 가려진 복잡한 이야기를 그렸다. 한자로 만들어진 환상세계를 그린 이러한 창작에서 독자들로 하여금 '책은 생명을 가졌고, 글자 역시 생명이 있는 것이다. 그들은 자신만의 희노애락과 그들 자신의 만남과 이별을 가지고 있다'는 저자의 말을 믿게 만드는 것은 바로 이러한 복잡함과 이 복잡함으로 만들어진 엄격한 스토리텔링이다.

千雯这一等，就是三百年。话说三百年后，省城的南山脚下，有一幽静去处，叫"千雯图书馆"。有一天，图书馆来了一个刚刚大学毕业的新馆员，名叫桑南。这桑南和莫千雯有什么关系？那可是说来话长…

张之路的《千雯之舞》围绕汉字，演绎了一个山重水复、重峦叠嶂、云遮雾绕的复杂故事。可以说，对于构想汉字的幻想世界这种创作来说，正是这样的复杂，以及由复杂带来的严谨的故事，才会使读者相信作家在书中说的话："书是有生命的，字也是有生命的…它们有自己的喜怒哀乐，也有自己的悲欢离合。"

천단옌陈丹燕

많은 판타지 소설들은 현실과 환상이 교차하는 2차적 구조를 구성한다. 일부 작가들의 글에서는 현실 속 아동이 환상적 세계와 환상적 생활의 개입으로 인해 시련과 경험을 겪으면서 성장하는 기회를 얻게 된다. 천단옌의 『우리 엄마는 요정이야』, 인지엔링殷健靈의 『종이 인간』은 아이들의 성장을 그려낸 판타지 소설 중에서 최고의 가작佳作이라 할 수 있다.

众多的幻想小说建构的是现实与幻想交织的二次元结构。在一些作家的笔下，现实中的儿童因为幻想世界、幻想生活的介入，经受考验和历练，从而获得一种成长的机遇。陈丹燕的《我的妈妈是精灵》、殷健灵的《纸人》是表现成长的幻想小说中的上乘佳作。

■ 천단옌陈丹燕
우리 엄마는 요정이야
我的妈妈是精灵

천단옌이 창작한 『우리 엄마는 요정이야』(1998)는 1995년 이래의 판타지 소설 붐과 무관하지 않았겠지만, 실제로는 천단옌이 오래전부터 준비해온 이야기로 보는 것이 더욱 정확할 것이다. 그 이유는 두 가지가 있다. 하나는 천단옌이 「삶이 동화 속으로 들어가도록-서양 현대 동화 창작의 새로운 경향」이란 논문에서 판타지와 동화를 문체적으로 구분하지 않았지만 중국에서 최초로 판타지 작품을 논했다. 다른 하나는 판타지 소설 『작은 쥐 스튜어트』와 『피터 팬』의 번역자로서 그녀가 이 문체에 푹 빠졌을 가능성이 크다는 점이다.

판타지 소설로 성장이라는 주제를 표현하는 것은 천단옌의 소녀문학 특색을 자연스레 이어받은 것이다. 일찍이 1980년대부터 천단옌은 『잠긴 서랍』, 『검은 머리』, 『여중생의 죽음』 등 작품으로 소녀들의 은밀한 정신적 세계를 그려내 많은 관심과 칭찬을 받았다. 오늘날 『재난의 선물』은 성장을 표현한 단편소설의 고전經典으로 볼 수 있다

陈丹燕创作《我的妈妈是精灵》（1998年）恐怕与1995年以来的幻想小说风势不无关联，但是，这也实在是一个陈丹燕早有准备的故事。有两个理由：陈丹燕在中国最早以《让生活扑进童话——西方现代童话创作的一个新倾向》一文，论述了属于 Fantasy 的作品，尽管她并没有将 Fantasy 与童话在文体上加以区分；作为幻想小说《小老鼠斯图亚特》《彼得·潘》的译者，她恐怕相当迷恋这一文体。

至于以幻想小说来表现成长主题，这是陈丹燕少女文学特质的自然接续。早在1980年代，陈丹燕就以一系列表现少女隐秘的精神世界的作品如《上锁的抽屉》《黑发》《女中学生之死》等，深得人们的关注和好评。如今，我已经把其中的《灾难的礼物》视为表现成长的短篇小说的经典之作。

■ 천단옌陈丹燕
한 여자 아이一个女孩

■ 천단옌陈丹燕
재난의 선물灾难的礼物

어느 요정이 인간의 감정적 삶을 갈망해 요정 세계에서 인간 세계로 내려와 아내이자 엄마가 되었지만, 그녀의 생존 방식이 끝내 남편과 딸에게 받아들여지지 않아 어쩔 수 없이 고향으로 돌아가야 했다. 1990년대 현대적인 대도시인 상하이에서 발생한 이 요정의 이야기를 사람들이 진실로 믿고 흥미진진하게 읽도록 하는 것은 이성적 정신이 뿌리 깊은 현대인(성인)에게는 말할 것도 없고 감성적 세계가 제대로 형성되지 않은 10대 어린이에게도 심리적으로 아무런 장애 없이 받아들여지는 것은 아니었다. 이를 잘 알고 있는 천단옌은 엄마가 요정으로 변신하는 과정을 섬세한 소설다운 필치로 리얼하게 그려냈다.

천묘묘陳淼淼는 "원래 신화 이야기는 정말 일어날 수 있는 일이구나!"라며 엄마가 요정이라는 사실을 받아들였다. 하지만 그녀가 요정 엄마를 진심으로 받아들일 수 있을까? 작가는 서로 다른 차원에 사는 사람과 요정 사이의 감정적 관계를 판타지 소설을 뒷받침하는 초석으로 삼았다. 서로 다른 차원에 있는 감정적 관계를 진실하게 그려내지 못한다면 환상적 세계도 리얼하게 나타나지 못할 것이다.

一个精灵因为渴望人类的情感生活，从精灵的世界降落到人间，成了人类的妻子和母亲，但终因其生存方式无法被丈夫与女儿接受而不得不返回精灵的家乡。这个发生于二十世纪九十年代的现代大都市上海的精灵故事，想让人信以为真，听得入迷，其难度之于理性精神已根深蒂固的现代人（成人）自不言而喻，即使是感性园地还相当柔软的十来岁的儿童也并非一点儿心理障碍也没有。陈丹燕对此心知肚明，所以她用细腻的小说笔触，实证式地描写了妈妈变成精灵的过程。

陈淼淼接受了妈妈是精灵这个事实："原来神话故事是真的可以发生的事。"但是她能否接受精灵妈妈呢？于是作家顺理成章地将表现处于不同次元的人与精灵之间的情感关系作为支撑幻想小说的基石。如果这种异次元间的情感关系不真实，幻想世界也不能真实。

거실과 복도를 사이에 두고 나는 침실에 있는 엄마를 보고 있다. 엄마는 여전히 파란색이고, 얼굴이 잘 보이지 않는다. 그 꽃무늬의 이불 속에서 조용히 누워 계신다. 그러나 엄마의 몸에 이상한 것이 있는 듯하다. 마치 내가 엄마를 두려워하지 않기를 바라는 것 같다. 엄마는 여전히 원래의 엄마이고 온 마음으로 나에게 잘해 주려는 그 사람이다. 이런 말들이 어떻게 내 머릿속에 들어왔는지 잘 모르겠다. 파란 잔주름이 가득한 엄마의 손을 보고 나는 평소 엄마의 손이 생각났다. 엄마는 내 몸을 만지는 것을 매우 좋아한다. 나는 마치 옛날 엄마가 내 옷 속에 손을 넣어 내 등 어딘가를 만졌을 때처럼 마음이 조금 따뜻해지는 것을 느꼈다.

隔着客厅和走廊，我看着卧室里的妈妈，她还是蓝色的，看不清楚脸，静静地被她的花被子压着，可是我觉得她的身上有一种奇怪的东西，好像是在求我不要怕她，她还是原来的妈妈，一心对我好的那个人，我不知这些话是怎么到了我的脑子里的。我看到她满是蓝色小皱纹的手动了一下，我想起了妈妈平时的手，她很喜欢摸我的身体，我觉得心里有一点儿暖暖的，像从前妈妈把手伸到我的衣服里，摸着我后背的什么地方一样。

엄마가 인간의 감정적 삶을 동경하였기 때문에 마음에 감정이 생기면서 가볍디가벼운 그림자 같은 요정에서 묵직한 인간으로 바뀌었듯, 천묘묘 역시 "감정"이라는 "세상에서 가장 끈끈한 접착제" 때문에 요정의 마음을 느끼게 되어 요정 엄마를 받아들였다.

천묘묘는 엄마가 요정이라는 사실을 알고 나서부터 엄마를 잃을까 봐 전전긍긍하고 있었다. 처음에는 엄마가 "파란 덩어리"라는 사실을 받아들이기 힘들어 "마음이 정말 아팠다". 다행히 엄마가 인간의 모습을 되찾아 예전과 같은 사랑으로 천묘묘의 마음을 안정시켰다. 그래서 "엄마는 영원히 내 편이고, 뺏기지 않을 거야"라고 하면

서 확신이 생겼다. 그러나 아빠는 곧 이혼하겠다고 공표했다. 엄마를 잃지 않기 위해(엄마가 천묘묘를 데리고 날아다닌 후, 천묘묘는 이혼하면 엄마가 인간 세계를 떠날 것을 이미 알고 있었다), 천묘묘는 친한 친구 리위천李雨辰의 도움을 받아 일부러 아픈 척, 나쁜 척, 밤에도 돌아오지 않는 척 등 한 아이가 할 수 있는 모든 방식으로 아빠의 이혼을 단념시키려 했다. 과연 아빠가 타협을 하긴 했지만, 동시에 "늙고 고달픈 사람이 되어 버렸다." 아빠를 가슴 아파하면서 갈등하는 가운데 천묘묘는 엄마가 개구리의 피를 마시며 인간의 모습을 유지한다는 비밀을 알게 되었다. 그때서야 천묘묘는 아빠를 진정으로 이해하며 요정 엄마와의 헤어짐이 불가피한 사실인 것을 깨달았다.

천묘묘와 아빠, 그리고 요정 엄마 사이의 감정적 교류를 섬세하고 부드럽게 묘사하면 할수록 더욱 독자들에게 안타까운 마음을 자아낸다. 특히 요정 엄마가 천묘묘, 아빠, 그리고 리위천(요정 엄마는 천묘묘를 사랑하는 만큼 그녀를 사랑했다)과 이별하는 장면은 정말 철석같은 사람이라도 감동하지 않을 수 없을 것이다.

正如妈妈因为向往人类的情感生活，心里有了情感而从轻飘飘的影子一样的精灵变成了沉甸甸的人一样，陈淼淼也是因为"感情"——这"世界上最黏的胶水"而与精灵的心连在一起，接受了精灵做自己的妈妈。

自从陈淼淼知道妈妈是精灵以后，她便一直处于担心失去妈妈的不安之中。她先是难以接受妈妈是"蓝色的一团东西"这一事实，"心里真正难过起来"。好在妈妈恢复了人形，以自己与往日一样的爱使陈淼淼心里又踏实起来："她会永远向着我，不会被抢走。"但是，爸爸马上表示要离婚。为了不失去妈妈（妈妈带陈淼淼飞过以后，陈淼淼已知道离婚意味着妈妈离开人间），陈淼淼在好朋友李雨辰的帮助下，以故意生病、装学坏、夜不归宿等一个孩子所能想到做到的方式，企图打消爸爸的离婚念头。爸爸果然妥协了，但同时也"变成了一个又老又苦的人"。就在陈淼淼因心疼爸爸而矛盾时，她发现了妈妈以喝小青蛙的血来维持人形的秘密，至此，她真正理解了爸爸，与精灵妈妈的分别也不可改变了。

陈丹燕表现陈淼淼、爸爸与精灵妈妈之间的情感交流越是细腻温柔，越是让人生出无限的惋惜。尤其是写到精灵妈妈与陈淼淼、爸爸、李雨辰（精灵妈妈关爱她一如关爱陈淼淼）告别的情景，真可以打动铁石心肠——

아빠가 다가와 엄마를 안았다. 사람을 안듯이 두 팔을 오므렸지만, 안은 것은 허공뿐이었다. 엄마는 이미 공기가 되어 버렸으니까.

아빠는 엄마가 이렇게 조금씩 조금씩 공기가 되어 갈 줄은 몰랐다. 여전히 그녀를 볼 수 있는데, 진짜와 같이 우리 앞에 서 있는데 이미 만질 수가 없었다. 아빠는 조금 당황해서 그저,

"여보 걱정 마, 걱정 안 해도 돼, 당신도 너무 슬퍼하지 말고."라고 말할 뿐이었다. 엄마는 달빛 아래에서 조금씩 파랗게 변해 갔다. 엄마의 얼굴이 연한 파란색 안개에 가려지면서 나는 엄마를 잘 볼 수가 없었다. 나는 소리를 질렀다. "엄마! 엄마!"

…

잠자코 있던 리위천이 갑자기 울음이 터뜨렸고, "쿵!" 소리와 함께 바닥에 무언가가 떨어졌다. 그것은 캔 따개 이벤트連环奬 마크가 붙어있는 코카콜라 캔이었다. 리위천이 엄마에게 주려던 이별 선물이란다. "너희 엄마는 내 엄마도 돼." 그녀가 울면서 말했다.

아빠는 황급히 리위천의 입을 막고, "울지 마. 울지 마. 울면 요정이 가면서 괴로워할 거야. 제발 울지 말거라."

리위천은 황급히 입을 틀어막았다.

울지 말고 우리 엄마가 마음 편히 고향으로 잘 돌아가도록 하자.

爸爸走过来抱住妈妈，爸爸像抱一个人一样把手臂合过来，可抱了个空。妈妈已经变空了。

爸爸没料到妈妈是这样一点儿一点儿变空而走的，我们还能看到她，像真的一样，就站在我们跟前，可已经摸不到了。爸爸有点儿慌，只会说：

"你放心，你放心，你自己不要太伤心。"妈妈在月光下一点儿一点儿变蓝，她的脸上开始被一种淡蓝色的雾气所笼罩，我看不清。我叫："妈！妈！"

……

一直沉默着的李雨辰突然放声大哭，有一样东西"咚"地落到地上，那是一罐可口可乐，上面还有连环奖的标志，是李雨辰给妈妈的临别礼物。"你的妈妈也是我的妈妈。"她大哭着说。

爸爸慌忙去捂李雨辰的嘴，说："别哭别哭，要不然，精灵会走得很痛苦的。求你别哭。"

李雨辰马上自己捂住了嘴。

就让我的妈妈好好地回家乡去吧，不要哭。

이 부분을 읽었을 때 필자는 눈물을 참을 수 없었다. 요정을 믿어서 감동을 받은 것인지, 감동받아서 요정을 믿게 된 건지 알 수가 없었다. 어쨌든 천단옌은 우리에게 환상적 세계를 리얼하게 그려주었고, 우리가 요정을 믿게 됨으로써 살면서 간과되거나 잊혀진 것들을 발견하게 해 주었다.

천단옌은 『우리 엄마는 요정이야』로 중국의 판타지 소설 창작에 중요한 스타일을 구축해 주었다. 그녀는 환상적인 이야기 속에서 현실 생활과 시대를 배경으로 인간과 요정의 감정 교류를 표현함으로써 삶의 참뜻과 인간의 본성을 탐구하여 리얼리즘 소설과 동화가 미치지 못했던 곳에서 새로운 예술적 영역을 개척해 주었다.

我读这一段文字时，泪水禁不住流了出来。我不知道我是因为相信了精灵而感动，还是因为感动而相信精灵。不管怎样，陈丹燕创造了一个真实的幻想世界，使我们因为相信精灵而发现了生活中曾经被自己忽略和遗忘了的东西。

陈丹燕以《我的妈妈是精灵》为中国的幻想小说创作提供了一种重要的风格，她在幻想故事中，以现实生活和时代为背景，表现人与精灵的感情交流，以此来探求生活的真义和人性的本质，于现实主义小说和童话都鞭长莫及的地方，开拓了一片崭新的艺术领地。

인지엔링殷健灵

천단옌의 『우리 엄마는 요정이야』는 중대한 사건이나 시련으로 초등학생의 성장을 표현했다면, 인지엔링의 『종이 인간』(2000)은 심리적 변화를 스토리 전개의 원동력으로 삼았다.

인지엔링의 첫 장편소설 『유리 새』(1997)를 읽었을 때 소녀 주인공 "나"에게 인지엔링의 그림자가 있다는 것을 느꼈고, 『종이 인간』을 읽었을 때 수료료蘇了了에게서 『유리 새』의 주인공 "나"의 그림자를 느꼈다. 이 말은 인지엔링의 문학세계에서 진정성을 느낄 수 있음을 뜻한다. 그녀의 작품은 진실한 것이다. 이는 허구虛構가 아니라는 말이 아니라 마음속에서 우러나온 진실에서 만들어진 허구라는 것이다. 이 점은 성장문학을 창작하는 작가에게 매우 소중한 것이다. 문학, 특히 성장문학은 진실하지 못하거나 진정성이 부족하다면 마음을 지탱할 힘을 잃기 마련이다.

■ 인지엔링殷健灵
유리 새玻璃鸟

陈丹燕的《我的妈妈是精灵》是以重大的事件、以磨难来表现一个小学生的成长，而殷健灵的《纸人》（2000年）则是用心理涌动作故事展开的动力。

我读殷健灵的第一部长篇小说《玻璃鸟》（1997年），觉得主人公女孩儿"我"的身上有殷健灵的影子，而读《纸人》，我觉得苏了了的身上有《玻璃鸟》里的"我"的影子。我这样说，是想表达我在殷健灵的文学世界里，感受到了她的真诚。她的作品是真实的。不是说它们不是虚构的，但是那是来自内心的真实的一种虚构。这一点对于一个写成长文学的作家极为珍贵。文学，特别是成长文学，如果不够真实、不够真诚，就会失去扶持心灵的力量。

『종이 인간』에서 아홉 살이 된 수료료가 친구와 함께 종이 인간이란 게임을 만들었다. 수료료는 "성숙하면서도 순진한" 예쁜 여인을 그려 "단니丹妮"라는 이름을 지어주었다. 강압적이고 독제적인 선생님에게 종이 인간 게임을 들켜서 "단니"는 갈기갈기 찢겨졌다. 점점, 수료료는 사춘기에 접어들면서 육체적인 성 발달로 인해 얼떨떨하고 두려운 느낌에 빠졌다. 열세 살 때의 어느 날, 수료료는 어둠 속에서 부르짖은 소리에 어떨결에 버려진 회색 건물로 들어가 "단니"를 만났다. 수료료는 "옷을 천 겹이나 입은 것과 같이 나를 잘 못 보겠어"하고 말했다. 단니는 "그래서 내가 너를 도우려고 온 거야, 한 겹씩 옷을 벗어서 네가 자신과 이 옷들을 잘 볼 수 있게 말이야." 라고 했다. 이때부터 단니는 수료료의 정신적 버팀목이 되었다. 남자 아이들이 무서운 방법으로 괴롭힐 때, 친구 츄즈秋子가 혼란스러운 청춘의 격류와 소용돌이에 빠져 죽었을 때, 선생님과 연애를 하게 되었을 때도, 수료료는 단니로부터 힘을 얻고 인도를 받아 끝내 곤경에서 벗어나 청춘의 강을 안전하게 지날 수 있었고, 인생의 중요한 단계를 완성할 수 있었다.

在《纸人》里，九岁的苏了了与同伴创造了纸人游戏。苏了了画了一个“成熟却纯情”的美丽女人，把她称作“丹妮”。纸人游戏被蛮横的老师发现，“丹妮”被撕得粉碎。渐渐地，苏了了步入了青春期，陷入对身体的性发育的懵懂和惊恐之中。十三岁时的一天，迷惘的苏了了被冥冥中的一声召唤，吸引到一栋被弃置的灰楼里，见到了“丹妮”。苏了了说：“我看不清自己，仿佛穿了一千层衣服。”“丹妮”说：“那就让我来帮你，把它们一层层脱下来，好让你看看自己和这些衣服。”从此，“丹妮”成了苏了了的精神依靠。在男孩子用令人恐怖的方式“欺负”苏了了时，在秋子溺死于青春迷乱的激流和旋涡中时，当苏了了陷入与老师的师生恋的时候，苏了了都从“丹妮”那里得到了力量和指引，并最终走出困境，安全地到达了青春的彼岸，完成了人生一个重要阶段的成长。

어떤 평론가는 단니를 수료료의 “인도자이자 수호신守護神”*이라고 지적했고, 일부 연구자들은 “단니는 ‘나’의 성장 과정에서 정신적 멘토 역할을 하며, 그의 ‘마법’은 여자 아이의 성장에 대한 숙달과 이해”**라고 주장했다. 이런 해석에 필자는 전적으로 찬성한다. 왜냐하면 소설에서 이러한 측면에 대한 정보가 많이 나타났기 때문이다. 필자가 걱정하는 것은 『종이 인간』의 독자들, 즉 “여자아이의 강女兒河”의 기슭에서서 반드시 저쪽으로 건너가야 하는 소년 소녀들이다. 만약 그들이 수료료의 행운을 가지지 못하고, 환상적 세계에서 “단니” 같은 인도자引導者를 만나지 못한다면 츄즈처럼 “청춘의 강에서 익사하지 않을까?”

* 리쉐빈(2009), 「청춘에 대한 미망과 수호 - 청소년소설에서의 사춘기 주제와 판타지 소설 『종이 인간』에 대한 논평」, 『잔잔한 물방울』, 제리출판사, 초판.李学斌：《青春的迷惘与守望——兼评少年小说的“青春期题材”及幻想小说〈纸人〉》，李学斌著：《沉潜的水滴》，接力出版社2009年7月第1版。

** 허웨이칭이 한 말, 『중국 판타지 소설론』, 주쯔창, 허웨이칭 저, 소년아동출판사, 2006년 12월 초판, 189페이지.何卫青语，见朱自强、何卫青著：《中国幻想小说论》第189页，少年儿童出版社2006年12月第1版。

그러므로 필자는 "단니가 도대체 어떤 사람이고, 어디서 왔을까?"라고 스스로에게 묻지 않을 수 없다.

"단니"는 두 군데에서 왔을 가능성이 있다. 하나는 수료료의 내심이다. "단니"는 수료료가 되고 싶은 그 사람이기에 긍정적인 자아에 대한 심리적 투사의 결과로 볼 수 있다. 다른 하나는 성인의 세계이다. 어른들의 "여자아이의 성장에 대한 숙달과 이해"이기도 하지만 더욱 중요한 것은 사랑, 수료료의 엄마가 보여준 사랑이다. 츄즈가 목숨을 잃은 것은 그의 사랑이 기댈 곳을 잃었기 때문이다. 사실 상술한 두 가지는 소설에 모두 암시되어 있다.

有评论家指出, "丹妮"就是苏了了的"一个青春的引渡者和守护神", 还有研究者认为, "丹妮在'我'的成长历程中扮演着精神导师的作用, 她的'魔法'是对女孩生命成长的谙熟和理解。" 对这样的阐释我完全赞同, 因为小说提供了很多这方面的信息。我所思虑的是《纸人》的读者们——那些站在"女儿河"岸边, 必须涉过彼岸的少男少女们。如果他（她）们没有苏了了的幸运, 无法在幻想世界与"丹妮"这样的"引渡者"相遇, 是不是也会像秋子一样, "在青春的河里溺死"？

于是, 我不能不逼问自己, "丹妮"到底是什么人？"丹妮"来自哪里？

我认为"丹妮"来自两个地方：一个是苏了了的内心, "丹妮"是苏了了所渴望成为的那个人——积极自我的心理投射；一个是成人世界, 是成人们"对女孩生命成长的谙熟和理解", 更重要的是爱, 如苏了了的妈妈所显示出的爱。而秋子生命的坠落, 是因为失去了爱的依靠。事实上, 对上述两点, 小说都作出了暗示。

미국 심리학자 제임스 힐먼James Hillman은 『마음의 해독Deciphering the Mind』이라는 책에서 "도토리 이론acorn theory"이란 독특한 견해를 제시했다. 이 이론에 따르면 생명체마다 하나의 특정한 형상으로 구성되며, 그 형상은 생명체의 본질적 핵심이므로 그 생명체를 하나의 운명으로 인도해 준다. 마치 거대한 참나무의 운명이 아주 작은 도토리 속에 쓰여져 있는 것과 같이 운명의 부름은 모든 생명의 핵심 있는 보이지 않는 수수께끼이다. "단니"는 수료료의 마음속에 있는 부름이었다. 소설에서 밝힌 바와 같이, "바로 이 때, 갑자기 전기충격처럼 내 고막에 부름이 닿았다. 그 소리는 마치 내 마음속 깊은 곳에서 온 것처럼 너무나 친숙하고 너무나 따뜻했다." 수료료가 그 부름에 따라 회색 건물로 들어갔을 때 "단니"가 나타나 그녀에게 말했다. "수료료, 나는 네가 만든 꿈이야. 꿈은 허무한 게 아니야. (중략) 아름다운 꿈은 절대 깨지지 않아." 소설의 표면적인 줄거리를 보면 "단니"가 수료료를 떠난 것처럼 보이지만, 실은 수료료는 "단니"와 하나로 합쳐졌다. "단니"가 말했듯 "비록 내 몸은 그대를 떠났지만 내 영혼은 영원히 네 마음속에 있을 거야."

美国心理学家詹姆斯·希尔曼在《破译心灵》一书中，提出了见解独到的“橡实理论”。这一理论认为，每个生命由一个特定的形象构成，这个形象是生命的本质内核，召唤着那个生命走向一个命运，就像高大的橡树的命运写在微小的橡实中一样，命运召唤，这是每个生命核心的看不见的谜。“丹妮”是苏了了内心的一个召唤。小说中明确写道：“就在这时，一声召唤，如同电击一般突然触到了我的耳膜。那个声音仿佛来自我自己心灵深处，那么熟稔，那么温情。” 当苏了了循着这声召唤走进灰楼时，“丹妮”就出现了，并且对她说：“苏了了，我是你创造的梦，梦不是虚无的，…美丽的梦从来都不会破灭的。” 从小说的情节表面看起来，“丹妮”是离苏了了而去，可实际上苏了了已经与“丹妮”合二为一了。“丹妮”不是说了吗？“虽然我的身体离开了你，可我的灵魂却永远地驻到了你的心里。”

이야기의 끝에서 죽은 츄즈는 어른이 된 수료료에게 원망스럽게 "그때 누군가가 나에게 이런 말을 해 주었다면 나도 죽지 않았을 터인데…"라고 한탄했다. 이걸 보면, 수료료는 이미 새로운 "단니"가 되었을지도 모른다. 이때 수료료는 스물여덟 살이고, 수료료에게 정신적 멘토가 되어준 때의 "단니"가 마침 "스물 대여섯 살로 보였다."

『종이 인간』이란 작품이 우리에게 알려준 것은 성장문학을 쓰려면 맑고 깨끗한 인생 지혜를 가지고 있어야 하고, 성장문학을 창작하려는 작가는 "단니"가 되도록 노력해야 한다는 것이다.

在故事的结尾，死去的秋子幽怨地对成年人苏了了说："那时候，如果也有人对我这样说，我就不会死了…" 可见，苏了了可能已经成为一个新的"丹妮"。此时，苏了了二十八岁，而当年给苏了了以精神引导的"丹妮"，也恰恰"看上去是二十五六岁光景"。

我想，《纸人》的创作给我们的启示是，写成长文学需要澄澈的人生智慧，有志于创作成长文学的作家，应该努力成为那个"丹妮"。

■ 인지엔링殷健灵
종이 인간纸人

■ 인지엔링殷健灵
울부짓는 도깨비哭泣精灵

탕수란汤素兰

■ 탕수란汤素兰
중국 판타지 소설론
中国幻想小说论

전술한 판타지 소설들은 모두 소설가가 창작한 작품들이다. 다음은 동화 작가가 쓴 판타지 소설 몇 부를 살펴보도록 하자. 허웨이칭何衛青은 필자와 공저한 『중국 판타지 소설론』에서 판타지 소설의 서사 패턴을 여섯 가지로 제시했는데, 그중에는 "동화 패턴"이란 분류가 있었다. 여기서 이 개념을 빌려 다음 작품들을 "동화 패턴"으로 창작된 판타지 소설이라 부르자.

탕수란은 판타지 아동문학 창작에 있어 다재다능한 작가이다. 그녀는『기적 같은 정원』(2009)과 같은 서정적이고 시적인 동화도 썼고, 『바보 늑대 이야기』와 같은 이야기가 코믹스럽고 서술이 유머러스한 동화도 썼다. 장편 판타지 소설 『옥탑방 요정』(2002)은 현대 사회가 발전되면서 직면하게 된 근본적인 문제를 터치하기도 했다.

上述幻想小说都是以小说家为主要身份的作家创作的，接下来，我们看几部童话作家的幻想小说。何卫青在与我合著的《中国幻想小说论》一书中，归纳出了六种幻想小说的叙事模式，其中就有"童话模式"。我们不妨借用这一概念，将下面几部作品称为"童话模式"的幻想小说。

汤素兰是幻想儿童文学创作的多面手。在童话创作上，

■ 탕수란汤素兰
기적의 화원奇迹花园

她既写出了《奇迹花园》(2009年) 这样的抒情的、诗性的童话，也写出了《笨狼的故事》这样的故事热闹、叙述幽默的童话，在幻想小说创作上，她以长篇作品《阁楼精灵》(2002年) 揭示了现代社会发展面临的根本问题。

■ 탕수란汤素兰
옥탑방 요정阁楼精灵

아동문학 창작에 있어, 만약 어떤 작가가 양지良知와 사상력思想力을 겸비할 수 있다면 그 창작도 반드시 어느 정도 그들이 처한 시대의 맥락을 감지하게 된다. 탕수란의 판타지 소설 『옥탑방 요정』은 깊은 의미를 갖춘 작품이다. 탕수란의 아동문학 창작에 있어 『옥탑방 요정』은 특별히 중요한 위치를 차지한 작품이다.

옥탑방 요정들은 대대로 시골 옥탑방에서 살았다. 그들이 "가장 좋아하는 일은 아이들을 돌보는 것"이다. "아이를 데리고 풀밭에 들어가 화신선花仙子에게 춤을 배우게 했다. 아이를 데리고 달빛 아래의 황야荒野를 건너 푸른 대나무가 가득한 산비탈에 올라가 요정들이 피리를 부는 것을 듣게 했다. 화미조畵眉나 백령百靈, 종달새雲雀를 처마 밑에 불러다가 이들에게 노래를 가르치게 했다. 이는 외딴 시골에서 자란 아이들이 노래나 춤을 배운 적 없어도 천재적인 예술가가 될 수 있는 이유이다." 그런데 신문에 기사에서 말하기를, 새로 건설될 철도 하나가 옥탑방 요정들이 살고 있는 마을大樹下村을 통과할 것이란다. 이 마을과 수만 개의 마을이 "현대적인 소도시"로 건설될 것이다. 도시에 있는 건물에는 옥탑방이 없으므로 옥탑방에서 살고 있는 요정들은 이사를 해야 할 운명을 피하지 못하게 되었다.

在儿童文学创作中，如果一个作家具有良知和思想力，其创作也必然会在一定程度上，触摸到身处时代的脉搏。汤素兰的幻想小说《阁楼精灵》，就是一部耐人寻味的思想性的作品。在汤素兰的儿童文学创作中，《阁楼精灵》占据着一个特殊的重要位置。

阁楼精灵世世代代居住于乡村的阁楼里。他们"最喜欢做的事情，就是照顾小孩子。" "他们带领小孩子到草丛中去，让花仙子教孩子们跳舞。他们领着孩子穿过月光下的荒野，到长满翠竹的山坡上听精灵们吹笛子。他们把画眉、百灵和云雀请到屋檐下，教孩子们唱歌。这就是为什么在一些偏僻的乡村里的孩子们从没有学过唱歌、跳舞，却能成为天才的艺术家。" 然而，报纸上的新闻传来，一条准备兴建的铁路要通过阁楼精灵居住的大树下村。这个村子和上万个村子要被"建成现代化的小城镇"。城市里的楼房是没有阁楼的，阁楼精灵面临着迁徙的命运。

옥탑방 요정들은 어디로 이사 갈까? 요정 할머니는 "도시에서 멀리 떨어져 있는 곳으로", "산속으로" 가자고 했다. 담뱃대 할아버지가 "산은 도시뿐만 아니라 인간과도 멀어질 곳"이라고 일깨우자 요정 할머니는 "이제 인간도 오래전 우리 옛 선조들이 만났을 때 그 모습이 아니고, 우리가 돌보던 아이들도 이제 고향에 잘 돌아오지 않잖아. (중략) 걔들은 이미 그리워하지 않아. 일단 고향을 떠나면 오솔길에 있는 꽃향기나 새소리도, 들판에 있는 곡식 이삭도, 마을 입구에 있는 아카시아 나무도 기억하지 않는다."하고 반박했다.

의심할 여지없이 도시는 현대화의 산물이다. 옥탑방 요정들이 도시에서 멀리 떨어지게 하는 스토리 설정은 현대화(현대성)에 대한 작가의 회의를 암시한다. 책 전체에 흐르는 시골에 대한 향수는 도시에 대한 관조와 상대된다. 요정들이 "도시에서 멀리 떨어져 있는 곳"으로 이사 간다는 것은 인간의 마음속 깊은 곳에서 현실감을 가지게 한다. 인간의 본성에는 이와 같은 충동과 갈망이 있다. 심지어 에머슨Emerson, 소로Thoreau, 뮤어Muir, 발레스Burroughs, 레오폴드Leopold 등 미국 자연문학 작가들은 행동으로 나타내기도 했다.

阁楼精灵朝哪里迁移？精灵奶奶说："朝远离城市的地方"，"朝山里去"。当烟斗爷爷提醒精灵奶奶，"山里不只远离城市，还会远离人类"时，精灵奶奶说："人类已经不再是我们古老的祖先们遇到他们时的样子了，我们曾经照料过的孩子，现在很少回到故乡…他们已经不会思念了，他们一旦离开故乡，就不记得小路上的花香鸟语，不记得田野里的谷穗、村口的洋槐。"

毫无疑问，城市是现代化的产物。而阁楼精灵远离城市这一情节设定，暗示着作家对现代化（现代性）的一种怀疑心理。整本书所流露出的对乡村的怀旧情绪，是城市观照的对应物。精灵"朝远离城市的地方"迁移，在人类的心灵深处，是具有现实感的。人类的本性中应该具有这种冲动和渴望。甚至，在爱默生、梭罗、缪尔、巴勒斯、利奥波德等美国自然文学作家那里，我们还看见了行动。

무당 그리그格里格(실은 요정이다.)가 그린 "도시"의 모습을 보자. "나는 그곳을 안다. 도시는 아주아주 이상한 곳이다. 낮에는 밤처럼 하늘에 구름 잔뜩 끼어 태양이 안 보이는데 밤에는 오히려 이유 없이 낮처럼 환해져서 달도 별도 보이지 않는다. 그곳의 인간은 내가 본 적이 있는 메뚜기 떼만큼 많았어…"

이렇게나 피하고 싶었던 "도시"에 옥탑방 요정들은 어느 날 자진해서 돌아왔다. 왜냐하면 인간을 떠나 요정골精靈谷로 이사한 뒤 몸이 빠르게 노화한다는 심각한 문제가 터져버렸기 때문이다. "요정 할머니는 몸을 일으켜 통나무집을 향해 걸어간다. 할머니는 한 걸음 한 걸음 걸을 때마다 힘에 겨운 것을 느꼈다. 이치대로라면 300여 세의 나이는 요정에게 그리 많은 편이 아니지만, 요정골에 사는 옥탑방 요정들은 하루하루 늙고 쇠약해지고 있다. 그들의 삶에 한 가지가 빠졌기 때문이다." 옥탑방 요정들의 삶에 빠진 것이 무엇일까? 그것은 바로 인간에 대한 사랑이다. 이에 대해서는 작품의 첫머리에서 밝힌 바 있다. "오래된 옥탑방 요정들은 인간에 대한 배려와 사랑으로 영생永生을 얻었다. 인간에 대한 배려와 사랑이 없거나 인간의 그들에 대한 애착이 없다면 그들은 영생할 수 없다." 유령 외꺼풀單眼皮도 이 점을 잘 안다. "인간을 떠났다는 게 그들이 죽어가는 가장 중요한 원인이지. (중략) 우리의 급선무는 요정들이 다시 인간과 접촉하지 못하게 감시하는 거야."

我们看看巫婆格里格（其实也是精灵）所描绘的"城市"形象："我知道那个地方，那里是城市，是非常非常奇怪的地方，白天像黑夜一样，天上布满了阴云，看不到太阳，晚上却又像白天一样莫名其妙地亮着，看不到星星和月亮。那里的人类，像我见过的蝗虫一样多…"

就是这样使阁楼精灵们避之犹恐不及的"城市"，有一天，他们却要主动返回去。因为阁楼精灵离开人类，迁移至精灵谷后，发生了重大问题，即他们在迅速衰老："精灵奶奶站起身，朝木屋走去。她每走一步，都觉得吃力。虽然按理说，三百多岁的精灵并不是特别老，但这个峡谷中的阁楼精灵们，正在一天比一天老，一天比一天衰弱，因为他们的生命中，缺乏一种东西。" 阁楼精灵缺乏的那种东西是什么？是对人类的爱。对此，作品的开头有过交代："古老的阁楼精灵就是靠自己对人类的关怀和爱，获得永生的。没有对人类的关怀和爱，没有人类对他们的依恋，他们就不能永生。" 幽灵单眼皮也深知这一点："他们离开了人类，这才是他们消亡的最重要的原因…我们的首要任务是要看住他们，不让他们再和人类接触。"

아동문학의 세계관은 이 세상의 가치와 진리에 대한 해석이다. 동화 창작에 능통한 탕수란은 판타지 소설 『옥탑방 요정』에서 상당한 지면으로 이를 논했다. 이런 논의들은 작품의 판타지 문법과 논리를 구성할 뿐만 아니라 판타지 세계의 진실성을 획득하였으며 작가의 세계관을 설명하고 있기도 하다.

육체의 급속한 노쇠와 외꺼풀, 쌍꺼풀이라는 두 유령이 옥탑방 요정들을 멸종시키려는 음모에 맞서기 위해 요정들은 인간에게 돌아갈 것을 고려하기 시작했다. "인간을 떠난 후 그들은 평안을 찾지 못했을 뿐만 아니라 오히려 유령들에게 쫓기게 되었다…" 결국 옥탑방 요정들은 두 꼬마 요정 샤오시小西와 아싼阿三을 인간 곁으로 돌려보냈고, 도시로 왔다. 그러나 유령 쌍꺼풀도 도시까지 쫓아왔다…

儿童文学是世界观，是对这个世界的价值和真理的阐释。我注意到，擅长童话创作的汤素兰在幻想小说《阁楼精灵》里，运用了相当多的篇幅在议论。这些议论不仅在构建作品的幻想文法和逻辑，以获得幻想世界的真实性，而且也是在阐释作家的世界观。

面对自身的迅速衰老和单眼皮、双眼皮这两个幽灵企图灭绝阁楼精灵的阴谋，精灵们开始考虑回归人类，因为"离开人类以后，他们并没有找到安宁，离开人类以后，幽灵们却找到了他们…" 最终，阁楼精灵让两个小精灵小西和阿三回到了人类的身边，来到了城市。但是，幽灵双眼皮也追杀到了城里…

옥탑방 요정들이 도시로 돌아오는 부분은 작가가 루소盧梭처럼 역사의 원점으로 돌아가 현대 사회의 문제를 해결하려 하거나, 근대 이전으로 돌아가 문제를 해결하려 하는 것이 아니라, "매혹적인 자연"을 살리기 위해 일종의 앞으로 나아가려는 자세

를 취하고 있음을 암시하는 것이 아닐까 싶다. 물론 『옥탑방 요정』은 많은 여백을 남겨 독자들에게 생각할 여지를 만들어주었다.

『옥탑방 요정』에서 "도시"는 마치 현대화에 대한 우리의 뒤섞인 사랑과 증오처럼 복잡한 상징이다. 탕수란의 『옥탑방 요정』은 요정의 운명, 나아가 인류의 앞날과 운명에 대한 현대인의 불안감을 더 강화시켰을지도 모른다.

阁楼精灵回到城市这一情节，是否暗示着作家并不是像卢梭那样，企图回到历史的零度来解决现代社会的问题，也不是想回到前现代去解决问题，而是采取了一种向前走的姿态——挽救"附魅的自然"。当然,《阁楼精灵》更多的是留下了空白，供我们思索。

《阁楼精灵》中，"城市"是复杂的意象符号，正如我们对现代化的爱恨交织。也许，汤素兰的《阁楼精灵》强化了一种现代人的焦虑：精灵的命运，乃至人类的前途和命运的确令人担忧。

왕이메이王一梅

왕이메이의 장편 판타지 소설 『꼭두각시의 숲』(2005)을 읽으면 독일 시인 노발리스Novalis의 철학에 대한 정의가 떠오른다. "철학은 원래 향수에 젖어 이리저리 고향을 찾아 헤매는 것이다." 필자의 눈에, 이것은 분명 문학의 정의이자 많은 우수한 아동문학 작품에도 적당한 정의이다.

필자의 독서 경험 속에서 왕이메이의 단편 동화 『책 속의 개미』, 『당근 할아버지의 수염』, 장편 판타지 소설 『두더지의 달 강』(2002) 등은 모두 중국의 창작 아동문학 작품이 도달할 수 있는 예술적 높이를 표시할 수 있다. 『두더지의 달 강』은 참신하고 유쾌한 성장 스토리를 유머러스하고 재미있는 필치로 표현하는 데 성공을 거둔 작품이고, 『꼭두각시의 숲』은 깊은 여운을 남기는 운명과 그가 가야 할 곳歸宿을 잔잔하게 전시하는 데 뛰어나다.

读王一梅的长篇幻想小说《木偶的森林》(2005年)，我联想到德国诗人诺瓦利斯给哲学下过的一个定义：哲学原就是怀着一种乡愁的冲动到处寻找家园。在我眼里，这分明是一个文学的定义，而且是一个适合许多优秀儿童文学作品的定义。

在我的阅读感受里，王一梅的短篇童话《书本里的蚂蚁》《胡萝卜先生的胡须》，长篇幻想小说《鼹鼠的月亮河》(2002年)，都能用以标示中国原创儿童文学作品所达到的艺术高度。《鼹鼠的月亮河》以幽默、风趣地讲述一个清新、愉悦的成长故事而取胜，《木偶的森林》则以不动声色地展示发人深思的命运和归宿见长。

문명과 자연, 도시와 시골, 인류와 동물, 이러한 동형적 모순 관계는 줄곧 서양 아동문학이 관심을 갖고 풀기를 바라는 난제이다. 중국 작가들이 이런 주제를 건드릴 때 가장 우려될 것은 한단 사람이 걸음걸이를 배우듯邯鄲學步 남을 맹목적으로 따라 하는 것이다. 그래서 『꼭두각시의 숲』의 첫머리에 쓰인 "느린" 도시, "바쁜" 도시라는 글자를 보고, 새끼 곰 바이헤이헤이白黑黑가 살고 있는 숲이 인간에 의해 벌채되고, 철도 엔지니어 아탕阿湯이 철도를 숲 언저리까지 건설했다는 줄거리를 읽자마자 마음속으로 이야기와 주제가 단순한 현대문명에 대한 비판이나 자연을 보호해야 한다는 호소를 뛰어넘을 수 있는지를 이 작품의 성패의 관건으로 삼았다.

文明与自然, 城市和乡村, 人类和动物, 这些同构的矛盾关系, 一直是西方儿童文学关注并希望破解的难题。当中国作家涉入这一主题时, 最令人担心的是邯郸学步、亦步亦趋。所以, 当我在《木偶的森林》的开头见到"慢吞吞"的城市、"忙碌"的城市这些字样, 读到小熊白黑黑的家所在的森林遭人类砍伐, 以及铁路工程师阿汤把铁路修到森林边缘这些情节时, 就暗自把故事和主题能否超越简单的现代文明批判和保护自然的呼吁, 看作是这部作品成败的关键。

■ 왕이메이王一梅
두더지의 달 강鼹鼠的月亮河

■ 왕이메이王一梅
꼭두각시의 숲木偶的森林

왕이메이가 만들어낸 이야기는 종종 생동감 있고 곡절이 많으며 자유롭고 세부적 묘사가 풍부하고 함축적이다. 『꼭두각시의 숲』은 이러한 장점을 유지하고 있다. 아탕阿湯은 노동자를 데리고 철도를 새끼 곰 바이헤이헤이가 살고 있는 숲 언저리까지 설치했다. 아탕은 "바쁜 도시忙碌城"를 한바탕 소개하면서 바이헤이헤이의 관심을 먼 외지로 유도했다. 첫 번째 열차가 숲 주변에 도착하자 바이헤이헤이는 그 기차를 타고 "바쁜 도시"로 갔다. "바쁜 도시"에 도착한 후 바이헤이헤이는 롤리羅里 선생의 서커스에 들어가 역도를 공연하는 단원이 되었다. 바이헤이헤이가 롤리에게 백사자 거리 9번지百獅子大街九號에 가서 아탕을 찾고 싶다고 하자, 롤리는 마법을 할 줄 아는 검은 알락할미새白頭翁에게서 얻은 악보를 노래하기 시작했다. 노래가 고음 부분에 도달했을 때 롤리의 쉬어 버린 목구멍 깊은 곳에서 갑자기 날카로운 소리가 났고, 그 소리는 바이헤이헤이에게 백사자 거리도, 전에 살던 숲도 모두 잊어버리게 했다.

王一梅笔下的故事往往情节生动、曲折，收放开合自如，细节丰满、蕴藉。《木偶的森林》保持着这一优长。阿汤带领工人把铁路铺到了白黑黑住的森林边。

阿汤对忙碌城的一番介绍，把白黑黑的一颗心引向了远方。当第一趟列车开到森林边时，白黑黑搭乘它去了忙碌城。白黑黑到忙碌城以后，进了罗里先生的马戏团，当上了表演举重的马戏演员。当白黑黑对罗里说想去百狮子大街九号找阿汤时，罗里就唱起了他从一只会魔法的黑色的白头翁那里弄来的歌谱。唱到高音部分时，罗里沙哑的喉咙根部突然发出了尖利的声音，这声音让白黑黑忘记了百狮子街，忘记了曾经生活过的森林。

롤리는 『꼭두각시의 숲』의 핵심적인 인물이다. 그의 등장은 이야기 속의 다양한 인물들 간의 관계를 연결시키고 스토리의 발전의 템포를 가속하는 동시에 작품의 주제로 통하는 길을 제시한다. 서커스단의 주인 꼭두각시 롤리는 원래 잎이 무성한 참나무였다. "바쁜 도시"의 인간들이 숲을 벌채했을 때, 어떤 목수가 참나무 롤리로 꼭두각시를 만들었다. 꼭두각시 롤리와 진짜 인간은 별로 다르지 않다. 그는 말도 할 줄 알고 머리도 쓸 줄 알며 약간의 마법까지 사용할 줄 안다. 그러나 롤리의 마음은 차갑고 인간에 대한 증오로 가득 차 미치광이 같은 생각을 한다. 그는 오래된 악보 마법으로 동물을 통제하여 동물들이 인간을 쫓아내고 도시를 차지하려고 한다. 그러나 롤리는 동물들의 기억을 빼앗아 갈 수는 있었지만 자기 자신의 기억은 지워버릴 수 없었다. 사실 롤리는 매일 매 시간 자신의 집이 그립다. 그래서 도서관 직원인 아찬阿燦과 엔지니어 아탕이 기억을 잃은 동물들을 구하기 위해 롤리를 찾아왔을 때 롤리의 속마음을 꿰뚫어 본 아찬은 롤리에게 녹색 옷을 입히고 사랑으로 롤리 마음속의 얼음을 녹였다. 롤리는 자신이 나무였던 즐거운 시간을 기억해 냈고, 아찬과 아탕에게 동물들의 기억을 되살릴 수 있는 나머지 반 장의 악보가 나무 그루터기 아래의 동굴 속에 숨겨져 있다는 것을 알려주었다.

罗里是《木偶的森林》里的核心人物。他的出现，牵动着故事中各种人物间的联系，加快了故事发展的节奏，同时指示出通向作品主题的路径。原来，马戏团老板罗里是一个木偶，但是，最初他却是枝叶婆娑的橡树。忙碌城的人类砍伐森林时，一个木匠将橡树罗里做成了一个木偶。木偶罗里和真正的人没有什么区别，他会说话，会动脑筋，还拥有一点点魔法。但是罗里的心是冰冷的，他对人类充满了憎恨。罗里有了疯狂的想法，他开始用古老的歌谱魔法控制动物，他企图让动物占据城市，最后把人类赶出去。但是，罗里能夺走动物们的记忆，却不能消除自己的记忆。其实，罗里每时每刻都在想着自己的家。因此，当图书馆员阿灿和工程师阿汤为解救失去记忆的动物们，找到罗里时，洞察罗里内心真情的阿灿给罗里穿上了绿衣服，并用爱融化了罗里心中的冰霜。罗里回想着他是树的快乐时光，他告诉阿灿和阿汤，另外那半张能够恢复动物记忆的歌谱就藏在树墩下面的洞穴里。

여기서부터 스토리는 클라이맥스에 진입한 것이 분명하다. 아탕과 롤리는 바이헤이헤이를 데리고 숲으로 돌아왔다. 나무 그루터기와 헤어진 지 이미 50년이 지났는데, 롤리는 자신의 나머지 부분을 찾을 수 있을까? 이 때, 이야기의 초반에 출현한 토끼 아드阿德(복선 인물)와 롤리가 마주쳤다. 아드는 롤리에게 자신과 나무 그루터기의 이야기를 들려주었다. 토끼 아드는 자신이 회전하는 팽이처럼 영원히 방랑하기를 바랐다. 하지만 3년 전 아드는 숲속에서 나무 그루터기를 만났고, 나무 그루터기는 아드에게 다음과 같이 말했다. 그는 본래 탐험가와 함께 도시에 가서 나무뿌리 조각 예술가의 작품이 되거나 장기 마스터의 바둑판이 될 수 있었지만, 언젠가 참나무 롤리가 다시 돌아와 자신이 자라던 곳을 찾지 못한다면 슬퍼할 것 같다고 여기서 롤리를 기다리기로 했다고 말했다. 더욱 중요한 것은 그의 몸에 매우 중요한 저음 악보 반 장이 숨겨져 있기 때문이다. 언제가 참나무 롤리는 꼭 돌아와 악보를 찾을 것이다. 그래서 나무 그루터기는 아무 데도 가지 않고 여기서 묵묵히 기다리기로 했다. 바로 이 기다림에 관한 이야기가 토끼 아드에게 삶이 꼭 매일 다르게 살아야만 비로소 의미가 있는 것이 아님을 처음으로 깨닫게 해 주었다. 그래서 토끼 아드는 평생 유랑하면서 살겠다는 생각을 고쳐먹고 남아서 나무 그루터기와 함께하기로 했다.

从这里开始，故事显然进入了高潮。阿汤和罗里带着白黑黑回到森林。与树墩分别已是五十年，罗里还能找到自己的那一半吗？在这时，故事前面就出现过的兔子阿德（伏笔式人物）遇到了罗里。阿德对罗里讲述了自己和树墩的故事。兔子阿德本来希望自己像旋转的陀螺一样，永远不停地流浪。可是，三年前，他在森林里遇到了树墩。树墩告诉阿德：他原本可以和探险家进城，可以成为根雕艺术家的作品，还可以做象棋大师的棋盘，但是，他选择了等待，因为如果哪天橡树罗里回到这里来，找不到自己曾经生长过的地方，他会伤心的。更为重要的是，他的身上藏着那半张低音歌谱，这歌谱很重要。有一天，橡树罗里一定会回来取歌谱的。所以树墩决定哪里也不去，就在这里默默等待。正是这个关于等待的故事使兔子阿德第一次体会到生活原来并不是每天换花样才有意义。于是，兔子阿德改变了流浪终生的想法，留下来陪伴树墩。

마법을 풀 악보도 찾았고, 부모 곁으로 돌아온 바이헤이헤이도 기억을 되찾았다. 꼭두각시 인형 롤리는 숲에 남아 나무 그루터기와 함께 지내기로 했다. 토끼 아드는 당근 마을로 돌아가 그의 토끼 아가씨와 함께 당근을 심기로 했다. 아탕 선생은 마법을 풀 악보를 가지고 도시로 돌아갔다. 예상 밖의 희극적인 사건은, 아탕이 서커스단의 동물들에게 마법을 푸는 노래를 불러 주었는데도 동물들이 옛 기억을 되찾지 못했다는 것이다. 알고 보니 동물들은 자신의 귀에 솜뭉치를 집어넣고 있었다. 사자 선생은 서커스에 들어온 후에야 아내를 만났다는 것을 갑자기 기억해 냈고, 아내가 자기를 알아보지 못하거나 혹은 자신이 아내를 알아보지 못하는 것도 싫었다. 사자 부부, 코끼리 반반班班, 원숭이 듀싼丢三과 라쓰落四 모두 그들을 돌봐주는 아찬을 잊고 싶어하지 않았기 때문이다.

왕이메이는 결국 흔한 결말에 빠지지 않고 인간과 동물들의 긴밀한 관계를 철저히 회복하는 방식으로 미래지향적이고 건설적인 사회적 이상을 제시했다. 『꼭두각시의 숲』은 단순한 현대문명에 대한 비판이나 자연보호를 호소하는 단계를 넘어 개개인의 운명과 그가 가야 할 곳을 한 단계 더 탐구하고자 한 스토리였다.

解除魔法的歌谱找到了，回到父母身边的白黑黑恢复了记忆。木偶人罗里决定留在森林里与树墩为伴。兔子阿德将回到他的胡萝卜村庄，和他的兔子小姐一起种胡萝卜。而阿汤先生则带着解除魔法的歌谱回到了城市。出人意料的戏剧性的一幕发生了：阿汤为马戏团的动物们唱完解除魔法的歌，动物们并没有恢复往日的记忆。原来，他们在自己的耳朵里塞进了棉团——狮子先生突然想起，他的太太是他到马戏团以后才认识的，他不愿意他的太太不认识他或者他不认识自己的太太。而狮子夫妇、大象班班、猴子丢三和落四都不愿意忘记照顾他们的阿灿。

王一梅终于没有落入俗套，她以人类与动物紧密联系、彻底修好这一处理，提出了富于前瞻性、建设性的社会理想。《木偶的森林》超越了简单的现代文明批判和保护自然的呼吁，成为进一步探求个体的命运和归宿的文本。

진보金波

뛰어난 시인으로서 진보가 쓴 『나무 인형 우뚜뚜』(2003)는 동화식의 시적詩的 판타지 소설이다.

『나무 인형 우뚜뚜』는 매우 특별한 구조로 이루어져 있다. 작품은 총 14장으로 구성되는데, 장마다 앞쪽에 14행의 시가 있다. 이 시들은 앞쪽 시의 마지막 구절이 뒤쪽 시의 첫 구절이 되어 각 장 사이에 수사적인 사슬"頂針"關係을 형성한다. "에필로그尾聲"에 있는 시는 첫 번째 시의 첫 구절과 끝 구절, 그리고 뒤쪽 장에 있는 시들의 끝 구절을 차례대로 이어 만든 것이다. 열네 수의 시의 마지막 구절이 첫 번째 시의 첫 구절이기 때문에 "에필로그"에 있는 시 역시 14행으로 되어 있다. 마치 책 "『에필로그』의 '에필로그'"에 나오는 "나"의 말처럼 이 시들은 "열네 행시로 만든 화환花環"을 구성했다. 이와 같은 독특한 창의성과 예술적 난이도는 시인 진보의 예술적 노력과 공력을 드러냈다.

作为一名优秀的诗人，金波创作的《乌丢丢的奇遇》（2003年）是一部童话模式的诗性幻想小说。

《乌丢丢的奇遇》具有特别的结构样式：整部作品由十四章构成，每一章前面都有一首十四行诗，所有这些诗，前面一首的结尾一句成为后面一首的开头一句，这样就使每章之间形成修辞上的"顶针"关系。《尾声》的诗是由第一首诗的首句、末

■ 진보金波
나무 인형 우뚜뚜乌丢丢的奇遇

句以及后面每首诗的末句，依次连缀而成。因为第十四首诗的末句是第一首诗的首句，所以，《尾声》的诗也是一首十四行诗。正如书中“《尾声》的‘尾声’”中的“我”所言，这些诗歌组成了“十四行诗花环”。这种独特的创意和艺术难度，可以见出诗人金波的艺术用心和功力。

시인 진보가 이와 같은 독특한 판타지 소설의 구조를 채택할 수 있었던 창의성은 심후한 시가 창작의 경험으로부터 나온 것이다. 1998년, 진보는 적어도 중국에서는 유일하게 14행으로 이루어진 동시집 『바다 보러 가자』를 출판했다. 이 시집에서 시인은 14행 시에 대해 다양한 형태의 예술적 창작을 시도하였는데, 그 중에서 특히 어머니에게 바친 “14행 화환” 시는 예술적 난이도가 아주 높아서 진보의 14행 동시 중 최고 성과라 할 수 있다.

『나무 인형 우뚜뚜』는 헝겊 인형극 가운데 “외다리 대협獨脚大俠” 역을 맡은 나무 인형 우뚜뚜(포대 할아버지布袋爺爺가 “우뚜뚜”하고 부는 피리 소리에서 얻은 이름)가 첫 번째 공연 후 자신의 유일한 발을 잃어버렸다는 이야기다. 한쪽 발을 다친 소녀 진얼珍兒은 이 살아 움직이는 발을 발견해 엄마에게 마침 만들고 있던 헝겊 인형에 붙여 달라고 하고 “외다리 대협 우뚜뚜”라는 이름도 지어주었다. 어느 날 밤 우뚜뚜는 조용히 집을 떠났고, 창문으로 노시인 인치吟痴의 집으로 뛰어들었다. 시인의 인도로 우뚜뚜는 타인이 “너에게 사랑을 주었다면 너도 사랑을 돌려줄 줄 알아야 한다.”는 것을 깨닫게 되었다.

■ 진보金波
바다 보러 가자我们去看海

诗人金波能够采用这样一种独特的幻想小说的结构方式，创意来自于诗人深厚的诗歌创作的积淀。1998年，金波出版了十四行儿童诗集《我们去看海》，至少在中国，这是唯一一部十四行儿童诗集。在诗集中，诗人对十四行诗进行了多种形式的艺术创作，特别是献给母亲的那组“十四行花环”诗，艺术难度极大，堪称金波十四行儿童诗的最高成就。

《乌丢丢的奇遇》写的是，在布袋木偶戏中扮演“独脚大侠”的小木偶“乌丢丢”（因“布袋爷爷”吹的“乌丢丢”这一哨音而得名）的唯一的一只脚，在一次演出后丢失了。一只脚伤残的小姑娘珍儿发现了这只有灵性的小脚丫，让妈妈把小脚丫安在了正在缝制的一个布娃娃身上，并且叫他“独脚大侠乌丢丢”。一天晚上，乌丢丢不辞而别，从窗户跳进了老诗人吟痴的家中。在老诗人的引导下，乌丢丢懂得了别人“给了你爱，你要懂得用爱回报”。

우뚜뚜는 노시인과 함께 포대 할아버지를 찾아다니는 도중에 바람을 거슬러 나는 나비, 달걀을 심는 소녀, 버섯 인간, 조각가를 만나 “사랑이 생명을 줄 수 있고 사랑을 위해 목숨을 바칠 수도 있다”라는 “사랑의 신념”을 깨달았다. 노시인과 우뚜뚜가

포대 할아버지의 집을 찾았을 때 포대 할아버지는 이미 세상을 떠났다. 우뚜뚜는 진얼을 만났고, 화재에서 진얼을 구하기 위해 우뚜뚜는 온몸이 타버려 펄쩍펄쩍 뛰는 작은 발 하나만 남았다. 이 살아 움직이는 발만이 "포대 할아버지는 생명을, 진얼은 피와 살을, 인치 할아버지는 지혜를 주었다"는 사실을 알고 있다. 그러므로 "자신을 진얼의 생명에 녹여 넣기로 했다. 그는 진얼의 발에 바싹 달라붙어 자신의 체온과 힘을 조금씩 조금씩 장애가 있는 발에 주입하기 시작했다. 그는 서서히 사라지며 녹고 있었다. 홀가분하고 즐거운 느낌이 들었을 때 그는 이미 진얼의 건강한 한쪽 발이 되어 있었다."

在与老诗人一起去寻找布袋爷爷的旅途中，乌丢丢遇到了逆风的蝶、种鸡蛋的小姑娘、蘑菇人、雕塑家，懂得了"爱可以带来生命，也可以为爱献出生命"这一"爱的信念"。老诗人和乌丢丢找到了布袋爷爷的家，布袋爷爷已经去世了。乌丢丢与珍儿相逢了，在火灾中为救出珍儿，乌丢丢被烧毁了身体，只剩下了依然蹦跳的那只小脚丫。这只有灵性的小脚丫知道，"布袋爷爷给了他生命，珍儿给了他血肉，吟老给了他智慧。" "他要把自己融入珍儿的生命中。他紧紧贴着珍儿的脚，他把自己的体温、力量，一点儿一点儿地给了那只残疾的脚。他在慢慢消失、融汇。当他感到轻松、愉悦时，他已经变成了珍儿健康的一只脚了。"

『나무 인형 우뚜뚜』는 우뚜뚜에 관한 이야기이자 노시인에 관한 이야기이기도 하다. 작품에는 어린 시절의 노시인이 꼬마 마녀 커런可人과 알고 지내던 이야기를 그렸는데, 노시인은 커런과 함께 나이 없는 나라로 가지 않았다. 소설의 결말에 노시인이 자신의 시 원고를 달빛 아래의 작은 개울에 뿌렸을 때, 커런이 반짝반짝한 달빛 속에서 걸어 나와 "자, 여기 '나이가 없는 나라'로 와. 너도 이 마을에서 소년이 될 수 있어."라고 다시 한 번 초대했다. 그러나 노시인은 "나는 내 나이를 버릴 생각이 없다. 나이는 나를 노쇠하게도 하지만 경험과 지혜도 함께 주었어. 기쁨과 슬픔, 사랑하고 사랑받았던 느낌도 나이와 함께 늙어가며 얻은 성과이니까. 지난 세월에 대해 나는 아무런 아쉬움도 없다"고 대답했다.

문학비평의 중심을 저자에서 문학 텍스트로 옮겨야 한다고 주장하는 신비평이론新批評理論에도 불구하고, 필자는 여전히 『나무 인형 우뚜뚜』의 "아이들의 행복은 사실 멀지 않다. 동화가 우리 가슴속에서 날아오르게 하자" 같은 시구에서, 그리고 노시인의 인물 형상에서 시인 진보를 연상할 수 있었고, 아울러 『나무 인형 우뚜뚜』라는 작품에서 응집된 묵직한 삶의 무게를 느낄 수 있었다.

《乌丢丢的奇遇》是乌丢丢的故事，也是老诗人的故事。作品里写了老诗人少年时与小魔女可人相知的故事，他没有与可人一道去"没有年龄的国度"。在小说的结尾，老诗人将自己的诗稿撒进月色下的小河里时，可人从溶溶的月光里走来，再次发出邀请："来吧，到我这'没有年龄的国度'里来，你还可以变成那个镇上的小男孩儿。" 可是，老诗人回答说："我不想舍弃我的年龄，它给了我衰老，也给了我阅历和智慧，我感受过欢乐与悲伤、爱与被爱，这就是年龄老去的收获。对逝去的岁月我毫无遗憾。"

尽管新批评理论认为文学批评应该将关注力从作者身上转移到文学文本之上，我还是从《乌丢丢的奇遇》中的"孩子们的幸福其实并不遥远，让童话从我们的心中飞出来"这样的诗句，从老诗人这一人物形象，联想到诗人金波，并且感受到《乌丢丢的奇遇》这部作品所凝聚的沉甸甸的人生重量。

제2부 현실주의 아동소설의 성과

写实儿童小说的收获

아동문학은 감성적 심리학이다. 비록 아동문학에서 성인이나 동물을 주요 묘사 대상으로 하는 작품들도 있기는 하지만 아동문학은 기본적으로 아동의 심리적 세계를 묘사하고 표현하는 문학이라 할 수 있다. 전술한 판타지 아동문학과 비교해 보면, 현실주의 아동소설에서는 아동의 정신적 세계, 심리적 세계가 더욱 직접적으로 표현된다.

아동문학의 "황금시대"에, 현실주의 아동소설(청소년 소설도 포함)의 발전은 문학으로의 회귀와 아동으로의 회귀란 두 가지 트렌드를 내포하고 있었다. 1980, 90년대 이 두 가지 트렌드가 하나로 합류하면서 아동문학은 전체적으로나 정신적으로나 "아동의 문학"이 되었다.

儿童文学是感性心理学。虽然儿童文学中有以成人或动物为主要描写对象的作品，但是，仍然可以说，儿童文学基本是描写、表现儿童心灵世界的文学。与前面论述的幻想儿童文学相比，在写实儿童小说这里，儿童的精神世界、心理世界得到了更为直接的表现。

在"黄金时代"里，写实儿童小说（包含"少年小说"）的发展同样蕴含着向文学回归、向儿童回归这两大趋势。在二十世纪八九十年代里，这两大趋势逐渐合流，使儿童文学在整体上、内涵上成为"儿童的文学"。

1. 1980년대: 단편소설의 시대

1980年代：短篇小说的时代

1980년대에 이미 장편 아동소설의 출판이 있었다. 류셴핑劉先平의 『구름바다에서의 탐험』(1980), 샤오위쉔蕭育軒의 『난세 소년』(1982), 츄쉰邱勳의 『봉화 세 소년』(1984), 청웨이程瑋의 『열여덟 살을 향하여』(1986), 창신강常新港의 『청춘의 황무지』(1989) 등은 그 대표적인 작품들이다. 하지만 작품 수량은 많지 않았다. 1980년대에 단편소설은 아동문학의 사상과 예술 개혁에서 중요한 역할을 담당했다.

1980年代已有长篇儿童小说出版, 比如, 刘先平的《云海探奇》(1980年)、萧育轩的《乱世少年》(1982年)、邱勋的《烽火三少年》(1984年)、程玮的《走向十八岁》(1986年)、常新港的《青春的荒草地》(1989年)等, 不过, 实在为数不多。在1980年代, 短篇小说扮演了儿童文学的思想和艺术变革的重要角色。

■ 류셴핑刘先平
구름 바다 탐험云海探奇

■ 샤오위셴萧育轩
난세 소년乱世少年

“황금시대”의 아동문학은 문학성으로의 회귀로부터 시작한 것이다. 아동문학이 문학이라는 관점을 최초로 강조한 것은 1980년 3월에 평론가 저우샤오周曉가 쓴 「아동문학 찰기 2제」였다. 1985년 11월에 전국 아동문학 창작 심포지엄이 구이양貴陽 화씨花溪에서 열렸다. 이 심포지엄의 핵심 의제는 바로 “혁신”이었다. 그 자리에서 젊은 아동소설 작가 차오원쉔曹文軒은 “아동문학은 문학이지 다른 것이 아니다”, “아동문학은 생활에 근거해야 하고 하나하나 살아있는 예술적 형상을 만들어내야지 억지로 교육의 도구로 만들어서는 안 된다…”*라고 목소리를 높였다.

■ 츄쉰邱勋
봉화 세 소년烽火三少年

“黄金时代”的儿童文学是从向文学性回归开始的。最早强调“儿童文学是文学”的是评论家周晓于1980年3月撰写的《儿童文学札记二题》一文。1985年11月全国儿童文学创作座谈会在贵阳花溪召开。这个座谈会的核心议题就是“创新”。在会上，年轻的儿童小说作家曹文轩大声强调：“儿童文学是文学，不是别的。” “它只能根据生活，塑造出一具具活着的艺术形象，而不能强行让它成为教育的工具…”

■ 창신강常新港
청춘의 황무지青春的荒草地

“아동문학은 문학이다”가 1980년대의 가장 강력한 목소리가 되었다. 많은 1950, 60년대의 기성 작가들도 자신의 소설로 이 트랜드를 이끌고 있었다. 런다싱任大星의 『동전 세 개짜리의 두부』, 런다린任大霖의 『노법사의 필살기』, 츄쉰邱勳의 『삼색 볼펜』, 류허우밍劉厚明의 『녹색 지갑』과 『아청의 거북이』는 모두 새로운 창의로 가득한 가작佳作이었다. 1985년에 류허우밍이 본인의 『녹색 지갑』 등

* 차오원쉔(1986), 아동문학의 관념 혁신, 『아동문학 연구』 제24호.曹文轩：《儿童文学观念的更新》，《儿童文学研究》第24辑，1986年12月。

작품에 대해 다음과 같이 말했다. "최근 몇 년간 나는 창작에서 끊임없이 혁신을 하고 있었다."*

아동소설의 예술적 혁신이란 "화제"는 청년 작가들의 작품을 통해 더욱 많이 전개되었다. 1980년대는 예술에서 새로움과 변화를 추구하는 시대로서, 매번 "혁신적"인 작품이 등장할 때마다 토론이나 논쟁이 벌어지곤 했다. 예를 들면『내 조각칼을 주세요』(류젠핑劉健屛)을 둘러싼 "교육사상"에 관한 토론,『오늘 밤은 달이 밝다』(딩아후丁阿虎)에 나온 "이른 나이의 연애早戀"를 대한 토론,『외톨이 배』(창신강常新港)의 "비극미悲劇美", "성인화成人化", "전형성典型性"에 대한 토론,『어환』(반마班馬)을 둘러싼 아동 독자의 수용성에 대한 토론(이 중에서 러우페이푸樓飛甫의 독자 조사가 매우 설득력이 있다)이다. 상술한 토론들은 모두 아동소설을 예술적으로 탐구하는 과정에서 일어난 중요한 "사건"들이다.

"儿童文学是文学"成了1980年代的最强音。很多二十世纪五六十年代的成熟作家也以自己的小说创作，推动着这一潮流。任大星的《三个铜板豆腐》、任大霖的《老法师的绝招》、邱勋的《三色圆珠笔》、刘厚明的《绿色钱包》《阿诚的龟》都是充满新意的佳作。1985年，刘厚明就针对自己的《绿色钱包》等作品说："最近几年，在创作里我觉得我在创新"。

关于儿童小说艺术创新的"话题"，更多的是在青年作家的作品上展开的。1980年代是一个艺术求新、求变的时代，每有"创新"作品出现，常常有讨论甚至争论出现。比如，围绕《我要我的雕刻刀》（刘健屏）的关于"教育思想问题"的讨论，围绕《今夜月儿明》（丁阿虎）的关于"早恋"题材的讨论，围绕《独船》（常新港）的关于"悲剧美""成人化""典范性"的讨论，围绕《鱼幻》（班马）的关于儿童读者的可接受性的讨论（其中，楼飞甫的读者调查颇具说服力）。上述这些都是儿童小说艺术探求过程中的重要"事件"。

* 류허우밍이 전국아동문학창작좌담회에서 한 발언,『아동문학선간』1986년 제2호 참조. 刘厚明在"全国儿童文学创作座谈会"上的发言，见《儿童文学选刊》1986年第2期。

천단옌陈丹燕

비록 1980년대가 문학으로 회귀하는 시대이기는 하지만 사상 문제에 있어서는 "아동 본위"로 돌아가기 위해 많은 작가들이 노력을 기울였다. 당시 천단옌의 『잠긴 서랍』, 『검은 머리』같은 작품이 많은 관심과 호평을 받았던 것은 "아동 본위"의 시각이 가장 중요한 원인이었다. 『검은 머리』에서 천단옌은 아동문학에서 흔치 않은 몽타주montage식 심리독백이란 기법을 사용해 미적美的 문제에서 3대三代 여성들이 걸어온 각기 다른 심리적 역정을 묘사했다. 천단옌은 소녀 허이자何以佳가 "구사회旧社會"라는 별명을 가진 조 선생이 아름다움을 추구하는 소녀들을 말도 안 되게 억압하는 것에 반항하는 것을 칭찬하고 격려하는 눈길로 지켜본다. 천단옌은 "동심은 더럽혀져서는 안 된다. 우리가 그것을 더럽혀서도 안 되고, 더럽게 보지도 말자. 만약 누군가 죄를 찾아내는 눈길로 순결한 동심을 들여다본다면 동심을 상처투성이로 만들 수도 있다. 그것은 있어서는 안 될 비극"*이라고 했다.

虽然我说1980年代是向文学回归的时代，但是，在思想问题上回到"儿童本位"，经过了很多作家的努力。当年，陈丹燕的《上锁的抽屉》《黑发》等作品引起广泛关注、得到好评，其"儿童本位"的立场是最为重要的原因。在《黑发》里，陈丹燕运用儿童文学中还不多见的蒙太奇式心理独白手法，揭示了三代女性在美的问题上所走过的不同心路历程。陈丹燕以赞赏和鼓励的目光，注视着少女何以佳对绰号为"旧社会"的赵老师压迫少女们对美的追求的蛮横行为所做出的反抗。陈丹燕曾经说过："童心不可污。我们别把它弄脏了，也别把它看得很脏。如果谁打算用侦探罪恶的眼睛来审视纯洁的童心，那会把它弄得伤痕累累的。这是不应该有的悲剧。"

* 『남학생이 보낸 편지』에서 가져온 저자의 말, 『소년문예』, 1985년 11월.《男生寄来一封信》附作者的话，《少年文艺》1985年11月号。

메이즈한梅子涵

1980년대에 메이즈한은 상당히 주목받은 소설가였다. 그의 단편소설은 서술과 형식이 종종 독자들에게 신선감新鮮感을 안겨 주었으며 자기만의 독특하고 매력적인 서술 스타일을 형성하고 있었다. 그의 『다방의 2인용 좌석』, 『남조』, 『우리는 시계가 없다』 등 작품은 많은 주목을 받았다. 『길에서』는 메이즈한의 탐구작 중 가장 성공적인 소설이다. 이 작품은 의식의 흐름stream of consciousness이란 소설 기법을 활용해 소설 인물의 흘러가는 의식과 심리적 시간에 따라 영화의 플래시백식 세그먼트 구조를 구축함으로써 일상적 시간의 흐름에 근거하여 작품을 창작하는 전통소설의 방식과 뚜렷하게 구별된다.

在1980年代，梅子涵是一位颇受关注的小说家。他写的短篇小说，在意叙述和形式，每每让人耳目一新，并且形成了独具特色和魅力的叙述风格。他的《双人茶座》《蓝鸟》《我们没有表》等作品都深受关注。《走在路上》是梅子涵的探索作品中最成功的一篇小说。这篇小说明显借鉴、吸纳了意识流小说的手法，以小说人物流动的意识和心理时间为依凭，构建了电影镜头闪回式段块结构，鲜明地区别于传统小说依凭日常时间结构作品的方式。

『길에서』는 예술적 혁신을 탐구하는 성공적인 작품이었다. 성공을 얻을 수 있었던 원인은 메이즈한이 작품을 구상할 때 성인 작가가 아닌 소년 샤오위안小遠의 심리적 의식의 흐름에 따른 것, 즉 작가가 특정한 환경 및 심리 상태에 있는 소년의 심리적 변화를 정확히 파악했던 것이다. 샤오위안의 머릿속에 끊임없이 반복적으로 맴도는 자신이 할머니와의 "과거" 및 "현재"의 영상들은 샤오위안의 심리적 변화를 일으키고 할머니에게 다시 진심으로 다가가게 하는 매개체였다. 즉 샤오위안의 감정적 변화는 삶에 근거했다.

메이즈한은 탐색을 통해, 노인과 소년 두 세대 간의 심적 교류, 그리고 샤오위안이 감지한 생명과 시간을 표현하는 데 가장 적합한 예술적 형식을 찾아냈고, 『길에서』는 이런 유형의 소설 중 전형적인 작품이 되었다. 이후 적지 않은 탐구작들이 실패로 끝났는데, 그 근본적 원인 또한 저자가 삶, 특히 어린이의 삶에 대해 문학적으로 가치 있는 발견이나 감동, 깨달음 같은 것들을 가지지 못했기 때문이다.

《走在路上》是探索艺术形式创新的成功之作。成功的原因在于梅子涵在结构作品时，依凭的不是成人作家而是少年小远的心理意识流，也就是是说梅子涵准确而紧紧地把握住了少年在特定环境、心态下的心理流动过程。小远脑海中不断、反复闪回的自己和奶奶的"过去"的时间映象和"现在"的时间映象，是引起小远心理变化、重新用心灵贴近奶奶的媒介。小远的情感变化是有生活依据的。

梅子涵通过探索，找到了表现老幼两代心灵沟通和小远感觉生命与时光的最佳艺术形式，使《走在路上》成为一种类型的典范作品。此后为数不少的探索作品以失败告终，根本原因首先在于对生活、特别是儿童的生活，没有具有文学质感的发现、感动和领悟。

장즈루张之路

메이즈한이 서술 스타일에 대해 예술적 탐구를 하는 것과 달리 장즈루와 거빙은 약속이나 한 듯 의미 있는 좋은 스토리를 엮는 데 온 힘을 쏟았다.

장즈루의 『빈 상자』는 진정한 의미에서의 현실주의 소설로 보기 어려울 정도다. 왜냐하면 탕바이니엔湯百年과 아들 사이의 텔레파시, 텅 빈 상자, 그리고 상자 속에서 날아간 작은 꿀벌은 모두 판타지적인 색채를 띠기 때문이다. 이 소설의 스토리 구상에서 나타난 평범하지 않은 상상들은 장즈루 문학의 원점을 이해하는 데 매우 의미가 깊은 것이다. 『지우개 대왕』도 판타지적인 색채를 띠고 있지만 『"자르기 협회"의 사무총장』은 완전한 현실주의 작품이다. 이 세 작품은 모두 탐구적인 작품에 속하기는 하지만 스토리의 감성적 흐름에 따라 창작했기 때문에 흥미로우면서도 가독성을 지니게 되었다.

和梅子涵在叙述形式上的艺术探索不同，张之路和葛冰都不约而同地在如何讲一个有意味的好故事上，用足了力气。

张之路的《空箱子》似乎很难被称为完全意义上的写实小说，因为汤百年与儿子间的心灵感应，空荡荡的箱子，箱子里飞走的小蜜蜂，都给小说涂抹上了魔幻色彩。这篇小说在故事构想上的异乎寻常的想象，对于理解张之路的文学原点，是很有意味的。《橡皮膏大王》也具有魔幻色彩，而《"砍协"秘书长》则完全是写实作品。这三篇小说都具有探索性，但是，由于紧贴故事感性来操作、探索，作品既耐人寻味又有可读性。

거빙葛冰

거빙도 스토리텔링의 달인이다. 그는 오 헨리O. Henry의 단편소설을 읽은 적이 있다고 했다. 이 때문에 나는 거빙의 단편소설 『마력』과 『신기한 앵무새』의 예상치 못한 결말과 오래도록 사라지지 않는 여운은 오 헨리 소설의 영향을 받았을 것이라고 생각한다. 거빙이 스토리를 엮는 데 보여준 풍부한 상상력은 『무영도』, 『먹깨비』, 『얼음그릇 가게』 등 독특한 스타일의 청소년 무협 소설에서도 많이 나타났다.

葛冰也是讲故事的高手。他说曾读过欧·亨利的短篇小说，这让我猜测，他的短篇小说《魔力》《一只神奇的鹦鹉》，那出人意料的结局，以及绕梁三日的回味，是受了欧·亨利小说的影响。葛冰在故事上的丰富想象力，还表现在《无影刀》《吃爷》《冰碗小店》等风格独具的少年武侠小说的创作上。

■ 거빙葛冰
얼음그릇 가게冰碗小店

친원쥔秦文君

■ 친원쥔秦文君
구름 치마云裳

여유로움은 아동문학 창작의 매우 높은 경지이며 얻기가 쉽지 않은 것이다. 친원쥔이 새로 펴낸 장편소설 『구름 치마』를 읽으면서 가장 뚜렷하게 느낀 것은 그녀의 아동문학 창작 자세가 갈수록 여유로워지고 있다는 것이다. 사실 1980년대에 친원쥔이 단편소설을 쓸 때도 꽤 여유로웠다. 『구름의 치마』에서 노인의 세계와 아이의 세계를 한 데 엮는 것을 두려워하지 않다는 것은 바로 그 여유로움의 증거이다. 그리고 친원쥔 단편소설의 예술적 경지를 가장 잘 대표하는 『넷째 동생의 녹색 장원』과『할머니의 작은 집』이란 작품들도 마찬가지였다. 『할머니의 작은 집』은 흥미진진하게 이야기하면서도 구구절절 사람의 가슴을 흔든다. 『넷째 동생의 녹색 장원』에서 넷째 동생이 할아버지와 서로 마음이 통한 이유는 땅에서 느낀 자유가 서로를 이어주는 연결고리가 되어주었기 때문이다. 이 소설의 짧은 문장들은 친원쥔의 다른 소설에서 보기 드문 것인데, 한 구절 한 구절 짚듯이 낭랑하고 힘차게 울린다. 이는 만약 소설이 표현하는 인생관과 가치관이 아동문학의 정신세계에 닿을 수만 있다면 어떻게 쓰든 상관없다는 또 다른 종류의 자신감과 여유로움이다.

从容是儿童文学创作的一个很高的境界，得之不易。我读秦文君新出的长篇小说《云裳》，最突出的感受是秦文君的儿童文学创作姿态越来越从容。其实秦文君1980年代的短篇小说就写得很从容。《云裳》从容姿态的一个表现，就是不惮将老人的世界与孩子的世界融合为一体。最能代表秦文君短篇艺术水准的《四弟的绿庄园》《老祖母的小房子》都是如此。《老祖母的小房子》，娓娓道来，却句句触动人心。《四弟的绿庄园》里四弟与爷爷之所以灵犀相通，土地上的自由是连接彼此的纽带。这篇小说里面的短句子，在秦文君小说里很是少见，它们铿锵有力，又仿佛字斟句酌。这是另一种自信和从容——如果小说所表达的人生价值观直抵儿童文学的精神堂奥，怎么写都无妨。

둥톈유董天柚

북방 사람으로서 둥톈유(베이둥北董)는 북방의 향토적 분위기가 물씬 풍기는 단편소설 창작을 장기로 한다. 『벌의 장례』는 동북지방에서 인삼을 캐는 생활을 묘사하면서 "세눈이三只眼"라는 성인 캐릭터를 형상화했다. 전체 이야기는 마음을 매우 감동시켜서, 독자들은 소설 안에서 이야기를 듣는 소년 모모毛毛처럼 최후에는 "아주 깊고 무거운 탄식을 내뱉게 될 것이다." 『검푸른 대추 다섯 알』은 인물 묘사부터 언어 구사까지 모두 북방 특유의 소박함을 지녔다. 둥톈유의 창작 소감은 의미심장하다. "나는 소설을 쓸 때 스토리를 엮는 것을 제일 좋아한다." "나는 캐릭터 만들기도 좋아한다." "적절한 시기에 나는 전기傳奇를 쓰는 것도 좋아한다." "나는 향토적인 분위기와 지역적인 특색도 매우 좋아한다."

作为北方人的董天柚（北董）擅长写具有北方乡土气息的短篇小说。《蜂葬》描写东北的挖参生活，塑造了"三只眼"这个成人形象。整个故事震撼人心，让读者像小说里听故事的男孩儿毛毛一样，最后"发出一声沉重的叹息"。《五颗青黑枣儿》从描写的人物到运用的语言，都具有北方特有的质朴特征。董天柚的创作谈发人深省："我写小说，喜欢故事"，"我还喜欢人物"，"在适当的时候，我还喜欢写传奇"，"我喜欢乡土气息、地方特色"。*

---

* 둥톈유(1989), 무거운 탄식 – 『벌의 장례』에 대하여, 『아동문학선간』, 제1호. 董天柚：《沉重的叹息——关于〈蜂葬〉》，《儿童文学选刊》1989年第1期。

판시린范锡林

판시린의 단편소설도 꽤 훌륭하다. 그의 『악귀를 쫓는 동전』, 『기지』는 스토리의 전개가 예사롭지 않을 뿐만 아니라, 스토리에 담긴 주제적 의미도 꽤 의미심장하다.

范锡林的短篇小说也是很有质地的。他的《辟邪铜钱》《岐指》不仅故事的发展出人意料，而且故事所蕴含的题旨，也回味悠长。

둥훙유董宏猷

둥훙유의 『중국 아이 100명의 꿈』은 40만 자로 이루어진 책으로, 장편이 될 만한 분량이지만 실은 단편소설집이다. 루쉰鲁迅은 자신의 『광인일기』 등 작품을 "표현이 적절하고 격식이 독특하다"로 평가한 적 있는데, 이를 빌려 둥훙유의 『중국 아이 100명의 꿈』을 평가하고 싶다. 동화적 색채를 띤 꿈의 세계를 소설적 필치로 쓴 둥훙유는 그 시대에 중국 아이들의 삶, 소망, 그리고 꿈을 그려냈다.

董宏猷的《一百个中国孩子的梦》是一本四十万字的书，貌似长篇，其实是短篇小说集。鲁迅曾用"表现的深切和格式的特别"来评价自己的《狂人日记》等作品，我这里想借用来说明董宏猷的《一百个中国孩子的梦》这部著作。董宏猷用小说笔法来写充满童话色彩的梦境，指向的是那个时代的中国孩子的生活、愿望和梦想。

청웨이程玮

전술한 작가들에 비하면 청웨이는 가장 젊은 작가라고 할 수 있지만 이름을 날린 지 오래 되었다. 1982년에 그녀는 아동소설집 『나와 축구』를 출판했다. 청웨이를 맨 마지막으로 소개하고 평론하기로 한 이유는 1980년대에 그녀가 시대를 앞서는 작가였기 때문이다. 그녀가 초등학생을 주인공으로 창작한 아동소설은 그 예술적 바탕이 1990년대의 "아동성으로의 회귀"와 일맥상통하는 것이었다. 그러나 초등학생들의 생활적 정취가 가득한 그녀의 단편 작품들은 당시 문학성을 중시했던 평론가들에게 주목을 별로 받지 못했다. 1990년에 필자는 탐구파들이 아동독자 및 아동문학을 벗어났다는 경향을 비판한 글인 「신시기 청소년소설 창작의 문제점」을 썼다. 이어서 「청웨이의 청소년 소설론」을 발표했는데, 그 목적은 아동의 정취가 풍부한 청웨이의 작품이야말로 진정으로 훌륭한 아동문학이라는 것을 지적하기 위해서였다.

■ 청웨이程玮
나와 축구我和足球

与上述作家相比，程玮是最年轻的一位，但她成名甚早。1982年，她就出版了儿童小说集《我和足球》。我把她放在最后评论，是因为在 1980年代，她是一位"超前"的作家，她写的以小学生为角色的儿童小说，艺术的底蕴与"向儿童性回归"的1990年代是一脉相通、直接接续的。但是，她的这些充满小学生儿童生活情趣的短篇作品，在当时却没有被重视文学性的评论界所重视。1990年，我在写了批评探索派偏离儿童读者、偏离儿童文学的倾向的《新时期少年小说的误区》一文之后，又写了《程玮少年小说论》，意在指出程玮的那些富于儿童情趣的作品，才是真正优秀的儿童文学。

청웨이의 청소년 소설에서 어린 독자를 대상으로 한 작품일수록 청소년의 모습이 더욱 생생하고 생동감이 넘친다. 예를 들어 『친구 사귀기』에서,

在程玮的少年小说中，越是面向年龄小的读者的作品，少年形象越是生动鲜活、呼之欲出。如《交朋友》：

내가 의자 하나를 가져오려고 하자 샤오자小嘉는 "뭐하러 의자를 가져오냐? 네가 의자 노릇을 하면 되잖아."하고 말했다. 나는 얼굴을 땅에 대고 엎드리면서 "뭐 재밌는 것이 보이면 꼭 나한테 말해 줘야 돼."하고 말했다. "그거야 당연하지. 모기 한 마리도 놓치지 않을게."하고 샤오자가 내 등에 밟고 올라섰다. 그제서야 나는 세상에서 의자 노릇하는 것도 그렇게 쉽지는 않다는 것을 알았다. 나는 땅바닥에 앉아 손으로 바닥을 짚고 "너 진짜 날 의자로 아는 거야?"라고 물었다. "좀 밟고 올라간 것뿐인데 뭘 그래?" 그러면서 샤오자는 어떤 서커스에서 한 단원의 등에 십여 명이 겹겹이 올라가 있는 것도 봤다고 말했다.

我想去搬个凳子，小嘉说："，干吗要去搬呢？你不能当凳子吗？" 我就脸冲着地趴下来，说："看到什么新鲜的东西可得告诉我。" "那当然，连只蚊子也不会放过。" 小嘉说着，就踩到我背上来了。我才知道，在世界上做一张凳子也真不容易。我坐在地上，手撑着地说："你真把我当凳子啦？" "蹬一下算什么呢？" 小嘉马上举例子说，他看到有个杂技演员，背上叠十几个人呢。

이러한 예들은 셀 수 없을 정도다. 청웨이가 쓴 소년 아동은 일거수, 일투족, 눈빛 하나, 미소 하나가 현실에서 살아있는 아이라는 느낌이 들게 한다. 그 일들도 청웨이가 직접 겪은 것이 아니었겠지만, 그녀는 모든 상황에서 아이들이 느끼고 행동하는 방식을 상상할 수 있는 능력을 가지고 있다.* 청웨이의 이런 예술적 능력과 글쓰기 방법이야말로 바로 현재 아동독자 시장을 중시하는 작가들이 간절히 바라지만 얻기 어려운 것이 아닐까?

这样的例子不胜枚举。程玮笔下的少年儿童一举手、一投足、一个眼神、一个微笑，都让我们感到这是真实生活中的孩子。那些事情未必是程玮经历过的，但她具有想象出处于任何境地的孩子的感受方式和行动方式的能力。程玮的这种艺术能力和写法不正是当下许多重视儿童读者市场的作家所求之不得的吗？

* 주쯔창(1991), 청웨이의 청소년소설 창작론,『언어문학집』, 둥베이사범대학교출판사.朱自强：《程玮少年小说创作论》,《语言文学集》, 东北师范大学出版社1991年版。

1980년대는 중국 아동문학이 예술적 탐구를 하던 황금시대였다. 단편소설은 이러한 예술적 탐구의 중요한 매개체였다. 많은 작가들이 단편소설을 창작함으로써 얻은 예술적 경험으로 장편소설 창작에 필요한 예술적 능력을 쌓았다.

문학성으로의 회귀를 모색하는 과정에서도 미스매치가 있었다. 그것 바로 일부 "탐구적"인 작품에서 스토리를 약화시키는 경향이 나타났던 것이다. 1980년대는 주로 단편소설의 시대였기 때문에 스토리를 약화시키는 "새로운 조류新潮"가 어느 정도 용납되었지만, 장편소설의 시대가 되면서 스토리를 약화시키는 것은 거의 불가능한 일이 되었다.

1990년대에 들어오면서 단편소설은 아동문학 무대에서 중심적 위치를 잃었지만 예술을 탐구하고자 하는 일부 작가들은 여전히 단편소설 창작에 몰두하고 있었다. 이미 중견 작가가 된 차오원쉔曹文軒의 『미꾸라지』, 『우렁이』, 『쇠말뚝』, 딩아후丁阿虎의 『블랙홀』, 창신강常新港의 『황금주말』, 『울지 않는 참새』, 장핀청張品成의 『진』, 『백마』, 진증하오金曾豪의 『학자 집안』, 『사슴 보보』 등은 예술적 고지를 향한 작가들의 노력을 보여주었다.

1980年代, 是中国儿童文学艺术探索的黄金时代。短篇小说成为这种艺术探索的重要载体。通过短篇小说创作的艺术修炼, 许多作家积蓄了创作长篇小说所需要的艺术经验。

在探索向文学性回归的过程中, 也出现了偏颇, 那就是某些"探索性"作品消解故事的倾向。由于1980年代主要是短篇的时代, 消解故事这种所谓的"新潮"尚可以敷衍一时, 但是, 随着长篇时代的到来, 想继续消解故事, 就寸步难行了。

进入1990年代以后, 短篇小说逐渐失去了儿童文学舞台的中心位置, 不过, 一些对艺术做探索、追求的作家依然在短篇小说创作上精打细磨。已经成为中坚作家的曹文轩的《泥鳅》《田螺》《牛桩》, 丁阿虎的《黑洞》, 常新港的《黄金周末》《麻雀不叫》, 张品成的《真》《白马》, 金曾豪的《书香门第》《小鹿波波》等显现出作家向艺术的更高处攀登的力量。

좀 더 젊은 작가들의 작품으로, 싼싼三三의 『고집 센 아버지』, 『슈수의 채소 저장고』, 『종교를 믿는 사람』, 장위칭張玉清의 『누가 배신자가 될까』, 쩡샤오춘曾小春의 『아버지의 성』, 『서쪽으로 가는 벨』, 『벙어리 나무』, 류둥劉东의 『야오쉐이 목욕하다』, 『관위의 재부』, 한칭천韓青辰의 『설탕』, 『안돼』, 『따뜻한 봄에 꽃이 피다』, 후지펑胡繼風의 『천국에 가고 싶은 아이』, 리리핑李麗萍의 『천국에 갈 사람을 뽑자』 등은 모두 잘 쓰여진 단편소설이다. 이러한 젊은 작가들의 단편소설은 아동소설의 예술적 전망에 대한 기대감을 더하게 한다.

단편소설의 예술적 탐구가 심화되는 과정에서 아동문학 잡지가 중요한 역할을 했다. 단편소설은 주로 『아동문학兒童文學』(베이징), 『소년문예少年文藝』(상하이), 『소년문예少年文藝』(장쑤) 등 아동문학 잡지를 발표기지로 삼았다. 1980년대에 들어와서는 『아동문학선간兒童文學選刊』이 단편 아동소설의 예술적 탐구를 추진하는데 중요한 작용을 했다.

再年轻一些的三三的《缺根筋的父亲》《秀树的菜窖》《信教的人》, 张玉清的《谁会当叛徒》, 曾小春的《父亲的城》《西去的铃铛》《哑树》, 刘东的《姚水洗澡》《管玉的财富》, 韩青辰的《糖》《别》《春暖花开》, 胡继风的《想去天堂的孩子》, 李丽萍的《选一个人去天堂》等都是短篇小说中的力作。这些年轻作家的短篇小说让我们对儿童小说的艺术前景增添了期待。

在短篇小说艺术深化的过程中, 儿童文学杂志发挥着至关重要的作用。短篇小说发表的阵地基本就是《儿童文学》(北京)、《少年文艺》(上海)、《少年文艺》(江苏) 等儿童文学杂志。在1980年代短篇儿童小说的艺术探索过程中,《儿童文学选刊》也发挥了十分重要的推动作用。

아동문학儿童文学

1990년대에 들어 아동문학 시장에서 장편 작품(시리즈 포함)의 점유율이 커짐에 따라 아동문학잡지의 영향력이 약해지고 발행도 부진해졌다. 하지만 아동문학잡지들은 여전히 발전을 위해 힘쓰고 있다. 특히 중국소년아동신문출판총사 소속 『아동문학兒童文學』은 일련의 조치를 취했다. 예를 들어, 간행물은 물론 "아동문학도서출판센터兒童文學讀物出版中心"를 설립해 『아동문학』잡지에서 육성하는 작가들의 책을 출판하기도 하고, "10대 청년 우수작가十大青年金作家"를 선정하여 우수한 작가 자원을 모으기도 하며, 『아동문학』에서 발표된 작품들을 총서로 발간하여 더욱 효과적인 자원을 발굴하도록 노력했다. 이 조치들로 아동문학 잡지의 영향력이 확대되고 시장 점유율도 커지면서 2009년 1월부터 매년 100만 부 이상의 발행 부수를 기록했다. 『아동문학』 잡지의 경험은 문학잡지의 발전에 자신감과 새로운 가능성을 제공했다.

进入1990年代以后，随着长篇作品（含系列作品）占据儿童文学的市场，儿童文学杂志的影响力逐渐减弱，发行也渐入低迷状态。不过，儿童文学杂志也在努力坚持，其中，中国少年儿童新闻出版总社的《儿童文学》采取了一系列措施：不仅办刊物，还成立"儿童文学读物出版中心"，出版《儿童文学》杂志发现、培养的作家的书籍；通过评选"十大青年金作家"，汇聚优质的作家资源；出版《儿童文学》上发表的作品的结集，进一步挖掘有效资源。这些举措，扩大了《儿童文学》杂志的影响力，也赢得了市场，自2009年1月起，该刊连年发行量超过一百万册。《儿童文学》杂志的经验，为文学杂志的发展提供了信心和新的可能性。

2. 1990년 이후: 중·장편 소설의 번영
1990 年代以来：中长篇小说的繁荣

1990년대 이래 중국 아동문학은 아동성으로의 회귀가 한 층 더 심화되었다. 그 예술적 결과 중의 하나는 "아동문학은 문학이다"라는 문학적 추구에서 한 걸음 더 나아가 아동문학은 "아동의 문학"이라는 방향으로 더 발전되었다는 것이다.

아동문학은 아동의 정신적 성장을 그려내는 문학이다. 아동의 성장을 그리는 데 충분한 규모의 예술적 "용기容器"가 필요하다. 아동의 정신적 세계에 대한 사상적 인식이 심화되고 예술적 표현력이 향상됨에 따라 아동문학 창작이 단편 위주에서 중·장편 위주로 변했는데, 이것은 거의 모든 국가의 아동문학 발전에서 볼 수 있는 공통된 추세다. 이 추세는 소설이라는 문체에서 특히 두드러졌다.

1990年代以来，中国儿童文学进一步向儿童性回归，其艺术结果之一，是文学性追求由"儿童文学是文学"向前迈进一步，更加明晰了儿童文学是"儿童的文学"这一方向。

儿童文学是表现儿童心灵成长的文学。表现儿童的成长需要足够规模的艺术"容器"。随着对儿童的心灵世界的思想认识的深化、艺术表现能力的提升，儿童文学创作从以短篇作品为主向以中长篇作品为主过渡，是几乎所有国家的儿童文学的发展趋势。这一趋势在小说这一文体里表现得尤为明显。

1990년대에 들어오면서 아동문학 창작은 중·장편(반복 이야기 포함)으로 발전되는 추세가 나타났다. 상징적인 사건으로 4년이나 중단됐던 대형 아동문학 창작 총간總刊인 『거인』이 1991년 10월에 복간復刊되었다. 『거인』 복간호復刊號의 복간사復刊辭에서 말하기를, “우리는 걸작傑作을 간절히 기대하고 있으며, 걸작이 나타날 수 있는 조건을 조성하여 걸작이 빠르게 탄생할 수 있도록 노력할 것입니다. 우리는 중·장편을 대대적으로 제창하고자 하며, 특히 우수한 중편 소설은 『거인』의 주요 지면에 실릴 것입니다. 심지어 총간을 출간하기로 한 취지 중 하나가 바로 중·장편 아동문학이 번영할 수 있는 텃밭을 제공하기 위한 것이라고 할 수도 있습니다.”라고 했다. 『거인』에는 복간호부터 시작해 매 간행물 표지에 “시대성時代性”, “문학성文學性”, “가독성可讀性”이라고 눈에 잘 띄게 표시되어 있다. 걸작을 부르짖으며 중·장편을 대대적으로 제창하고, 문학성을 중요시하면서도 가독성을 강조하는 것, 이는 모두 1990년대 이후 아동문학의 창작 경향을 예시했다. 상술한 자신의 예술적 추구를 위한 일종의 견본을 제공하는 듯 『거인』복간호는 앞머리에 친원쥔의 중편소설 『남학생 자리』를 실었다.

一进入1990年代，儿童文学创作就出现了向中长篇（含反复故事）发展的动向。一个标志性的事件就是，中断了四年的大型儿童文学创作丛刊《巨人》于1991年10月复刊。《巨人》复刊号的“复刊词”宣布：“我们要呼唤杰作，为杰作的产生创设条件，做杰作的助产士。我们要大力提倡中长篇，尤其是优秀的中篇，将《巨人》的主要篇幅贡献给它们。甚至可以说，办这个丛刊的主要用意之一就是为繁荣中长篇儿童文学提供园地。” 自《巨人》复刊号起，每期刊物的封面上，都醒目地标示着“时代性”“文学性”“可读性”。在“呼唤杰作”时“大力提倡中长篇”，在重视“文学性”的同时，也强调“可读性”，这些都预示着1990年代以后的儿童文学的创作走向。似乎是为自己的上述艺术追求提供一个样本，《巨人》复刊号以头题发表了秦文君的中篇小说《男生贾里》。

친원쥔秦文君

반년 후 친원쥔은 『거인』의 여름호에 『남학생 자리』의 속편續篇을 발표했고, 1993년에 책 『남학생 자리』(같은 해에 『여학생 자메이』도 출판했다)을 출판했다. 1990년대에 『남학생 자리』는 가장 오랫동안 인기를 끌고 한 시대를 연 선진적인 아동소설이었다고 할 수 있다. 작가 본인의 말대로 "이 소설은 당시 비교적 중후한 아동소설의 창작 분위기 속에서 쓴 대형 유머 아동문학 작품으로서 어쩌면 조금은 시사하는 바를 갖고 있을지도…"*

■ 친원쥔秦文君
남학생 자리 완본男生贾里全传

半年之后，秦文君就在《巨人》夏季号上推出了《男生贾里》"续篇"，1993年即出版了《男生贾里》（同年还出版了《女生贾梅》）。可以说，在1990年代，《男生贾里》是知名度持续最久，而且是开一代风气之先的儿童小说。正如作家所说："这部小说是在当时比较凝重的儿童小说的创作风气之中，所写的大型幽默儿童文学作品，也许具有些启示性…"

* 친원쥔(2008), 찬란한 30년을 찾는다면, 『넷째 동생의 녹색 장원』, 신세기출판사, 초판.秦文君：《寻找霞光万丈的30年》，见秦文君著：《四弟的绿庄园》，新世纪出版社2008年9月第1版。

친원쥔은 『남학생 자리』에서 일종의 새로운 예술적 형식을 창조했는데, 그것은 즉 반복 이야기 형식, 경희극輕喜劇적인 유머(재미있는 언어로 재미있는 일상생활을 이야기하는 것), 그리고 "3인조"라는 조합 형식("3인조"라는 것은 비유적 표현이며, 『남학생 자리』에서 자리의 파트너는 주로 루즈성魯智胜이다.)이다. 오늘날 『남학생 자리』와 같은 예술 형식은 이미 아동소설, 특히 초등학생의 생활을 그려 초등학생에게 읽어주는 아동소설을 패턴화된 유형으로 발전되었다.

친원쥔의 『남학생 자리』는 곧바로 베스트셀러에 오르고, 2008년의 통계에 따르면 이미 150만 부가 발행됐다. 친원쥔의 『남학생 자리』는 뚜렷한 대중성大衆性을 띠고 있지만, 그러나 그것은 나중에 유행에 따라 흉내 낸 대중 아동문학 베스트셀러들이 갖지 못한 예술적 속성을 가지고 있다. 그것은 친원쥔의 사상적 식견과 예술적 능력을 바탕으로 한 것이다. 이에 대해 필자는 다음 두 가지 사례로 설명하고자 한다.

秦文君的《男生贾里》创立了一种令人耳目一新的艺术形式：反复故事形式；轻喜剧式的幽默（用有趣的语言叙述来讲述有趣的日常生活）；"三人组合"的搭档形式（"三人组合"只是比喻性说法,《男生贾里》中，贾里的搭档主要是鲁智胜）。如今,《男生贾里》的这一艺术形式已经演变成儿童小说，特别是写小学生生活给小学生读的儿童小说的一种模式化类型。

秦文君的《男生贾里》很快成为畅销书，据2008年的数据,《男生贾里》已经发行了一百五十万册。秦文君的《男生贾里》具有明显的通俗性，但是，它具有后来的某些模仿、跟风的通俗儿童文学畅销书所不具备的艺术质地。这是由秦文君的思想见识和艺术功力作为保证的。对此，我以下面两个事例来说明：

2000년에 친원쥔은 『한 여학생의 심리 변천사』를 출판했다. 이는 아동문학 작품이 아니라 작가가 아동의 생존 상태를 고민하고 해석한 "자아표현"의 작품이다. 이것은 한 작가로서 사상적 높이와 책임감을 보여준 책이다. 필자는 「아동의 재발견」이란 제목으로 다음과 같이 평가한 적 있다. "『한 여학생의 심리 변천사』는 1인칭 시점으로 선선莘莘이라는 소녀가 태어날 때부터 초등학교를 졸업할 때까지 12년간의 삶을 기술하였다. 친원쥔은 선선이 살면서 겪은 수많은 크고 작은 일들을 세로축經線으로 삼고, 선선의 어머니인 '나'의 사고思考, 의논議論, 서정抒情을 가로축緯線으로 구성된 이 작품을 구성하였는데, 비교적 '필기手記' 체의 특징이 두드러지게 나타난다. 일반적인 소설과 다른 이 작품을 필자는 『에밀Emile』식 '교육소설'이라 부르고자 한다. 왜냐하면 이 작품의 첫 장을 읽을 때부터 교육을 논하는 이 루소의 명작을 때때로 연상하였기 때문이다. 필자는 친원쥔의 『한 여학생의 심리 변천사』를 아동이라는 개념을 발견한 『에밀』의 교육사적 사상사적 아동문학사적 의미로까지 치켜 올릴 생각은 전혀 없다. 그저 친원쥔이 이 작품을 창작했을 때 교육 문제에 관심을 갖고 탐구했을 뿐만 아니라, '아동'을 새롭게 발견하고 해석하려는 강한 의식을 갖고 있었음을 밝히고 싶을 뿐이다." "친원쥔은 아동문학 작가 특유의 아동이란 개념에 대한 민감함으로 『한 여학생의 심리 변천사』에서 아동을 새롭게 바라보는 시각을 드러냈다. 만약 '아동'이 인류의 미래를 예언한다는 개념을 재해석한 문제의식이 아동에게 관심을 가지는 모든 사람들의 공감대를 얻을 수 있다면 우리는 앞날에 큰 희망을 걸어도 될 것이다."*

■ 친원쥔秦文君
한 여학생의 심리 변천사
一个女孩的心灵史

---

* 주쯔창(2001), 아동의 재발견 - 친원쥔의 『한 여학생의 심리 변천사』에 대하여, 『문예보』.朱自强：《儿童的"再发现"——评秦文君的〈一个女孩的心灵史〉》, 载于《文艺报》2001年1月23日。

2000年，秦文君出版了《一个女孩的心灵史》。这不是儿童文学作品，而是作家思考、阐释儿童生存状态的"自我表现"之作。这是一部标示出一个作家的思想高度和责任担当的书。我曾经以《儿童的"再发现"》为题，这样评论这部著作："《一个女孩的心灵史》以第一人称视角，描述了名叫莘莘的女孩从出生到小学毕业这十二年间的生活经历。秦文君以莘莘生活中的大事小情为经线，以莘莘母亲'我'的思考、议论、抒情为纬线结构的这部作品，具有比较突出的'手记'特征。对这部非一般意义上的小说作品，我称之为《爱弥儿》式的'教育小说'，因为从读它的第一章起我就时而联想到卢梭的这部论教育的名著。我没有半点将秦文君的《一个女孩的心灵史》举到发现儿童的《爱弥儿》在教育史、思想史、儿童文学史上所具有的高度的意思，而只是在说，秦文君在创作这部作品时，不仅也在关注、探讨教育的问题，而且还具有重新发现和阐释'儿童'的强烈意识。" "秦文君以其儿童文学作家特有的对儿童概念的敏感，以《一个女孩的心灵史》放出了重新发现儿童的目光。如果这种重新诠释'儿童'这一预言着人类未来的概念的问题意识能够成为所有关怀儿童的人们的共识，我们就有理由对前途寄予莫大的希望。"

친원쥔의 예술적 공력은 그녀가 성장문학을 창작하는 데에 나타나 있다. 성장문학은 창작하기 어려운 문학이다. 성장이나 자의식 등 심리학적 개념이 이미 보편화·상식화되었으므로 작가가 인물들의 마음에 대한 깊은 이해가 부족하다면 창작에서 개성화된 특징을 잃기 쉽다. 성장문학의 성공 여부는 소년 주인공이 보편적으로 갖고 있는 자의식 확립이란 심리적 행위를 그릴 때 개인적인 독특함을 지니는 기능적 플롯을 찾을 수 있느냐가 관건이다.

『천당거리 3번지天棠街3號』(2001)는 친원쥔의 또 다른 중요한 작품이다. 독특하고 기능적인 플롯을 그려내는 데 있어 『천당거리 3번지』에서 보여준 저자의 재능은 큰 박수를 받을 만하다. 성장소설로서 『천당거리 3번지』는 사상과 예술 형상의 유기적 융합에서 나름 성과를 거둔 작품이다. "천당天堂거리 3번지" 우편함이란 설정은 이 소설에서 가장 독특한 부분이다. 우편함의 이름이 "천당天棠거리 3번지"가 아닌 "천당天堂거리 3번지"라는 이색적인 발상은 『천당거리 3번지』를 소년의 성장을 배려하는 깊은 우의를 지닌 소설로 만들었다.

秦文君的艺术功力表现在她的成长文学的创作上。成长文学是很难创作的一种文学。由于成长、自我意识这些心理学概念的普泛化、常识化，如果作家对个体心灵缺乏真正的了解，就很容易在创作中失去个性化特征。能不能在描写少年普遍具有的建立自我意识这一心理行为时，找到具有个人独特性的功能性情节，是成长文学能否成功的关键。

《天棠街3号》（2001年）是秦文君的另一部重要作品。在建立和展开具有独特性的功能性情节方面，《天棠街3号》表现出的才能值得拍案称赞。作为成长小说，《天棠街3号》在思想与艺术形象的融合上颇有心得。"天堂街3号"信箱这一情节的设定，是这部小说的点睛之笔。信箱的名字不是"天棠街3号"，而是"天堂街3号"，这一别具匠心的构思使《天棠街3号》成为关怀少年成长的深有寓意的小说。

■ 친원쥔秦文君
천당거리 3번지天棠街3号

성장하고 있는 아동들에게 "천국"은 결국 어디에 있는 걸까? 소설의 기술 속에 이 질문의 답이 암시되어 있다. 랑랑郎郎이 "천당거리 3번지天堂街3號" 우편함의 열쇠를 얻어서 처음으로 우편함을 열었을 때, "조그마한 우편함에는 아무것도 없고, 평평한 상자 밑바닥이 마치 어떤 사람이 펼친 텅 빈 손바닥 같았다. 랑랑은 잠시 생각해 보고 바지 주머니 속에서 쪽지와 주소(쪽지는 아버지와 연결고리이고, 그 주소는 바로 그가 좋아하는 여자 수펑蘇鳳에 해당한다 - 본서 저자 주)를 꺼내 우편함에 집어넣었다. 우편함에 아무것도 없으면 안 되지. 마음처럼 어떻게든 뭐라도 좀 간직하고 있어야지." 후에 랑랑은 "천당거리 3번지天堂街3號" 우편함에 편지 하나를 부쳤다. 그가 우편함을 다시 열었을 때 과연 그 편지가 보였다. "그는 편지를 우편함 아래쪽에 넣고 안에 있는 것을 잠시 지켜보다가 다시 꺼냈다. 그에게는 마침내 다른 사람이 손댈 수 없는 그만의 장소, '천당거리 3번지天堂街3號'가 생겼다." "천당거리 3번지天堂街3號" 우편함은 "자아동일성"의 상징물이 틀림없다. 필자는 천원쥔이 옳다고 생각한다. 인생의 행복은 사실 부귀영화榮華富貴나 공명리록功名利祿과 근본적인 관계가 없고, 자신의 적극적인 "자아"를 찾아야만 비로소 세상에 있는 "천국"을 찾을 수 있기 때문이다.

对成长中的儿童来说, "天堂"究竟在哪里？小说的描写暗示了这个问题的答案。当郎郎得到"天堂街3号"信箱的钥匙, 第一次打开它时, "小邮箱里什么也没有, 箱底是平的, 就像一个人松开的空空的手掌。郎郎想了想, 掏出裤袋里的纸条和地址（纸条是他与爸爸的纽带, 那个地址就等于他所喜欢的女孩子苏凤——本书作者注）放进去。这邮箱不该一无所有啊, 就像人心一样, 怎么说也该装进些什么东西才行。" 后来郎郎给"天堂街3号"信箱寄了一封信。他再次打开信箱时, 果然看到了这封信。"他把信放回邮箱底部, 看着它存在里面一会儿, 再拿出来。他终于有了自己的地方, 别人无法伸进手来的'天堂街3号'。" "天堂街3号"信箱无疑是"自我同一性"的象征物。我想秦文君是对的, 人生的幸福其实与荣华富贵、功名利禄没有本质的联系, 一个人找到了积极的"自我", 才有如找到了人世的"天堂"。

차오원쉔曹文轩

소설가로서 차오원쉔이 중국 아동문학에 해 준 공헌은 그 저서들 자체가 아니라 중국 아동문학에 독특하고 진귀한 예술적 특성을 제공했다는 것에 있다. 이러한 예술적 특성은 중국 아동문학에 한 줄기 새로운 광채를 더했다.

차오원쉔은 개성이 뚜렷한, 표시가 없어도 식별이 가능한 작가이다. 작품의 어떤 특질이 그의 작품을 다른 작가의 작品들과 다르게 하는가?

小说家曹文轩对中国儿童文学的重要贡献主要不在于其著作等身，而在于为中国儿童文学提供了一种独特而珍贵的艺术品质。有了这种艺术品质，中国儿童文学增添了一道新的光彩。

曹文轩是一位个性化的、不用标注就能识别出来的作家。是作品的什么特质，将他的创作与其他作家区别开来的呢？

차오원쉔은 많은 공개적이고 중요한 장소에서 "아동문학 작품을 의도적으로 쓰지 않는다."는 창작 이념을 밝혔다. 미하엘 엔더Michael Ende 같은 훌륭한 아동문학 작가도 이와 비슷한 견해를 밝힌 바 있다. 차오원쉔은 "처음에는 아이에게 쓰고 보여 준다는 생각이 있지만 쓰다 보면 이런 생각이 희미해지다가 아예 없어져 버린다."*라

* 천위진(2002), 주쯔창, 차오원쉔 "청소년 소설의 창작 및 감상", 즉 "차오원쉔 신작 발표회" 기록, 『민생보』. 见陈玉金：《朱自强、曹文轩"少年小说的写作与欣赏"专题演讲暨"曹文轩新书发表会"纪实》，载于2002年10月27日《民生报》。

고 말했다. 이 말이 토로하는 함의는, 차오원쉔이 글을 쓰다가 "아이에게 써 준다"는 의식이 "없어질" 때 작품이 온전히 작가 자신을 표현하는 텍스트가 되어 버린다는 말일 것이다. 차오원쉔은 본인의 작품을 "아동 시각으로의 작품"이라고 자칭하기도 했다. 이러한 메시지들은 "아동"을 소설 창작의 방법으로 삼는 것에 대한 작가의 의식을 보여 준다.

아동을 소설 창작의 한 가지 방법으로 삼는다는 특질로 인해 차오원쉬엔이 중국 대륙 아동문학 작가 중에서 매우 독특한 "그 작가"가 되었다. 작가는 "아동"을 그림으로써 어른으로서의 자아를 표현하고, 자신의 "아동기"를 그림으로써 오늘날의 아이들을 감동시키고 문학의 영원永遠을 추구하기를 바란다. 『상상의 초가 교실』(1997)은 바로 그런 작품이다. 소설이 첫머리에 1962년 8월의 어느 날 오전이란 명확한 과거 시간을 주고 있을 뿐 아니라 몰래 현재 시제의 아동기를 서술 속에 끼워 넣는데, 이것은 서술학에서 "플래시백flashback"이라 불리는 과거를 돌아보는 서술(예를 들어, "그 당시 교과서는 인원수대로 주문했기 때문에 한 부 더 내기가 어려웠다.")이다. 20만 자 분량으로 지나간 아동기의 경험과 느낌을 원하는 만큼 써 내려간 것을 보면 작가의 아동기에 대한 집착과 중시를 엿볼 수 있다.

曹文轩在许多公开、重要的场合表述过这样一种儿童文学创作观念：不要刻意去写儿童文学作品。米歇尔·恩德这样的优秀儿童文学作家也发表过与此相似的观点。曹文轩说："我的体验是，一开始还有一点儿意思说这是给孩子写的、给孩子看的。但是写着写着，这个意思就淡化了，就化为乌有了。" 这句话透露的含义应该是，在曹文轩的创作中，当"给孩子写"这点意识"化为乌有"时，作品会完全成为自我表现的文本。曹文轩还把自己的作品称为"儿童视角的作品"。这些信息都透露出作家将"儿童"作为一种小说方法的意识。

正是将儿童作为小说创作的方法这一特质，使曹文轩成为中国大陆儿童文学作家中独特的"这一个"。作家通过抒写"儿童"，表达着作为成人的自我；作家渴望通过抒写自己的"童年"，感动当今的孩子，以追随文学的永恒。《草房子》（1997年）正是这样的作品。小说不仅在开篇明确给出"那是1962年8月的一个上午"这一过往时代的时间，而且，作家暗中在现在时的童年叙述中插入了叙述学上称为"跳角"的过去时的回望式叙述（"因为那时候的课本，都是按人数订的，很难多出一套。"）。以二十万字的篇幅，尽情地挥洒过去时代的童年经验和感受，足见作家对童年的执著和珍视。

『상상의 초가 교실』을 자세히 읽어보면 아동 문학과 일반 문학 사이를 예술적으로 자유롭게 넘나드는 작가의 솜씨를 발견할 수 있을 것이다. 아동문학의 예술적 표현력을 유지하고 아동문학의 가능성을 좇으며 아동문학의 생태성生態性을 실현하려는 이러한 경계를 넘는 비행越界飛行은 매우 보기 드문 것이다. 필자는 차오원쉔이 창작한 청소년 성 심리性心理를 그리는 소설들을 평론할 때, 그 청소년 소설들이 선구적이고 탐구적이며 개성적인 특징을 지닌다고 했는데, 『상상의 초가 교실』에 나타난 많은 예술적 표현들도 이런 평가를 받을 만하다.

■ 차오원쉔曹文轩
상상의 초가 교실草房子

차오원쉔은 소년소설에서 아동을 그릴 때 현실주의적 기법도 사용하지만 상징적이고 시적詩的 기법도 많이 활용했다. 초기의 단편소설 『활』, 『고대 성곽』 등 작품에서 상징적·시적 기법이 상당히 돋보였고, 그 후의 장편소설 『청동 해바라기』(2005)도 전체적으로는 이러한 경향을 가지고 있었다. 『청동 해바라기』는 "아동"을 작가의 인생철학을 표현하는 방법으로 삼은 소설이다. "청동 집에는 오로지 하늘, 오로지 땅, 오로지 맑디맑은 강물, 오로지 마음에서 육체까지 깨끗함만이 있다." 의심할 여지 없이 이는 상징적이고 시적인 표현이다. 소설에서 작가는 청동과 해바라기란 두 아이에 대한 상징적·시적 묘사를 함으로써 작가의 고난 의식과 미학 의식, 정서적 취향을 생생하게 드러냈다. 『청동 해바라기』는 일종의 심령을 정화하는 효과를 가지는 동심주의童心主義적 소설이다.

细读《草房子》，会发现它在儿童文学艺术和一般文学艺术之间所作的越界飞行。要保持儿童文学的艺术张力，追求儿童文学的可能性，实现儿童文学的生态性，这样的越界飞行十分可贵。我曾在评论曹文轩的几篇少年性心理小说时，说那些少年小说具有先锋性、探索性和个性化特征，《草房子》中的很多艺术表现也当得此论。

■ 차오원쉔曹文轩
청동 해바라기青铜葵花

曹文轩的少年小说在表现儿童时，既有写实的笔法在其中，同时也杂糅进了相当多的象征的、诗的手法。他早期的短篇小说，如《弓》《古堡》等作品，象征的、诗的方法相当明显和突出，而后来的长篇小说《青铜葵花》（2005年）总体上也有这种倾向。《青铜葵花》是将“儿童”作为表现作家人生哲学的一种方法的小说。“青铜家只有天，只有地，只有清清的河水，只有一番从心到肉的干净。”毫无疑问，这是象征的、诗的表现方式。在小说中，作家通过对青铜、葵花两个孩子的象征性、诗性刻画，渲染式地展示自己的苦难意识、美学意识和情感取向。可以说，《青铜葵花》是一部童心主义的小说，显示出一种心灵净化的效果。

차오원쉔은 줄곧 커다란 예술적 표현력을 아동문학 작품을 창작해 왔다. 그의 『미꾸라지』, 『서커스 단』 등 단편소설은 청소년의 심리적 세계를 예술적으로 깊이 있게 묘사했다. 『미꾸라지』에서 작가는 사춘기 소년의 성장 비밀을 잘 포착하고 소년이 연상의 이성을 사모하면서 정신적으로 성장하게 되는 이야기를 사실적이고 감동적으로 그려냈다. 『서커스 단』은 삼각관계에 빠진 사랑 이야기로 소년의 정신적 성장을 함축적으로 표현한, 정말 보기 드물고 놀라운 소설이다.

曹文轩始终在创作着具有很大的艺术张力的儿童文学作品。他的《泥鳅》《马戏团》等短篇小说，对少年的心理世界有深邃的艺术表现。《泥鳅》把握住了处于思春期的少年的成长奥秘，真实而感人地表现了一个少年因为对年长异性的爱慕，而获得的精神世界的升华。《马戏团》用一个三角关系的爱情故事，隐含地表现少年们心灵的成长，真是一篇不为多见、令人称奇的小说。

차오원쉔의 이러한 창작들은 아동문학에 관한 예술적 변증법을 구현했다. 차오원쉔은 "자아"를 표현함으로써 아동문학 창작의 금기 하나를 성공적으로 깨뜨리고 어떤 면에서 아동문학이 받아왔던 예술적 구속을 풀어주었다. 이 작품들은 우리에게 많은 시사점을 줌과 동시에 "청소년들에게 읽어주는 소설은 어디까지가 적절할까? 청소년의 신체적 욕망을 묘사해도 될까? 그 잣대는 어디에 있을까? 아동문학 작가의 '자아표현'은 어떻게 제한해야 할까?"와 같은 생각들을 하게 했다.

차오원쉔이 청소년의 은밀한 감정 세계를 예술적으로 표현한 것은 적절하면서도 독특하고 성공적인 것이다. 그는 중국 아동문학이 인간성을 표현할 수 있는 깊은 예술적 공간을 개척했고, "영원함을 쫓는다"는 그의 예술적 추구가 한 층 더 높은 곳을 향해 전진할 수 있도록 했다.

曹文轩的这些创作，体现出儿童文学艺术的辩证法。曹文轩通过表现"自我"而成功地打破了儿童文学创作的一个禁区，解放了儿童文学在一个层面上的艺术束缚。这些创作给我们很多启示，并促使人们思考：给少年的小说可以走多远？少年的身体欲望可不可以描写？尺度在哪里？儿童文学作家的"自我表现"在哪个界限内成为可能？等等。

曹文轩对少年隐秘的情感世界的艺术表现恰到好处，是十分独特而成功的。他开拓了中国儿童文学表现人性的一个深邃艺术空间，并且也使自己的"追随永恒"这一艺术追求成功地向高处迈出了一大步。

지난 30여 년 동안 차오원쉔은 매우 웅대한 아동문학 작품 세계를 구축했다. 장편소설 대표작인『상상의 초가 교실』과 『청동 해바라기』를 제외하고도 전설적 색채가 짙은 『건냐오의 백합계곡』(2001), 구조가 웅대한 판타지 소설 "대왕서" 시리즈 중의 『황유리』, 『홍사등』, 그리고 유아들의 삶을 표현한 "내 아들 피카" 시리즈 등을 창작했다.

최근 창작된 "딩딩당당" 시리즈(7부작)도 상당히 많은 호평好評을 받았고, 중국중앙방송국과 중국출판협회에서 수여한 "2013년도 중국의 좋은 책"이란 상을 받았으며, 그 중에서 『머나먼 길』은 "제9회 전국우수아동문학상"까지 수상했다.

■ 차오원쉔曹文轩
건냐오의 백합계곡根鸟

三十多年来，曹文轩建构了一个宏大的儿童文学作品世界。除了《草房子》《青铜葵花》这两部长篇小说代表作，曹文轩还创作了具有浓厚传奇色彩的《根鸟》（2001年），结构恢宏的幻想小说"大王书"系列之《黄琉璃》《红纱灯》，表现年幼儿童生活的"我的儿子皮卡"系列。

近期创作的"丁丁当当"系列作品（七部）颇受好评，获得中央电视台和中国版协颁发的"2013中国好书"，其中的《盲羊》还获得了"第九届全国优秀儿童文学奖"。

■ 차오원쉔曹文轩
딩딩당당 시리즈丁丁当当系列

청웨이程玮

정웨이는 성장소설 창작의 고수이다. 1980년대 초등학생의 성장을 그린 중편소설 『이국에서 온 아이』, 중학생의 성장을 표현한 장편소설 『열여덟 살을 향하여』를 펴냈다. 1991년에는 장편소설 『빨간 머리핀』을 출판했다. 앞의 두 편에 비해 『빨간 머리핀』은 스토리텔링에 중점을 두고, 책 전체를 꿰뚫을 수 있으면서 스토리 전개를 이끌 수 있는 줄거리를 만드는 데 힘썼다. 사춘기 우울증을 앓고 있는 고등학생 예예叶叶의 아버지가 경제 사건에 연루되는 바람에 체포되어 조사를 받게 되었는데 가족과 친구들은 예예를 보호하기 위해 아버지가 미국으로 출장 갔다고 거짓말했다. 소설은 주로 이 사랑의 "사기 사건"이 어떻게 유지되며, 결국 어떻게 탄로가 나는지를 주선으로 하고, 그 과정에 얽힌 다양한 인간관계를 보여 주었다. 아빠가 출소하기 전 예예는 진실을 알게 되었다. 예예의 아빠가 미국에 있는 줄 알고 접근한 탕웨이唐偉는 예예를 버리고 떠나갔다. 예예가 빌딩의 옥상에 서서 뛰어내리려고 했을 때 절친한 친구 류사劉莎가 찾아와 논리로, 정으로 생각을 돌리도록 호소했다. 결국 예예는 가족애와 우정의 따뜻함을 느끼고 삶의 고난에 직면할 수 있게 되었다.

程玮是创作成长小说的高手。在1980年代她就出版了描写小学生成长的中篇小说《来自异国的孩子》、表现中学生成长的长篇小说《走向十八岁》。1991年, 她出版了长篇小说《少女的红发卡》。与前两部小说相比,《少女的红发卡》的创作更重视故事性, 着力于凝练一个贯穿全书的、具有情节推动力的故事主线。高中生叶叶患有青春期抑郁症, 她的爸爸因为涉嫌经济案件被捕审查, 家人和同学为了保护叶叶, 就哄骗她, 说爸爸去美国出差了。小说的主要情节就围绕如何维持这场爱的“骗局”以及“骗局”如何败露而展开，其间牵连出多重人际关系。在爸爸出狱前，叶叶知道了真相。因为知道叶叶爸爸在美国而接近叶叶的唐伟也转身离去。就在叶叶站在大厦上准备一跃轻生的时候，好友刘莎找到了她，晓之以理、动之以情，叶叶终于感受到了亲情、友情的温暖，敢于直面生活的磨难。

예예가 남을 대신해서 구속되었다가 결백이 증명되어 출소한 아버지를 맞이한 날, 아빠는 작년에 준비한 크리스마스 선물-새빨간 머리핀을 예예의 머리에 꽂아주었다.

『빨간 머리핀』이란 성장소설에서 청웨이가 고명한 점은, 그녀의 서사가 기이함과 우여곡절에 중점을 두지 않고 인물의 성격과 감정을 삶의 논리가 촘촘히 짜여진 일상적인 사건 속으로 자연스레 엮이면서 농후한 문학적인 분위기를 조성하는 데 있다. 인물의 성장을 표현하는 데 있어 이러한 기법은 매우 효과적이다.

『아빠가 사라졌다』(2011)는 독일의 가정생활과 독일 아이들의 정신적 성장을 묘사한 작품이다. 필자의 생각에, 청웨이가 이 주제를 선택한 것은 한편으로는 작가가 독일에서 오랫동안 생활한 경력 때문이고, 다른 한편으로는 작가가 서양 문화 가치관을 의도적으로 중국 아이들에게 소개하려 했기 때문이다.

叶叶迎接代人受过的爸爸清白出狱的那天，爸爸将去年为她准备的圣诞礼物——一只鲜红的发卡戴在了她的头上。

在《少女的红发卡》这部成长小说中，程玮的高明之处在于，她的叙事并不着眼于情节的离奇和曲折，而在于将人物的性格和情感细密地织进具有严密生活逻辑的日常事件中去，从而营造出浓郁的文学氛围。对于表现人物的成长，这种写法是非常有力量的。

《俄罗斯娃娃的秘密》(2011) 写的是德国的家庭生活和德国孩子的心灵成长。我想, 这一题材选择, 一方面来自作家多年的德国生活资源, 另一方面也是作家有意要把西方文化的价值观介绍给中国孩子。

■ 청웨이程玮
빨간 머리핀少女的红发卡

■ 청웨이程玮
이국에서 온 아이来自异国的孩子

소녀 샬롯夏洛特은 자신이 이상한 가정에서 살고 있다고 느꼈다. 철학 교수인 아버지는 자주 마당에 있는 캐러밴에 혼자 살기도 하고, 혼자 캐러밴을 몰고 여러 날에 나가기도 하는데, 엄마도 아빠가 어디로 갔는지도 모른다. 절친한 친구 마야瑪婭는 샬롯에게 너희 아빠랑 엄마는 아마도 서로 사랑하지 않을지도 모르니까 방법을 생각해야 한다고 하면서, "집이 벼랑으로 떨어지기를 기다리면 안 된다"고 했다. 마야는 행복한 가정에서 살고 있고 그녀의 아빠와 엄마는 서로를 많이 사랑하고 있다. 마야 아빠는 "퇴근하자마자 바로 집에 오시고 여태까지 한 번도 동료들과 같이 술을 마시러 나간 적도 없었다." 그러나 바로 이렇게 행복한 가정에서, 어느 날 갑자기, 아빠가 안 보였다. 실종되어 버린 것이다! 마야는 "샬롯에게 너희 집이 이미 벼랑 끝에 와 있다고 경고했는데, 지금은 우리 집이 아무런 예고도 없이 휙-하더니 그대로 벼랑 아래로 미끄러져 버렸어." 마야의 아빠에게 무슨 일이 생겼을까? 수수께끼를 푸는 과정에서 샬롯과 마야는 자아 인식의 중요성을 이해했고, 그리고 "사람과 사람 사이에는 설사 가장, 가장 친근한 사람이라고 할지라도 서로에게 어느 정도의 시간과 거리를 남겨주어야 한다"는 것을 깨달았다. 샬롯은 아버지가 왜 여러 날 혼자 집을 떠나 숲으로 가 있었는지를 이해했고, 마야는 자신과 엄마에게 모든 시간을 내주던 아버지가 왜 갑자기 작별 인사도 없이 혼자 탐험하러 떠났는지를 깨달았다. 어쨌든 우리는 그녀들의 정신적 성장을 똑똑히 보았다.

女孩儿夏洛特觉得自己生活在一个奇怪的家庭里。做哲学教授的爸爸常常一个人住进院子里的旅行房车，有时一个人开着房车出去好多天，妈妈都不知道他去了哪里。夏洛特的好朋友玛娅告诉她，你爸爸和妈妈可能不再相爱了，你要想想办法，"不能等着你们家一下子掉下悬崖去"。玛娅则生活在一个幸福的家庭，她的爸爸妈妈相亲相爱，爸爸"一下班就马上回家，从来不跟同事去喝酒"。可是，就是这个幸福的家庭，突然有一天，玛娅的爸爸不见了，失踪了！玛娅"还警告夏洛特，说他们家已经到了悬崖的边缘。而现在，她自己的家，一点儿预警也没有，嗖地一下，直接就滑到了悬崖下面"。玛娅的爸爸发生了什么事情？在解谜的过程中，夏洛特和玛娅明白了自我确认的重要，明白了"人和人之间，即使是最最亲近的人，互相也应该留出一点儿时间和距离"。夏洛特理解了爸爸为什么要一个人离开家很多天，到森林里去；玛娅理解了从前把所有时间都交给自己和妈妈的爸爸，为什么突然不辞而别，一个人去探险。总之，我们清晰地看见了她们心灵的成长。

『아빠가 사라졌다』는 21세기출판사에서 출판한 "채색까마귀 중국어 창작 시리즈"에 수록되어 있다. "채색까마귀" 창작 시리즈는 "한꺼번에 읽고 한평생 기억하자"라는 취지대로 작품당 글자 수를 대략 4만에서 5만 자로 제한하였다. 이 글자 수의 요구에 따라 창작된 『아빠가 사라졌다』는 서술이 간결하고 전개가 매끄러우며 스토리의 줄거리가 복잡하지 않고 리듬감이 명쾌하다는 등 특징을 갖게 되었다. 이로써 청웨이의 스토리텔링 기술이 한 층 더 성숙해졌음을 알 수 있다.

《俄罗斯娃娃的秘密》这部作品收入二十一世纪出版社的"彩乌鸦中文原创系列"之中。由于"彩乌鸦"原创系列的"一口气读完，一辈子不忘"这一体例安排，每部作品字数大都在四五万字左右。在这个字数下，《俄罗斯娃娃的秘密》的叙述简洁、流畅，故事情节单纯，节奏明快。可以看出，程玮讲故事的技巧更加纯熟了。

■ 청웨이程玮
아빠가 사라졌다俄罗斯娃娃的秘密

메이즈한梅子涵

1990년대 이래 아동소설이 아동성으로 회귀한 증거 중 하나가 바로 1980년대 소년소설(당시 널리 쓰였던 용어)의 인물과 독자층이 대부분 청소년(중학생)이었다가 1990년대 이후 초등학생을 작품의 주인공과 독자층으로 하는 아동소설이 점점 늘어났고, 2000년 이후 "아동소설"이라는 용어가 거의 "청소년 소설"을 대체하였다는 것이다.

이러한 경향은 많은 우수한 아동문학 작가들의 창작에서 반영되었는데, 예를 들면 메이즈한과 같은 작가이다. 1996년에 출간된 『딸의 이야기』는 메이즈한의 중요한 작품이다.

1990年代以来，儿童小说向儿童性回归的一个表现就是，1980年代的"少年小说"（当时的惯用语）的作品人物多为少年（中学生）且读者对象多为少年，而进入1990年代以后，以小学儿童为主人公且以小学儿童为读者对象的"儿童小说"逐渐增多，2000年以后，"儿童小说"几乎取代了"少年小说"这一用语。

这一倾向体现在很多优秀的儿童文学作家的创作上，比如梅子涵。1996年出版的《女儿的故事》是梅子涵的一部重要作品。

자서전적 색채가 띤 이 소설은 메이쓰판梅思繁(작가의 딸 이름과 같음)이라는 초등학생의 고달픈 성장기를 다루고 있지만 서사적 유머와 유머러스한 서사가 한 데 어우러진 새로운 서술 방식을 채택했다. 필자가 한 논평에서 『남조』, 『다방 2인용 좌석』, 『우리는 시계가 없다』와 같은 이전의 메이즈한의 영향력 있는 작품들과 비교하면 예술적 기법이 크게 달라졌다"고 언급한 것은 바로 이러한 변화를 가리켰던 말이다.

■ 메이즈한梅子涵
딸의 이야기女儿的故事

2002년부터 메이즈한은 반복 이야기인 "다이샤오차오와 그의 형제들" 시리즈(『우리의 타이거 팀』, 『우리는 말이다』, 『장난스러운 이야기』)를 잇달아 출간했다. 이는 아동들에게 더욱 가까이 다가간 작품들로서, 어린아이들의 시각과 말투를 채용하여 초등학교 저학년들을 서술하였다. 메이즈한은 『돼지 보디가드』를 쓴 쑨유쥔이 진짜로 돼지로 살아본 것과 같다고 이야기한 적 있는데, 필자는 "다이샤오차오와 그의 형제들"을 읽으면서 어쩌면 메이즈한도 여전히 어린아이 같은 사람이라고 생각했다. 메이즈한이 이 시리즈에서 사용했던 어휘들을 세심히 살펴본 적 있는데, 그는 정말로 아이가 하는 글자만 쓰고 아이가 말할 수 있는 단어만 사용했다. 그러나 작가는 마술사처럼 그 몇 글자, 몇 단어밖에 안 되는 말들을 이리저리 옮겨가면서 아주 생동감 넘치고 재미있는 글을 만들어냈다. 시리즈의 첫 단락을 살펴보도록 하자.

这部具有自叙传色彩的小说，写的是一个叫梅思繁（作家的女儿也叫梅思繁）的小学生的成长艰辛，但是采用的却是一种新的叙述方式：叙述幽默和幽默叙述。我在一篇评论中所说，"与梅子涵以前有影响的作品如《蓝鸟》《双人茶座》《我们没有表》相比，艺术手法有了很大变化"，* 指的就是这一变化。

自2002年起，梅子涵陆续出版了反复故事"戴小桥和他的哥们儿"系列（《我们

* 주쯔창(1996), 봄꽃이 점점 사람의 눈을 사로잡듯 - 아동문학 창작 논평, 『아동문학연구』 제3호.朱自强：《春花渐欲迷人眼——儿童文学创作季评》，载于《儿童文学研究》1996年第3期。

的公虎队》《我们全是马》《淘气的故事》）。这是更为走近儿童的作品，写的是小学校里更小的小孩儿，叙述采用的是小孩子的视角和语气。梅子涵曾经说创作《小猪当保镖》的孙幼军好像真的做过猪一样，而我读"戴小桥和他的哥们儿"，觉得梅子涵就好像依然是一个小孩子似的。我算过梅子涵在"戴小桥和他的哥们儿"系列里用过的语汇，他真的只写孩子认得的字，用孩子会说的词。可是，就那么几个字、几个词，梅子涵像魔术师一样，东挪挪西挪挪，就变得很生动、很有趣了。我们就看开篇第一段——

나는 다이샤오차오戴小橋라고 해.

나를 다시앙지오大香蕉(큰 바나나라는 뜻)라고 부르지 않았으면 좋겠어. 왜냐하면 우리 반 친구들은 모두 나를 다시앙지오라고 부르고 있으니까. 나는 정말 이해를 못 하겠어. 엄마와 아빠는 내 이름을 지어줄 때 남이 다시앙지오라고 부를 수도 있을 거란 생각을 못 했을까? 늘 내가 일할 때 머리 안 쓴다고 야단치는데, 본인들은 머리를 잘 쓰셨나? 내가 보기엔 머리를 안 쓴 게 분명해. "다이샤오차오"라고 한 번만 불러 봐도 "다시앙지오"라고 들리는 걸. 못 믿겠으면 따라서 해 봐. 다이샤오차오! 다시앙지오! 다이샤오차오! 다시앙지오! 다이샤오차오! 다시앙지오! 어때? 다이샤오차오! 다시앙지오! 맞지?

我叫戴小桥。

可是你们最好不要叫我大香蕉，因为我们班级里的同学就是叫我大香蕉的。我不明白，爸爸妈妈给我起这个名字的时候，难道就没有想到别人会叫我大香蕉吗？他们总说我做事不肯动脑子，可是他们自己这叫做事动脑子了吗？我看也没怎么动。因为如果动的话，那么他们就应该想到，"戴小桥"一叫就能叫成"大香蕉"的。不信，你试试，戴小桥，大香蕉，戴小桥，大香蕉，怎么样，戴小桥——大香蕉吧？

어쩌면, 재미있게 쓰기만 하면 되냐고 물어볼 사람도 있을 수 있다. 맞다, 충분하다. 왜냐하면 중국 아동문학에서는 사상, 철리, 침착, 우울, 슬픔 등을 표현하는 것이 그리 어렵지 않기 때문이다. 이것들을 표현하려면 어른을 표현하는 기법들을 빌려서 쓰면 될 것이다. 하지만 아동문학을 재미있고 심지어 흥미 넘치게 쓰려면 매우 어려운 일이다. 흥미롭게 쓰려면 "어린이가 될 수 있는" 능력이 있어야 하기 때문이다.

也许有人会问, 写得有趣就够了吗？是的, 足够了。因为对中国儿童文学来说, 追求思想、哲理、深沉、忧郁、悲伤都不太难, 表现这些, 把大人的那一套拿出来就行了, 可是, 想把儿童文学写得有趣甚至妙趣横生, 可就难了, 写出趣味性, 你得有本事"做一个小孩儿"。

메이즈한의 "다이샤오차오와 그의 형제들" 시리즈는 재미만 있는 것이 아니라 의미까지 포함하고 있어서 독자들이 좋아하지 않을 수가 없다. 사실 아동들의 세계를 리얼하게 표현하는 작품이 아무런 의미 없이 재미만 있을 수는 없다. 왜냐하면 본래 아동의 삶도 어른들의 삶과 마찬가지로 의미가 지니고 있기 때문이다. 『우리의 타이거 팀』은 아동들의 삶을 아동다운 언어로 서술했기 때문에 아동의 삶에 담긴 아동들만의 감각, 심리, 그리고 가치관이 모두 생생하게 드러났다.

■ 메이즈한梅子涵
우리의 타이거 팀我们的公虎队

梅子涵的"戴小桥和他的哥们儿"系列不光有趣, 还有意味, 这就有点儿叫人喜出望外了。其实, 真实表现儿童生活世界的作品是不可能只是有趣而没有任何意味的, 因为儿童的生活也像我们成人的生活一样, 本来就是有意味的。由于《我们的公虎队》运用了儿童式的语言来叙述儿童的生活, 于是, 儿童的生活里含藏的儿童的感觉、儿童的心理、儿童的价值观就全都呼之欲出了。

정춘화郑春华

■ 주쯔창朱自强
아동문학의 본질儿童文学的本质

매이즈한의 "다이샤오차오와 그의 형제들" 시리즈에서 필자는 정춘화의 "골목대장 마밍자" 시리즈(2007)가 떠올랐다.

16년 전 필자는 『아동문학의 본질』이란 책에서 작가와 아동이 아동문학을 "계약하여" 동맹이 되어 생명을 확장하고 초월하도록 함께 노력하는 "팀"이 되어야 한다고 말할 때 아동들의 마음을 잘 읽은 정춘화의 이야기들을 대폭 예로 들어 인용한 적 있다.* 정춘화는 유럽에서 3년 동안 산 적이 있다. 그녀는 "유럽의 아동교육 사상이 내 창작에 깊은 영향을 미쳤다. 그것은 바로 아동 본위, 아동을 존중하는 의식이다"라고 했다.** "골목대장 마밍자" 시리즈를 읽고, 필자는 이것이야말로 "아동 본위"를 배경으로 삼아 창작된 작품이고, 정춘화 역시 초등학교 저학년 아이들의 사고방식을 이해하는 "아동 본위"의 작가라는 생각이 들었다.

---

* 주쯔창(1997), 『아동문학의 본질』, 소년아동출판사, 초판, 342-343페이지.参见朱自强著：《儿童文学的本质》第342至343页，少年儿童出版社1997年11月第1版。

** 정춘화(2008), 생명 속에 가장 매혹적인 쾌락, 『슈퍼 파마 머리』, 신세기출판사, 초판.郑春华：《生命中最迷人的快乐》，郑春华著：《超级卷毛头》，新世纪出版社2008年9月第1版。

由梅子涵的“戴小桥和他的哥们儿”，我想到了郑春华的“非常小子马鸣加”系列故事（2007年）。

十六年前，我写《儿童文学的本质》一书，谈到作家与儿童应该以儿童文学为“契约”，结盟为一个共同谋取生命的扩充和超越的“团伙”时，就曾以郑春华为例，大段摘引了她的深谙孩子心思的那些话。郑春华曾在欧洲生活三年。她说：“欧洲儿童的教育思想深深影响了我的创作，那就是儿童本位，尊重儿童意识。”读“非常小子马鸣加”系列，我觉得，这就是“儿童本位”的作品，郑春华也是懂得小学低年级孩子的“心思”的“儿童本位”的作家。

최근 초등학교 아이들의 생활을 그리는 “반복 이야기”란 글쓰기 스타일에 대해서 필자는 반드시 유의해야 할 문제가 하나 있다고 생각한다. 그것이 바로 “반복 이야기”와 같은 아동문학 유형은 작가로 하여금 작품을 창작할 때, 특히 빠르고 많이 창작할 때 시간과 노력을 줄이려는 생각을 갖게 하기 쉽다. 필자가 작품의 부실 여부를 판단하는 중요한 기준은 작가가 “사람”을 쓰는지, “사건”을 쓰는지를 보는 것이다. “사람”을 쓰기 위해 사건을 쓰는 것과 “사건”을 쓰기 위해 사건을 쓰는 것은 많이 다르다. “사람”을 쓰는 것은 언제나 “사건”을 쓰는 것보다 어렵다.

정춘화는 틀림없이 마밍자라는 “그 사람”을 쓰고 있다. 시리즈의 제1권 첫 번째 이야기인 “첫 번째 등교”는 독자들에게 “골목대장”을 소개했다. “이 길을 걷는 학생들은 모두 집안의 어른들과 함께 가고 있었지만 유독 마밍자만 혼자서 학교로 가고 있다.” 책 속의 이야기에는 이를 뒷받침해 주는 디테일과 심리적 기초도 있다. 마밍자는 학교에 입학하면서 책가방 다섯 개를 받았기 때문에 하루에 하나씩 번갈아 메기로 했다. 마밍자가 가방을 친구와 한 번 혼동한 후 엄마는 마밍자의 책가방에 빨간 색으로 “마~밍~자”란 세 글자를 크게 수놓았다. “책가방에 이 세 글자가 생긴 후 이전과는 많이 달라졌다. 이 세 글자는 몹시 신기하게도 “마, 밍, 자”라고 희미한 소리를 내는 것 같았다. 그리고 이 소리는 마밍자만 들을 수 있는 것 같았다…”(『다섯 개의 책가방』) 어린이들의 자의식은 일상생활 속에서 나날이 조금씩 쌓여 형성된 것이다. “사건”을 쓰기 위해 사건을 쓴 작품에서는 이러한 "의미 있는" 내용이 나오기 어려울 것이다.

针对目前描写小学儿童生活的"反复故事"创作，我认为，有一个问题应该引起人们的注意："反复故事"这种儿童文学的类型是容易让作家偷工减料的，特别是当他（她）写得又快又多的时候。我判断作品是否偷工减料的一个重要标准是看作家是在写"人"，还是在写"事"。为写"人"而写事，和为写"事"而写事的大不一样，写"人"永远比写"事"难。

郑春华显然是在写马鸣加"这个人"。系列作品的第一本第一个故事《第一天上学》，就让读者认识了一个"非常小子"——"走在这条路上的小同学，都是由家长陪着的，只有马鸣加是自己去的。"书中的故事里是有细节支撑、心理基础的。马鸣加入学，得到了五个书包，他想每天都轮换着背不同的书包。当他把书包和同学的搞混了后，妈妈在他的书包上绣了三个大红字：马鸣加。"书包上有了这三个字可大不一样，这三个字好像挺神奇的，总会轻轻地发出这三个字的声音：马、鸣、加。这声音只有马鸣加能听见…"（《五只书包》）小孩子的自我意识，是在生活的点点滴滴、日积月累中逐渐形成的。为写"事"而写事的作品，恐怕不会出现这种"有意味"的文字。

필자는 제7권인 『발명대왕 마밍자』에서 "우수한 학교"라는 이야기를 제일 좋아한다. 구청에서 나온 불시검사突擊檢査에서 우수학교로 선정되기 위해 학교는 "학생들에게 매일 아침 7시까지 학교에 나와 라디오 체조를 해야 하고, 매일 오후 하교할 때 교실에 남아 창문과 책상을 닦고 바닥을 쓸어야 하며, 그 외에도 교실을 꾸며야 한다."고 요구했다. 그래서 저녁 식사 때 엄마가 "역시 아이 때가 즐겁지. 걱정할 것도 없고."라고 말하자 마밍자는 벌떡 일어나 반박했다. "나는 조금도 즐겁지 않아. 요 며칠 지겹고 힘들어 죽겠다고! 짜증나 미치겠어!" 하지만 이런 마밍자도 나중에는 심리와 인식에 커다란 변화가 일어났다.

我很喜欢第七本《发明大王马鸣加》中的"优秀学校"这个故事。为了应付区里的突击检查，评上优秀学校，学校"天天早上要同学七点到校，练习做广播操；天天下午放学要同学留在教室擦窗、擦桌子和扫地，另外还要布置教室"。所以，当吃晚饭时妈妈说，“还是你们做小孩子快乐，无忧无虑”时，马鸣加马上大发牢骚：“我一点儿也不快乐，我这几天已经烦死了！累死了！恨死了！” 然而就是这个马鸣加，到后来心情和认知都发生了很大变化——

"당연히 당선됐지." 엄마는 마밍자가 이 말을 할 때 그 자랑스럽고 반짝거리는 눈빛을 보았다.

"며칠 전만 해도 죽고 싶을 만큼 원망했잖아?" 엄마가 짓궂게 물었다.

"그건 며칠 전이지. 과거는 과거고, 지금은 지금이야. 봐, 이게 교장님이 우리에게 상으로 주신 거야." 마밍자가 털이 달린 볼펜을 꺼내 엄마에게 보여 주었다.

"이런 펜은 너도 있잖아?" 엄마는 마밍자가 이렇게까지 소중하게 여길 만한 것이 아니라고 생각했다.

그런데 마밍자는 "이건 다르지. 이건 우리 교장님이 상으로 주신 거잖아. 봐! 위에 우리 학교 이름도 새겨져 있어." 마밍자는 보배라도 받은 것처럼 가리키며 엄마에게 보여 주었다.

"선생님의 말로는 우수학교의 학생들만 이런 펜을 가질 수 있대. 이걸 꼭 잘 간직할 거야. 나중에 큰 도움이 될지도 모르잖아."

“当然评上了！”妈妈看见马鸣加说这句话的时候眼睛里闪出自豪的光芒。

“你前两天不是抱怨得要命吗？”妈妈故意说。

“那是前两天，过去是过去，现在是现在。看，这是校长奖励我们的！”马鸣加拿出一支带羽毛的圆珠笔递给妈妈看。

“这笔你不是有的吗？”妈妈觉得马鸣加没必要这么稀罕。

可马鸣加回答：“这不一样，这是我们校长奖励给我们的呀！你看，上面还刻着我们学校的名字呢！”马鸣加像宝贝一样指给妈妈看。

“老师说，只有优秀学校的学生才有这样的笔。我一定要保存好，说不定将来会派上什么大用处哩！”

이것은 조그마한 비희극悲喜劇이다. 우리는 이것을 통해 일곱, 여덟 살의 마밍자가 완벽하지 못한 생활 속에서 성장하고 고민하며 즐거워하는 모습을 볼 수 있다.

보기 드물게도 정춘화의 "마밍자" 시리즈 속에는 작가 본인의 "마음"도 녹아 있다. 마밍자의 많은 이야기들이 재미있을 뿐만 아니라 의미도 깊다. 이러한 의미는 정춘화의 "마음"과 관련이 있다. 예를 들어, "며칠 전만 해도 죽고 싶을 만큼 원망했잖아", "이런 펜은 너도 있잖아?"라고 일부러 물었던 엄마의 말이 바로 그 예이다. 이러한 말로 엄마는 마밍자의 사고思考를 일깨우고 가치관을 이끌어주려는 의도가 있었다. 엄마의 의도는 분명히 정춘화의 의도이다. 이런 아이의 "마음"과 작가 자신의 마음을 융합시키는 예술적 표현이 이 작품을 일반적이지 않은 아동문학으로 만들었다.

정춘화는 한결같은 아동문학 작가이다. 1980년대 이래로 한동안 아동문학 창작의 풍조는 높은 연령대(중학생 심지어 고등학생)에 편중되었지만 정춘화는 흔들리지 않고 줄곧 어린아이들을 위해 글을 써왔다. 그녀의 『스톡 꽃 유치원』(1983), 『큰 머리 아들과 작은 머리 아빠』(1993)는 어린 독자들에게 사랑받는 유아 문학 작품이다.

정춘화郑春华
스톡 꽃 유치원
紫罗兰幼儿园

정춘화郑春华
큰 머리 아들과 작은 머리 아빠
大头儿子和小头爸爸

这是一出小小的悲喜剧，它让我们看到，七八岁的马鸣加在不完美的生活中成长，苦恼并快乐着。

难能可贵的是，郑春华的“马鸣加”系列里，也有她自己的“心思”融入其中。马鸣加的很多故事不仅有趣，而且还有意味。这种意味，与郑春华的“心思”有关。像妈妈故意问的两句话：“你前两天不是抱怨得要命吗？”“这笔你不是有的吗？”都有妈妈启发马鸣加思考，进行价值观引导的用意所在。妈妈的用心，显然也是郑春华的用心。能把孩子的“心思”和作家自己的心思融合起来，给予艺术的表现，这就使作品成为不简单的儿童文学了。

郑春华是一个有定力的儿童文学作家。自1980年代以来，有一段时期里，儿童文学创作的风势一直是偏向高年龄段（初中生甚至高中生）那里刮，但是，郑春华不为所动，一直在为幼年儿童写作。她的《紫罗兰幼儿园》（1983年）、《大头儿子和小头爸爸》（1993年）是深受小读者喜爱的幼儿文学作品。

역사의 진화 속에서 중요한 것은 결코 고립적으로 존재하지 않는다. 전술한 친원진의 『남학생 자리』와 메이즈한의 "다이샤오차오와 그의 형제들" 등은 유머를 중요한 스타일로 하는 작품이었다.

아동성을 지향한 아동문학은 반드시 유머를 지향하기 마련이다. 시인 겸 평론가인 가오훙보高洪波는 "유머"라는 아동문학의 중요한 자질을 비교적 이르게 자각적으로, 게다가 상당히 집착해서 제창해 온 사람이다. 1985년, 그는 아동 시집 『함천의 비밀』의 후기에 "아이들에게 조금이나마 즐거움을 주자"라는 제목을 달아 본인의 아동시 창작 취지를 분명히 밝힌 바 있다. 1989년에 가오훙보는 「유머화, 하나의 시급한 명제」*라는 논문을 발표하여 "현재 중국 아동문학에는 즐거움과 유머가 부족하다"고 지적했다. 가오훙보의 예리함은, 그가 주장한 "유머화"와 즐거움을 바탕으로 해야 한다는 주장이 "아동을 교육하는 문학" 뿐만 아니라 1980년대 일부 성인 작품들의 "침착深沈, 비창悲愴, 우울陰郁"을 편면적으로 표현하는 창작 경향을 겨냥하여 비판하기 위해 제안된 것에 있다.

在历史的演化之中，重要的东西从来不会孤立存在。前面讲到秦文君的《男生贾里》，刚刚讲到的梅子涵的"戴小桥和他的哥们儿"，幽默都是其重要的风格。

走向儿童性的儿童文学必然会走向"幽默"。在提倡"幽默"这一儿童文学的重要品质方面，诗人、评论家高洪波是较早自觉并十分执著的一位。1985年，他为自己的儿童诗集《喊泉的秘密》撰写后记时，就以"给孩子们一点儿快乐"为题，明确表明了自己儿童诗创作的追求。1989年，高洪波又发表了论文《幽默化，一个迫在眉睫的命题》，指出"当前中国儿童文学比较匮乏的是快乐与幽默"。高洪波的敏锐在于他的"幽默化"、以快乐为本的主张，不仅是针对"教育儿童的文学"，而且也是针对八十年代里某些片面表现成人的"深沉""悲怆""阴郁"的创作现象提出的。

* 가오훙보(1989), 유머화, 하나의 시급한 명제, 『아동문학연구』 제4호.(역자 보완)载《儿童文学研究》1989年第4期。

1990년대 중국 아동문학에 "유머" 아동문학 작품이 대폭 등장하기 시작했다.

저장소년아동출판사에서는 1993년과 1998년, 두 차례 걸쳐 "중국 유머 아동문학 창작 총서"를 출판했다. 이는 신시기 아동문학이 즐거움과 유머라는 측면에서 크게 발전하였음을 시사한다. 굳은 얼굴로 하는 설교, 엄숙한 표정으로 하는 교육, 심지어 눈살을 찌푸리면서 자아낸 "침착함深沉"이나 씁쓸한 얼굴로 그린 "우울함憂鬱"은 모두 "유머화"라는 시대적 물결에 밀려 물러날 수밖에 없었다.

在1990年代，中国儿童文学开始出现了规模化的"幽默"儿童文学创作。

1993年和1998年，浙江少年儿童出版社两次推出了"中国幽默儿童文学创作丛书"，这标志着新时期儿童文学正在规模性地向快乐和幽默进发。板着面孔的说教，一脸严肃的教育，甚至硬皱着眉头的"深沉"、苦着脸的"忧郁"在"幽默化"这一时代浪潮的冲击下节节败退。

진쩡하오金曾豪

필자는 구상이 기발하고 생각이 깊은 진쩡하오의 『필살기』를 소년의 정신적心的 성장을 그린 작품으로 본다. 진쩡하오가 다른 작가들보다 뛰어난 점은 삶의 본질에 대한 철학적인 사고를 일련의 유머러스한 이야기 속에 절묘하게 녹여낸 점이다. 이 작품은 사상성思想性과 재미趣味性를 한 데 녹여내는 데 성공한 실천 사례로 볼 수 있다.

我把金曾豪的构思奇巧、思想深邃的《绝招》看作一部描写少年心灵成长的作品。作家的高人一筹之处在于将对生活本质的哲学思考巧妙地融入到一连串的幽默情节之中，这部作品可以成为实践儿童文学熔思想性与趣味性于一炉这一艺术原则的成功范例。

■ 진쩡하오金曾豪
필살기绝招

■ 메이즈한梅子涵
내 이야기를 들려줄게
我的故事讲给你听

■ 장즈루张之路
축구 대협
足球大侠

런거수任哥舒의 『경례하자! 하하하』는 마치 우리의 웃음이 그치지 않도록 하기로 마음먹은 것처럼 코믹스런 유머를 연거푸 선보였다. 끊임없이 웃음을 자아내는 초등학생 진이콰이金一快의 모습에서 우리는 아이들의 왕성한 생명력과 유머가 가진 타고난 관계를 볼 수 있다.

『내 이야기를 들려줄게』는 메이즈한이 『딸의 이야기』의 속편으로 쓴 것으로 보인다. 『내 이야기를 들려줄게』에서 메이즈한은 일상의 작은 일에서 유머러스한 감정을 감쪽같이 끌어내는 그의 예술적 재능을 계속 발휘하고 있다. 메이즈한의 독특한 점은 작품의 서술이 작품이 표현하려는 삶의 내용과 일종의 "상호보완적" 상태에 도달한다는 것인데, 유머러스한 서술은 그만의 재주이다.

장즈루는 『축구대협』에서 대담하고 매너 있는 유머를 구사했다. "축구 대협" 쑨톈멍孫天夢은 왜 어떤 때는 놀라운 기술을 보여 주다가 어떤 때는 별 것 아닌 기술조차 발휘하지 못하는 걸까? 쑨톈멍의 아리송한 미스터리를 파헤치는 과정에서 작가는 계속해서 자연스럽게 일어나는 유머러스한 사건들을 이야기하고 있다. "축구 대협"을 뒤덮은 안개가 사라진 후 작가는 일어났던 사건들을 다시 음미하고 있는데, 이것은 이 작품에 유머러스함을 더했다.

任哥舒的《敬个礼呀笑嘻嘻》为我们推出了大块儿大块儿的喜剧性幽默，作家似乎打定了主意，不让我们的笑声停歇下来。在不断引出笑声的小学生金一快的身上，我们看到了儿童旺盛的生命活力与幽默的天然联系。

《我的故事讲给你听》可以看作是梅子涵为《女儿的故事》写的续篇。在《我的故事讲给你听》中，梅子涵继续发挥他那不动声色地从日常生活小事中点化出幽默情致的艺术功力，他的独特之处在于能够使作品的叙述与作品表现的生活内容达到一种"互文"的状态，幽默的叙述是他的看家本领。

张之路的《足球大侠》营造幽默时显得大胆而有风度。"足球大侠"孙天梦为什么忽而绝技在身，忽而小技皆无？就在揭开孙天梦身上扑朔迷离的悬念的过程中，作家一路讲述自然生出的幽默故事。等到笼罩在"足球大侠"身上的迷雾散去，再品味曾经发生的故事，作品便又平添了几分幽默。

창신강常新港

창신강의 『굴뚝 아래의 소년』(2010)은 유머로 충만한 작품이다. 소설에서 가장 생생하게 살아있는 것은 인물을 묘사하는 필묵이다. 예를 들어, 리즈力子의 엄마를 묘사할 때, "나는 리즈의 엄마가 아주 저속한 말로 아이들을 욕하는 것을 들어본 적 있다. 그런데 리즈 엄마는 돼지우리에 있는 돼지 삼 형제를 부를 때마다 '보배'라고 부른다."라고 썼다. 그녀는 "길거리에서 아이를 부를 때 욕을 하며 부른다." 그렇지만 리즈 엄마가 자신의 아이들을 사랑하지 않는 것은 아니다. 단지 그녀의 사랑법이 조금 특별할 뿐이다. 그녀는 아이들에게 "네 다리 가진 놈 셋을 먹였으니 이제 두 다리 가진 일곱 놈 먹일 차례네"하고 욕을 했다. "그렇지만 막상 아이들이 집에 들어오면 리즈 엄마는 그릇에 밥을 넘치도록 담아 주면서 욕을 한다. '빨리 쳐먹어. 배불러 죽게!' 아이들은 신나게 먹기 시작한다. 어떤 아이가 밥을 좀 느리게 먹으면, 그녀는 또 욕을 한다. '밥 먹는 것도 내 돼지만 못 하냐? 내 돼지가 어떻게 먹는지 좀 봐라, 꿀꺽꿀꺽 돌도 삼킨다!'"

■ 창신강常新港
굴뚝 아래의 아이烟囱下的孩子

常新港的《烟囱下的孩子》(2010年) 也充满了幽默。在小说中，最生动鲜活的是刻画人物的笔墨。比如写力子的妈妈——“我听见过力子他妈动用过最粗俗的话骂孩子。可是，她喊猪圈里的三头猪时，却口口声声叫‘宝贝儿’。”她“在街上喊孩子时，用骂声呼唤”。可是，力子妈不是不爱自己的孩子，只是她的爱法有点儿特别。她骂孩子：“我喂了三头四条腿的，又该喂你们七个两条腿的。”“但是，孩子一进屋，她就会给孩子盛了满满一碗饭塞过去，骂道：‘快塞吧，撑死！’孩子就会兴奋地吃起来。哪个孩子吃饭慢了点儿，她又骂：‘吃饭都赶不上我的猪，你去看看我的猪怎么吃食，咔嚓咔嚓的，连石头都能咽下去！’”

이 작품에서 리즈 엄마의 사랑은 자신의 아이들만 미치는 것이 아니고, 사랑하는 마음을 가진 어른이 리즈 엄마만 있는 것도 아니다. 소설의 주인공 “나”(별명 “옥수수”)는 새끼발가락에 동상을 입었을 때,

作品中，力子妈的爱心不只给予自己的孩子，有爱心的大人不只力子妈一个。小说中的主人公“我”(绰号“苞米”) 的小脚趾冻伤了——

리즈가 집에서 돼지기름 반 사발이나 가져와 우리 엄마에게 말하기를, "우리 엄마가 동상에는 돼지기름을 바른 후 천으로 감싸면 한 달 안에는 꼭 나을 거라고 하셨어요."라고 했다.

나는 "너희 엄마는 평소에 너희들이 돼지기름을 찐빵饅頭에 발라 먹지도 못하게 하셨는데, 그걸 내 발에 바르라고 하셨단 말이야?"라고 물었다.

리즈는 "옥수수, 너 그 말은 듣기 좀 그런데."라고 했다.

엄마가 내 동상을 입은 발을 입으로 호호 불며 "너 진짜 말 못한다!"라고 말했다. 엄마는 찐빵을 가져와서 돼지기름에 찍어 리즈에게 하나를 건네고, 또 하나를 찍어 주안토우磚頭에게 주셨다.

리즈가 돼지기름을 바른 찐빵을 들고 우리 엄마에게 "이모, 이거 우리 엄마한테 말하면 안 돼요."라고 부탁했다. 우리 엄마는 웃으면서 고개를 끄덕였고, 리즈는 와구와구 먹기 시작했다.

力子从家里拿来了半碗猪大油，跟我妈说："我妈说冻伤要用猪大油抹，然后用布包上，一个月准能好。"

我说："你妈平常都不让你们用猪大油抹馒头吃，舍得用它给我抹脚啊？"

力子说："苞米，你这话听了让我别扭。"

妈妈用嘴吹着我的冻脚说："你真不会说话。"妈妈把馒头拿出来，蘸了猪大油后，递给力子一个，又蘸了一个递给砖头。

力子捧着抹了猪大油的馒头跟我妈说："姨，这事可别跟我妈说啊。"见我妈笑着点了头，力子就大口吃了起来。

이러한 묘사는 눈과 얼음으로 덮인 베이다황北大荒의 한기寒氣마저 날려버릴 것 같은 훈훈함을 독자들의 가슴에 전한다. 맞다. 『굴뚝 아래의 소년』이 묘사하는 것은 문화대혁명文化大革命 시기의 어느 "겨울"이다. 그렇지만 결코 독자들이 서글프다는 느낌을 받지 않는 것은 인간의 양심에 대한 작가의 믿음 때문이다. 필자는 창신강의 유머 속에 스며 있는 여유롭고 차분한 지혜조차 느낄 수 있었다. 집을 빼앗고 책을 태워 버린 선전대장工宣隊長이나 뚠허마顿河馬를 죽인 단장團長을 묘사하면서도 그들 개인에 대한 원한이 보이지 않는 것, 이것이 바로 아동문학의 심경이다. 1986년 창신강은 단편소설 『열다섯 살 그해 겨울의 역사』를 발표했다. 그런데 필자는 개인적으로 『굴뚝 아래의 소년』이야말로 "열두 살", 그리고 "그해 겨울의 역사"의 묵직함을 가늠할 수 있는 작품이라 생각한다. 왜냐하면 이 소설은 소년 "나"의 성장 과정을 뚜렷하게 그려내고 있기 때문이다. 『굴뚝 아래의 소년』은 유머러스하면서도 엄숙한 문학 작품이다.

这种描写仿佛驱散了冰天雪地的北大荒的寒气, 将暖意传递到读者的心中。是的,《烟囱下的孩子》描写的是"文革"那段历史时期的"冬天", 但是, 却并不让人感到内心悲凉, 就是因为作家对人类良知的信任。我还感到, 常新港的幽默里透着一种从容和沉静的智慧。即使是对抄家烧书的工宣队长和杀死顿河马的团长, 描写的笔墨里也没有对个人的仇恨, 而这正是儿童文学的情怀。1986年, 常新港曾发表短篇小说《十五岁那年冬天的历史》, 但是, 我觉得《烟囱下的孩子》才真正掂量得出"十二岁" "那年冬天的历史"那沉甸甸的分量, 因为小说清晰地描绘出了少年"我"的成长足迹。《烟囱下的孩子》是幽默的, 又是严肃的文学。

1990년대 창신강은 창작의 속도를 의식적으로 늦추고 새로운 예술적 에너지를 묵묵히 축적하기 시작했다. 2000년대에 들어오면서 창신강은 힘차게 "회귀했고" 독자들의 눈길을 끌 만한 많은 단편소설을 쏟아냈을 뿐만 아니라 『기억을 잃은 소년』, 『개와 그의 도시』, 그리고 『천투의 여섯 가닥 머리카락』 등 황당무계한 장편 소설을 출간해 이전의 현실주의적 스타일의 기초 위에 새로운 예술적 영역을 개척했다. 『굴뚝 아래의 소년』은 작가가 삶의 원천으로 다시 돌아가 창작한 작품이다. 즉 베이다황에서 보낸 어린 시절이란 보물을 다시 발굴함으로써 예술적 표현을 한 층 더 업그레이드한 작품이다.

1990年代，常新港有意识地减慢了创作的速度，默默地积蓄新的艺术能源。进入2000年以后，常新港强力"回归"，不仅发表了数量众多的吸引目光的短篇小说，而且出版了《少年黑卡》《一只狗和他的城市》《陈土的六根头发》等荒诞变形的长篇小说，在以前写实风格的基础上，开辟了一片新的艺术领地。而《烟囱下的孩子》是回到家的生活源泉之处的作品：再一次挖掘在北大荒度过的童年时光这一宝藏，而且在艺术表现上有了更高的飞升。

■ 창신강常新港
천투의 여섯 가닥 머리카락
陈土的六根头发

펑쉐쥔彭学军

펑쉐쥔의 『너는 내 여동생』(1999)도 작가의 어린 시절 경험을 바탕으로 쓴 걸작이다. 소녀 "나"는 어머니를 따라 샹시湘西로 내려와 금방 현지 먀오족苗族의 15세 소녀 아타오阿桃와 좋은 친구가 되었다. 총명하고 부지런한 아타오는 집에서 장녀로, 그 밑에 네 명의 여동생이 있고, 어머니가 병약하기 때문에 아타오는 자신의 여린 어깨로 여동생들을 돌보면서 집안일을 떠맡았다. 그 시절, 먀오족 집안의 딸들은 열대여섯 살이 되면 바로 혼담을 나누기 시작했다. 아타오가 용 선생龍老師과 사랑에 빠진 사이에 어머니가 또 다른 여동생(즉 소설 속의 막내 여동생 "妹"라고 한 아이)을 낳았다. 마침 이때 용 선생의 아버지가 병에 걸려 누웠다. 무당은 용 선생이 빨리 결혼해야 아버지의 병이 나을 거라고 했다. 아타오가 시집가게 되면 아타오 집에서는 돌봐줄 사람이 없는 막내 여동생을 다른 집에 입양 보내야만 했다. 그런데 결국 아타오는 막내 여동생에 대한 마음을 놓지 못하고 아이를 다시 데려왔고, "그렇게 아타오는 막내 여동생을 위해 스스로 자신의 행복을 놓아 버렸다."

彭学军的《你是我的妹》（1999年）也是动用童年经验的杰出作品。少女"我"随着母亲下放来到湘西，很快与当地苗族的十五岁少女阿桃成了好朋友。阿桃聪慧而勤劳，在家中是长女，她下面有四个妹妹，母亲病弱，她以自己稚嫩的肩膀挑起了照顾妹妹的家务担子。那个年代，苗家女到十五六岁就开始论婚嫁。阿桃和龙老师相爱时，母亲又生下了一个妹妹（即小说中的"妹"）。恰在这时，龙老师的父亲患病，巫师说龙老师必须娶亲冲喜。阿桃要出嫁，阿桃家只好将无人照顾的妹送了人家。但是，阿桃终因化解不开对妹的牵挂而接回了妹，"就这样，阿桃为了妹亲手把自己的幸福交了出来”——

바로 그때, 아타오는 용 선생을 보았다.

실은 나는 진작부터 용 선생을 보고 있었는데, 용 선생은 오랫동안 아타오네 채소밭 울타리 뒤에 서 있었다. 울타리는 각양각색의 수세미 덩굴로 장식된 생기발랄한 녹색 벽이 되어 있지만, 녹색 벽 뒤에는 우울하고 낙담한 얼굴이 있었다.

막내 여동생을 데려왔으니 그는 아타오와 결혼할 수가 없게 되었다. 이 잔혹한 현실이 그들을 영원히 분리시켜 버렸다.

아타오는 다가가지 않은 채 그저 멀리서 그-그녀가 평생을 맡기고 싶었던 울타리 뒤의 그 사람-를 바라볼 뿐이었다. 아타오의 얼굴에는 일종의 강한 의지가 주는 평온이 있다.

조금 후에 용 선생은 몸을 돌려 떠났다. 아타오는 멀리서, 묵묵히 그의 뒷모습을 지켜보았다. 그제서야 나는 아타오의 눈에 눈물이 가득 고여 있는 것을 보았다.

就在这时，阿桃看见了龙老师。

其实，我早就看见了龙老师，龙老师在阿桃家菜园的篱笆后面站了好久。篱笆让各种各样的瓜藤装饰成了一道生机盎然的绿墙，但绿墙那边却是一张十分沮丧灰黯的脸。

妹接回来了，他娶不成阿桃了，这个残酷的事实永远地隔断了他们。

阿桃没有过去，只是远远地看着他，看着篱笆后面那个她曾想托付终身的人。阿桃脸上有一种坚忍的平静。

后来龙老师转身走了。阿桃远远地、深深地看着他的背影。这时我才看见阿桃眼里蓄满了泪水

용 선생이 다른 여자와 결혼한 지 얼마 안 됐을 때 아타오의 막내 여동생이 뜻밖에 멧돼지에게 해를 입어 죽었다. 이런 잔혹한 운명을 아타오는 여전히 꿋꿋하게 받아들였다.

就在龙老师与另外的姑娘结婚不久，阿桃的妹却意外地死于野猪之害。对命运的这种残酷的安排，阿桃依然坚忍地承受——

아타오는 많이 마르기는 했지만 얼굴은 여전히 아무 일도 없었듯 평화로웠는데 아픈 여동생을 데리고 진료를 받고 돌아오는 길에 용 선생의 결혼 행렬迎親隊伍을 마주쳤을 때도 참고 인내하던 표정을 떠올리게 했다.

성인이 되고 나서 매번 이런 일들을 떠올릴 때마다 나는 고통에 대한 아타오의 인내력에 놀라게 되는데, 아타오의 강인함과 달관은 그녀에게 많은 매력을 더했다.

아타오가 나를 향해 가볍게 웃으면서 걸어왔다.

阿桃瘦了很多，可脸上仍旧很平和，像是什么都没发生一样，让人想起那次带妹看病回来的路上，遇到龙老师迎亲队伍时忍耐克制得很好的神情。

成人后，每每想起这些，我就惊诧于阿桃对于苦难的耐受力，阿桃内心的坚韧与达观为她平添了许多魅力。

阿桃浅浅地朝我笑笑，走了过来。

■ 펑쉐쥔彭学军
너는 내 여동생你是我的妹

12년 전에 필자가 『너는 내 여동생』을 논할 때 "『너는 내 여동생』이 주로 표현한 것은 소녀 '나'의 성장"*이며, 소녀 아타오를 "나"의 성장에 깊은 영향을 미친 인물로만 바라봤다. 이제 작품을 다시 읽고, 그때의 견해를 다음과 같이 수정하려고 한다. 즉 이 소설은 "나"의 성장을 보여 주기도 했지만, 소설의 진정한 주인공은 묘족苗家 소녀 아타오이며, 본래 어른들이 감당해야 할 고달픔과 고난을 앞둔 아타오의 인내심과 가족을 위한 헌신적인 정신을 그린 것이다.

十二年前，我在评论《你是我的妹》时，曾经认为"《你是我的妹》主要表现的是少女'我'的成长"，而对少女阿桃，我只是把她作为深刻影响着"我"成长的人物来看待。如今重读《你是我的妹》，我却想修正当年的看法：这部小说虽然表现了"我"的成长，但是，这部小说的真正的主人公其实是苗家少女阿桃，写的是阿桃在本该大人承担的艰辛和苦难面前的忍受力以及为了亲情的献身精神。

아타오의 고난에 대한 인내력은 묘족苗族 사람들이 생명과 고난에 대한 달관 정신과 밀접한 관련이 있다. 서술의 부선副線으로, "나"와 아슈 할머니阿秀婆의 이야기도 있다. 아슈 할머니는 "나"를 구하기 위해 멧돼지를 함정에 끌어들여 멧돼지와 함께 죽었다. 작가는 상당히 많은 필묵으로 묘족苗家 사람들이 아슈 할머니를 위해 치른

* 주쯔창(2002), 「서술과 성장 – 펑쉐쥔의 『너는 내 동생』의 서술적 특색에 대하여」, 『중국아동문학』 제1호.朱自强：《叙述与"成长"——彭学军的〈你是我的妹〉的叙述特色》，载于《中国儿童文学》2002年第1期。

"기쁨의 장례식"을 묘사했다. "이것은 죽음에 대한 묘족의 태도이다. 묘족의 죽음에 대한 의식은 매우 활달하다. 사람이면 누구나 죽는 것이다. 생사윤회生死輪回는 끝이 없고 누구도 죽음을 피할 수 없다. 나이가 많거나 의미있게 죽은 사람들을, 사람들은 언제나 기쁘게 떠나보낸다. 그런 다음에는 그들 각자의 삶을 이어간다."

阿桃对苦难的耐受力, 与苗家人对生命和苦难的达观精神有密切关系。作为一条叙述副线, 小说还讲述了"我"与阿秀婆的故事。阿秀婆为了救"我", 将野猪引进陷阱, 与野猪同归于尽。作家浓墨重彩地描写了苗家人为阿秀婆举行的"欢欣无比的葬礼"。小说写道 : "这就是苗家对死的态度。苗家的死亡意识是很豁达的, 人总有一死, 生生死死无休无止, 是每个人都无法回避的。对于年事已高、死得其所的人, 人们总是高高兴兴地把他送走, 然后继续自己的生活。"

■ 펑쉐쥔彭学军
안녕, 나의 어린 시절腰门

『너는 내 여동생』은 매우 성공적이고 진귀한 아동문학 중의 향토 문학이다. 작가는 아타오와 아슈 할머니라는 두 형상을 만들어냄으로써 묘족 사람들의 감탄스럽고 존경스러운 세계관과 인생 태도를 보여주었다. 아동문학 세계의 깊이와 아득함을 느끼고 싶을 때 『너는 내 여동생』은 반복해서 되새길 만한 작품이다. "황금시대" 아동문학의 인물 갤러리에서 아타오는 가장 독특한 소녀상少女相이자 매우 감동적이고 잊기 어려운 예술적 형상이다.

장편소설 『안녕, 나의 어린 시절』(2008)은 펑쉐쥔彭學軍의 또 다른 중요한 작품이다. 『너는 내 여동생』과 마찬가지로 『안녕, 나의 어린 시절』도 작가가 어린 시절 샹시에서 겪은 체험을 바탕으로 창작한 작품이다. 『안녕, 나의 어린 시절』은 매우 독특한 아동문학이다. 『안녕, 나의 어린 시절』은 소설 중의 시이자, 시 중의 소설이다. 『안녕, 나의 어린 시절』을 읽다 보면 필자는 종종 훌륭한 아동문학 작품을 읽고 있다는 사실을 잊고 단순한 문학적 즐거움과 감동에 빠지곤 했다. 이런 느낌 때문에 『안녕, 나의 어린 시절』을 읽고 난 후 필자는 이 책을 책장 위 가장 눈에 띄는 위치에다 꽂아 두었다. 그 자리는 션충원沈從文이 샹시를 서술한 소설들과 매우 가까운 곳이다.

《你是我的妹》是非常成功和珍贵的儿童文学的乡土文学。作家通过塑造阿桃和阿秀婆这两个形象，表现了苗家人的令人感喟和敬佩的世界观和人生态度。在体会儿童文学世界的深邃悠远时，《你是我的妹》值得我们再三回味。在黄金时代儿童文学的人物画廊中，阿桃当是最为独特的一个少女形象，也是感人至深、令人难以忘怀的一个艺术形象。

长篇小说《腰门》（2008年）是彭学军的另一部重要作品。与《你是我的妹》一样，《腰门》也是以作家的童年湘西体验为根基的作品。作为儿童文学，《腰门》是十分独特的。《腰门》是小说中的“诗”，或者是“诗”中的小说。读着《腰门》，我常常忘记了是在读一部优秀的儿童文学，而只是沉浸在单纯的文学享受和感动之中。因为这种感受，读完《腰门》，我把它插在了书架上一个醒目的位置，它离沈从文的写湘西的那些小说很近。

싼싼三三

싼싼은 한 번 읽으면 평생 잊지 못할 작품을 쓸 수 있는 작가이다. 소녀의 성장을 그린 그녀의 작품들은 심리소설로도 볼 수 있다. 소녀가 성장하는 관건을 찾기 위해 애쓴 그녀의 일부 작품을 읽을 때 마치 여름밤에 숨을 참고 농작물의 마디마디가 자라면서 나는 소리에 귀 기울이는 것과 같았다. 그리고 싼싼의 소설 말미에서, 우리는 "드디어 그녀는 기나긴 어린 시절을 마쳤다"는 구절을 볼 수 있다.(『슈수의 야채 저장고』)

三三是个让人一读不忘的作家。她的那些描写少女成长的作品可以被称为心理小说。她的一些作品在努力寻找少女成长的关键处，仿佛屏着呼吸倾听夏夜里庄稼的拔节声。于是，在三三的小说的结尾，我们可以看到这样的语句："终于，她结束了漫长的童年。"(《秀树的菜窖》)

어른들이 병원에서 말다툼 하는 동안 그녀는 자기에게 변화가 일어난 것을 느꼈다. 마치 무언가가 터지고 새로운 가능성이 생겨난 것과 같았다. 이제까지 그녀는 어른들의 그늘에서 살았고, 그들의 기쁨은 그녀의 기쁨이고, 그들의 번뇌는 그녀의 번뇌였다. 이제 그녀의 마음은 조금씩 단단해졌고 어른들에게 뻗은 더듬이를 모두 거둬들여 마치 철통처럼 빈틈없이 몸을 꽉 감쌌다. 그녀는, 그 안에, 자신만의 기쁨과 슬픔을 담은 독립적인 세상을 만들어내기로 했다. (『자전거를 타는 소녀』)

那些大人们在医院争吵的时候，她感觉自己发生了变化——某种东西爆裂开来，产生出新的可能。在此之前，她一直活在他们的阴影中，他们的喜乐连着她的喜乐，烦恼连着她的烦恼。在那一刻，她的心变得坚硬起来，她要收回伸向他们的所有触角，将自己紧紧包裹起来，像密不透风的铁桶。她要创建一个独立的世界，那里面，有着只属于她自己的，整块的喜乐与忧烦。(《骑单车的少女》)

나는 그가 떠나기 전에 떠나기로 했다. 그의 뒷모습이 여전히 그곳에 있을 때, 인파(人波)가 몰리는 모퉁이에서 아직 사라지기 전에 나는 몸을 돌렸다. 그 순간 나는 씻은 듯 푸른 하늘을 보았는데, 이처럼 푸른 하늘이라니, 몸속에서 무한한 힘이 솟아올라 나는 거의 날아갈 것 같았다.(『댄스 레슨』)

我决意在他之前——离开。当他的背影还在那里，还没消失在人潮涌动的转角处时，我转过身，在那一刻，我看到碧空如洗，天空如此之蓝，我的身体里涌动着无限的力量，简直要飞翔起来。(《舞蹈课》)

이런 결말을 읽으면서 나는 작가가 앞에서 쓴 모든 묘사가 이 결말을 위해 깔아놓은 포석이란 생각이 들었다. 아마도 평론가라는 직업적인 습관 때문인지 나는 장편소설 『댄스 레슨』(2005)을 읽으면서 다음과 같이 추측했다. 이 예민한 열네 살 소녀가 누구와 무슨 일이 생겼을까? 댄스 선생, 아버지, 계모, 아니면 계모의 어머니? 이것은 또한 싼싼이 이 소설을 어떻게 계속 쓸 것인지 추측하는 것이기도 하다. 사춘기 소년 소녀를 다룬 장편소설을 읽은 경험으로 나는 사건이 점점 고조되거나 급선회하기를 기대하고 있다. 그러나 『댄스 레슨』에는 이런 큰 기복이 없는 것처럼 보였다. 비록 춤 선생인 퉁자디童家棣가 떠남으로써 소녀 성페페盛拍拍(즉 "나")의 감정 세계가 큰 충격을 받았고, 비록 성페페의 가출이 집안을 흔들기는 했지만. 필자는 이것이 싼싼의 창작 스타일에 관련이 있다고 생각한다. 그녀는 스토리텔링보다 인물의 심리·감정을 묘사하는 데 더 힘쓴다. 성페페의 사춘기 댄스 수업은 끝났지만 소설의 마지막에 그려진 소녀 성페페("나")의 새로운 삶은 시작했다. 싼싼은 조용히 그리고 선명하게 소녀의 마음이 자라고 성숙해지는 그 순간순간을 그려냈다.

■ 싼싼三三
댄스 레슨舞蹈课

读着这样的结尾，我感觉作家前面的所有描写，都是为对结局作铺垫。也许是评论家的职业习惯，我读长篇小说《舞蹈课》（2005年）时，一边读，一边猜测：这个敏感的十四岁少女，与什么人之间发生了什么问题，是舞蹈老师？是父亲？是继母？

还是继母的母亲？我这也是在猜测三三往下会怎么写这部小说。以我阅读描写青春期少男少女的长篇小说的经验，我在等待事件越涌越高的峰巅，也许还会有陡然一转。但是，《舞蹈课》似乎并没有这样一个大起大落的高潮，虽然舞蹈老师童家棣的离去，给少女盛拍拍（“我”）的情感世界带来了巨大震撼，虽然盛拍拍的出走让家里发生了震动。我想这与三三的写作风格有关。与故事情节的讲述相比，她的笔触更着力于对人物心理、情感的描摹。盛拍拍青春期的“舞蹈课”结束了，但是，小说结尾所描绘出的少女盛拍拍（“我”）的新生活开始了。三三不动声色，然而明晰地描画出了少女心灵成长中拔节的那一时刻。

『댄스 레슨』에서 소녀 성페페가 자신만만하게 성인 생활(가정생활)에 녹아드는 결말과 달리, 『자전거 타는 소녀』(2009)의 결말에서 소녀 에이미艾美는 성인 생활(가정생활)이 시끄러워지자 이런 삶을 버리고 떠났다. 이 두 소설의 결말을 보면, 하나는 독자를 안심하게 만들었지만, 다른 하나는 은근히 불안하게 만들었다. 그러나 사고는 오히려 동일한 곳으로 흘렀다. 그것 바로 어른이 사춘기 소년들을 위해 어떤 성장 환경을 만들어 주어야 하는가? 라는 것이다.

与《舞蹈课》里，少女盛拍拍满怀信心地融入成人生活（家庭生活）这一结局相反，《骑单车的少女》（2009年）的结尾写的却是少女艾美在成人生活（家庭生活）纷扰之际，转身离开了这种生活。这两部小说的结尾，一个令人心安，一个令人隐隐不安，而思考却指向同一处：成人应该为青春期里的少年们打造一个什么样的成长环境？

■ 싼싼三三
자전거 타는 소녀骑单车的少女

장웨이张炜

장웨이는 성인문학 작가로서 장편소설 『그대는 고원에서』(10부작) 시리즈로 제8회 마오둔문학상을 수상한지 얼마 되지 않아 아동문학 창작자로 나서 2012년에 장편 아동소설 『반도 하리하치』(5부작)를 출판했다.

张炜是一位成人文学作家, 他以《你在高原》(十卷) 这一系列长篇小说获得第八届茅盾文学奖不久, 又躬身为儿童创作, 于2012年出版了系列长篇儿童小说《半岛哈里哈气》(五部) 。

■ 장웨이张炜
반도 하리하치半岛哈里哈气

필자가 성인 문학 작가를 논평할 때 주로 두 가지 개인적인 기준을 따른다. 하나는 자연에 대한 저자의 태도를 보는 것이고, 다른 하나는 아동과 아동기에 대한 저자의 태도를 보는 것이다. 이 둘에 대한 의견을 밝히지 않았으면 몰라도, 일단 밝혔다면 필자는 이 둘에 대한 태도를 기준으로 저자의 사상적·예술적 경지의 고하高下를 판단할 것이다. 필자가 존경하는 작가들은 모두 경건한 태도로 자연 및 아동과 교감함으로써 사상적 자원을 얻으려고 노력한다. 자연과 아동이 생명의 본연을 가장 잘 드러낼 수 있는 것인데 생명의 본연이나 인간의 본성을 탐구하지 않는 어떠한 문학도 의미 있는 경지에 오를 수 없을 것이다. 자연과 아동을 동시에 주목한 작가가 흔하지 않은데 장웨이는 그 중의 걸출한 작가이다.

대단히 생동감 있고 재미있게 쓴 『반도 하리하치』는 중국 아동문학 창작 작품 중 중요한 의미와 가치를 지닌다. 개구쟁이 소설로서 규모든 예술적 표현이든 『반도 하리하치』는 매우 성공적인 작품이라 할 수 있다. 이는 창작 아동문학에서 결핍되었던 개구쟁이 소설이라는 중요한 분야의 매우 중대한 돌파구突破였으며, 그 작품의 출현은 창작 아동문학 판도의 비율을 최적화시켰다.

我看成人文学作家有个私家标准：一是看他对自然的态度，二是看他对儿童或童年的态度。除非对这二者不表态，但一旦表态，在我这里，就会因为他的态度而看出其思想和艺术境界的高下。我钦佩的作家对自然和儿童怀着虔敬的态度，与之产生交感并勉力从中获得思想资源。因为自然和儿童最能呈现生命的本性，而任何不去探寻生命本性、人类本性的文学，都是半途而废的。同时关注自然和儿童的作家在当代并不多见，而张炜是其中的佼佼者。

写得非常生动有趣的《半岛哈里哈气》在中国儿童文学原创作品中具有重要的意义和价值。作为顽童小说，不论是从规模还是艺术表现，《半岛哈里哈气》都是十分成功的，这是原创儿童文学所欠缺的顽童作品这一重要领域里的一项重大突破，它的出现，优化了原创儿童文学的版图结构。

장웨이는 "아동의 감동은 심도 깊은-생명의 고조로부터 비롯된 것이다."*라고 말했다. 이것은 아마도 장웨이가 『반도 하리하치』를 창작하게 된 본연적인 동기였을 것이다. 장웨이가 개구쟁이 소설을 택한 이유는 그가 자연, 야성, 자유, 게임이 아이들의 정신적 성장에 중요한 가치를 지닌다는 점을 중요하게 생각하기 때문이다. 아동의 정신적 성장 과정 속에서 대자연과 현실적인 생활에 융합되는 신체적 생활은 지극히 중요한 것이다. 그것은 생명의 근거이며 교육의 기초이다. 『반도 하리하치』에서 소년의 생명은 하리하치(즉 동물)의 생명과 동일한 구조를 갖는다. 이러한 동일한 구조를 가진 생명을 예술적으로 표현하는 데 심취한 장웨이의 아동문학 사상은 심오하고 인간 정신에 대한 높은 이해를 가지고 있다.

张炜说："儿童的感动是有深度的——源于生命的激越"。这恐怕是张炜创作《半岛哈里哈气》的本源动机。而张炜选择顽童小说这一文类，是因为他看重自然、野性、自由、游戏对于儿童心灵成长的重要价值。在儿童的精神成长的过程中，融入大自然和现实生活的身体生活是极为重要的。它是生命的

* 장웨이(1995), 가을 2제, 『근심과 분개가 가득한 귀로』, 화이출판사, 초판.张炜：《秋日二题》，张炜著：《忧愤的归途》，华艺出版社1995年6月第1版。

根基，也是教育的根基。在《半岛哈里哈气》中，少年生命与“哈里哈气”（即动物）的生命是同构的。醉心于这种生命同构的艺术表现的张炜，其儿童文学思想是深刻的，是具有人类精神的高度的。

장웨이가 어떻게 대자연 속의 신체적 생활을 그림으로써 아동을 “교육”했는가? 『토끼 기르기』에서 소년 “나”와 로한老憨은 새끼 산토끼 두 마리를 기르고 있는데 어떻게 먹이를 주든 새끼 산토끼들은 마치 주나라의 음식을 먹지 않고不食周粟 수양산首陽山에서 굶어 죽은 백이伯夷와 숙제叔齊라도 되기를 마음먹은 듯 계속 먹이를 거절했다. 어쩔 수 없이 “나”와 로한은 그 둘을 풀어주어야 했다.

张炜是如何表现大自然中的身体生活在“教育”儿童的呢？《养兔记》里写少年“我”和老憨养了两只小野兔，可是无论怎么喂食，小野兔都一直拒绝，一心要做不食周粟，饿死于首阳山上的伯夷和叔齐。无奈，“我”和老憨只好把它俩放掉——

우리는 책에서 항상 많은 기개 있는 영웅들이 그렇게나 강인하게 죽을 때까지 배신하지도 투항하지 않는 것을 봤다. 이 때문에 일찍이 얼마나 감동하고 얼마나 경탄했는지! 이 토끼들도 그런 면에서 전혀 손색이 없다. 그야말로 눈앞에 살아있는 영웅들이다.
이 토끼들을 잡은 우리 같은 사람은 용서받을 수 없는 악당이다.
“우리는 참 나쁜 놈이야.” 나는 로한에게 말했다.

我们常常在书里看到许多有气节的英雄人物，他们至死不背叛不投降，那么坚强！这曾经让我们多么感动多么敬佩啊！可是小野兔们在这方面真是毫不逊色，它们简直就是近在眼前的、活生生的英雄…

而我们这些捉它们的人，就成了十恶不赦的坏蛋。

“我们是坏蛋。”我对老憨说。

위 단락들은 수호믈린스키Сухомли́нски가 말한 "대자연은 아동 사상의 발원지"라는 논단에 대한 생생한 해석이다. 이 말들 또한 장웨이가 하버드대학교Harvard University에서 강연할 때 언급한 "한밤 중에 오소리가 왔다"란 이야기가 밝히려던 생명에 대한 상상이 이미 『반도 하리하치』의 문학세계에서 뿌리내렸다는 증거이기도 하다.

这段话，是苏霍姆林斯基的"大自然是儿童思想的发源地"这一论断的生动注解。这段话也证明，张炜在哈佛大学的讲演中，对那只"午夜来獾"的生命想象，已经植根于《半岛哈里哈气》的文学自然之中。

『반도 하리하치』는 장웨이가 아동문학 창작에 갖고 있는 예술적 능력을 충분히 보여 주었다. 물론 이 예술적 심성은 아동 본위란 아동관을 바탕으로 두고 자연과 아동기를 소중하게 여기는 마음을 자원으로 한다. 그러나 동시에 작가의 예술적 표현과 아동 독자들의 미적 욕구가 서로 맞아떨어져야 한다. 내 개인적인 독서 경험에 따르면 장웨이는 아동 독자와 만나자마자 마음이 통하는 작가이다. 『반도 하리하치』는 반드시 아이들이 반드시 아이들이 눈을 반짝이며 흥미진진하게 읽을 수 있도록 만들 것이다.

이 5부작 시리즈 소설은 규모는 작지만 꽤 괜찮은 박물관으로 볼 수 있다. 여기에는 아주 멀지는 않지만 빠르게 사라지고 있는 독특한 아동기를 소장하고 전시하고 있다. 이런 삶은 틀림없이 영원히 보존할 만한 가치가 있으며, 많은 사람들이 그리워하게 하는 것이다. 장웨이는 아동의 천성을 존중하는 동시에 생생한 문학적 표현으로 진실하고 건전하며 즐겁게 성장하는 아동의 삶이 어떤 것인지를 알려주었다. 장웨이가 개구쟁이들의 생활 상태와 정신 상태에 동감한다. 이로 인해 장웨이의 묘사하는 개구쟁이들은 문학적인 형상일 뿐만 아니라 사상적인 형상이기도 하다. 그 안에는 문학적 의의도 담겨져 있지만 작가의 정신적 코드도 숨겨져 있다. 『반도 하리하치』는 단순하고 얄팍한 아동문학이 아니라 정신적으로 "큰 책"이면서 색다른 스타일의 『호

밀밭의 파수꾼』이다.

《半岛哈里哈气》充分展示了张炜儿童文学创作的艺术功力。这一艺术灵性当然是以儿童本位的儿童观为根基，以对自然和童年的珍视为资源的，但是，同时需要作家的艺术表现与儿童读者的审美需求相契合。在我的阅读感受里，张炜与儿童读者是心有灵犀、一拍即合的。《半岛哈里哈气》一定可以让孩子们读得兴趣盎然、神采飞扬。

这五部系列小说是一座小小的但是很了不起的博物馆，它珍藏和展示着不算十分遥远，但是却在迅速消失的一种独特的童年。这种生活注定价值永存，令人怀念。张炜立足于对儿童的解放，以鲜活的文学表达告诉我们，什么才是本真的、健全的、快乐的、成长的儿童生活！张炜显然认同顽童们的生活状态、精神状态，因此张炜笔下的“顽童”既是一个文学形象，也是一个思想意象，里面大有深意，隐藏着作家的精神密码。《半岛哈里哈气》不是简单、肤浅的“儿童文学”，而是一本精神上的“大书”，是别种风格的《麦田里的守望者》。

현실주의 소설에 대한 논평이 끝나갈 이 시점에 필자는 현실주의 소설 중에서도 동물 소설이라는 독특한 장르를 살펴보고자 한다. 여기에서 언급하는 동물 소설이란 인간이 객관적으로 관찰할 수 있는 진짜 동물을 주인공으로 하는 작품을 가리킨다. 동물을 서술하는 이 새로운 영역을 최초로 개척한 사람은 캐나다 작가 톰프슨 시튼Thompson Seton이고, 그의 대표작은 『내가 아는 야생동물』이다. 사람을 서술한 현실주의 소설과 마찬가지로 동물 소설도 진실성이 최우선 순위이다. 동물 소설에서 동물의 생활 습관과 행동 방식은 우선 생물학적인 검증을 거쳐야 한다. 이것은 동물 문학을 동물을 인격화한 작품들과 구별시킨다. 그러나 동물 문학에서 등장하는 동물들은 생물학 교과서에서 나오는 일반적인 동물이 아니라 대자연 속에서 생활하는 생활감 풍부한, 독특한 개성과 풍부한 내면적 세계를 지니는 "하나의" 문학적 형상이다. 따라서 동물 문학의 두 번째 우선 순위는 개성적이고 영혼을 가진 동물들의 형상을 예술적으로 구축하는 것이다. 이는 동물 문학을 동물의 습성을 소개하는 백과사전류의 도서와 구별시킨다(동물 문학이 동물에 대한 지식이 얼마나 풍부하게 포함하든지간에).

在写实小说的评介即将结束的时候，我想谈一谈写实小说中的一个独特品种——动物小说。这里所涉及的动物小说是指以人类能够客观观察到的本真的动物为主人公的作品。开辟这一动物表现新方法的人是加拿大的汤普森·西顿，其代表作是《我所知道的野生动物》。与写人的写实主义小说一样，动物小说以真实性为自己的第一道生命线。在动物小说中，动物的生活习性和行为方式首先要经得住生物学的检验。这使动物文学与那些将动物人格化的作品相区别。但是动物文学中的动物又不是生物学教科书中的普遍的动物，而是大自然生活中的富于生活感，具有独特个性和丰富的内心世界的"这一个"文学形象。因此，动物文学以对个性化的、有灵性的动物形象的艺术塑造为自己的第二道生命线。这又使动物文学与介绍动物习性的知识读物相区别（尽管动物文学包容着关于动物的丰富知识）。

중국에서 자각적으로 동물 소설을 창작하기 시작한 것은 1980년대이다. 1984년에 가오훙보는 「최근 몇 년간의 동물 소설 창작 약론」이라는 글을 발표해 중국의 동물 소설 창작을 대대적으로 제창하는 분위기 속에서 "최근 몇 년간" 출판된 중·단편 동물 소설 작품을 소개했다. 그리고 츄쉰邱勳의 『참새 엄마와 그의 아이』, 린진藺瑾의 『빙하에서의 격전』을 중점적으로 평론하였고, 작가 션스시沈石溪(『코끼리 떼가 옮겨갈 때』, 『7번째 사냥개』, 『백설공주』, 『은방울을 단 긴팔원숭이』등), 리디李迪(『표범 하치』), 그리고 리쯔위李子玉(『햄스터, 얼룩무늬 표범』, 『작은 섬의 눈 덮인 비석』)를 중점적으로 소개했다.

中国的自觉的动物小说创作起始于1980年代。1984年, 高洪波撰写了《略论近年来动物小说创作》一文, 在大力提倡发展中国的动物小说创作的语境里, 介绍了"近年来"发表的一批中短篇动物小说作品, 并重点评论了邱勋的《雀儿妈妈和她的孩子》、蔺瑾的《冰河上的激战》, 重点介绍了沈石溪（《象群迁移的时候》《第七条猎狗》《白雪公主》《戴银铃的长臂猿》等）、李迪（《豹子哈奇》）、李子玉（《小仓鼠花斑豹》《小岛上的雪碑》）三位作家。

션스시沈石溪

1980년대 중반까지 션스시가 훌륭하고 영향력 있는 단편 동물 소설들을 썼는데 중국소년아동출판사에서 그의 소설들을 모아 『7번째 사냥개』(1985)라는 제목으로 출판했다. 이 작품들은 모두 작가가 16년 동안 살았던 그 코끼리와 호랑이, 표범들이 출몰하는 윈난성雲南省 시솽반나西雙版納 지역을 바탕으로 쓴 것이다. 이 창작들은 몸담고 있었던 동물 소설이란 장르를 창시한 톰슨 시튼Seton Thompson이 캐나다 숲을 창작의 원천으로 삼은 것을 연상케 했다. 작품집 『7번째 사냥개』의 또 다른 중요한 특징은 사람과 동물을 한 군데에 놓고 묘사하는 것인데, 기본적으로 사람과 동물의 관계, 사람이 관찰하고 체험하는 동물의 삶을 서술하였는데, 이러한 서술 방식은 "진실성"이라는 동물 소설의 첫 번째 우선순위에 부합한다.

至1980年代中期，沈石溪创作了一批很优秀也很有影响的短篇动物小说，中国少年儿童出版社将其结集，出版了《第七条猎狗》（1985年）。该集子中的作品都植根于他生活了十六年的云南省西双版纳那片象群、虎豹出没的土地。这样的创作让人联想到，动物小说体裁的开创者西顿也是以自己奔波于其中的加拿大林莽为创作源泉的。作品

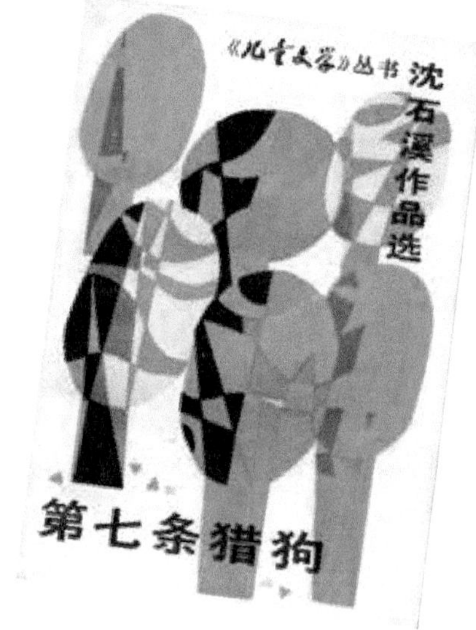

■ 션스시沈石溪
일곱 번째 사냥개第七条猎狗

集《第七条猎狗》的另一个重要特点是将人与动物放在一起进行描写，基本是写人与动物的关系，写人观察、体验下的动物生活，这种写法守住了“真实性”这一动物小说的第一道生命线。

사람을 다루는 현실주의 소설과 마찬가지로, 1990년 이래 동물 소설 창작도 중·단편에서 장편으로 변해 가는 경향이 나타났다. 진쩡하오金曾豪의 『외톨이 늑대』, 주신왕朱新望의 『양치기 개 장군』, 량버梁泊의 『백산곰』, 무링牧鈴의 『험난한 귀로』 등 장편 동물 소설들이 탄생했다.

与写人的写实小说一样，1990 年以来，动物小说创作也有从以中短篇为主向以长篇为主演变这一迹象，出现了金曾豪的《独狼》、朱新望的《牧羊狗将军》、梁泊的《白山熊》、牧铃的《艰难的归程》等长篇动物小说。

진쩡하오金曾豪 외톨이 늑대独狼

주신왕朱新望 양치기 개 장군牧羊狗将军

량버梁泊 백산곰白山熊

무링牧铃 험난한 귀로艰难的归程

게렐치메그 블랙크레인
格日勒其木格·黑鹤

게렐치메그 블랙크레인은 2000년 후부터 두각을 나타내며 본인이 쓴 티베탄 마스티프藏獒처럼 급성장한 동물소설가이다. 필자는 블랙크레인이 대만에서 출간된 단편 동물소설집 『라오반 형제』(2003)의 서문을 써 준 것을 계기로 그와 인연을 맺었다. 이 작품집에서 주인공으로 등장한 동물은 늑대, 곰, 야크, 학 등 네 가지 동물이다. 블랙크레인은 자신이 이 동물들을 얼마나 알고 있는지에 대해 솔직하게 털어놓으면서 그는 단지 자신이 할 수 있는 일을 했을 뿐이라고 했다. 그가 늑대에 대해 가장 익숙한 것이 분명한데, 늑대를 묘사한 글은 4편이지만 나머지 세 동물을 묘사한 글은 각각 1편뿐이다.

格日勒其木格·黑鹤是2000年后崭露头角并像他笔下的藏獒一样迅速成长的动物小说家。我与黑鹤的动物小说的结识，缘起于为黑鹤在台湾地区出版的短篇动物小说集《老班兄弟》（2003年）作序。在这本集子里，作为主人公出现的共有狼、熊、野牦牛和鹤四种动物。黑鹤相当诚实地向读者坦露着他对这些动物的了解程度，他只做了自己能够做到的事情。很显然，他对狼最熟悉，所以描写狼的占了四篇，而描写另三种动物的各只有一篇。

나는 특히 『누나의 학』이라는 소설에 관심이 많다. 블랙크레인은 독자들이 동물 소설이 맞는지 의심할지언정 학의 행동이나 삶이 거짓이라고 의심하게 만들지는 않았다. 전기傳奇적 색채가 강한 『붉은 늑대 골짜기』와 『로반 형제』에서도 블랙크레인은 동물의 능력을 조작하는 방식으로 복잡한 줄거리를 꾸며내지 않았고, 동물의 기이한 행동에 대해서도 억지로 해석하지 않음으로써 독자에게 경이만을 남겼다. 그러므로 나는 서문에서 "동물 소설은 창작하기 어려운 장르이다. 동물을 이해하려 애쓰고 억지로 동물 소설을 쓰지 않는 성실한 태도는 동물 소설을 창작하는 중국 작가들이 본받아야 할 부분이다. 블랙크레인은 이런 태도 덕분에 나의 신뢰를 얻었다."* 고 썼다.

블랙크레인은 2007년에 대만에서, 2010년에 중국 본토에서 동물소설집『순록의 나라』(수록된 작품은 약간 다름)를 출판했다.

■ 게렐치메그 블랙크레인
格日勒其木格·黑鹤
순록의 나라驯鹿之国

我特别注意到《姐姐的鹤》这篇小说，黑鹤甚至宁愿读者怀疑它是否称得上动物小说，也不去编造非鹤的行为和生活。就是在富于传奇性的《红色狼谷》《老班兄弟》中，黑鹤也不以捏造动物能力的方式编造复杂的故事情节，对动物奇异的行为则并不妄加解释，只把惊异留给读者。所以，我在序文中写道："动物小说是很难创作的一种文体。勉力了解动物，不勉强创作动物小说这一诚实态度，是创作动物小说的中国作家们应该记取的。黑鹤采取了这一态度，所以赢得了我对他的信赖。"

2007年和2010年，黑鹤分别在台湾和大陆出版了动物小说集《驯鹿之国》（收入的作品略有不同）。

* 주쯔창(2003), 글에서 그린 동물들처럼 성실하다—블랙크레인의 동물 소설을 읽은 후,『로반 형제』, 대만민생보사.朱自强：《像笔下的动物一样诚实——读黑鹤的动物小说》，黑鹤著：《老班兄弟》，台湾 民生报社2003年9月。

『로반 형제』보다 『순록의 나라』에서 블랙크레인의 마음 깊은 속에서 우러나오는 동물의 생명과 마음 세계에 대한 경외감을 더욱 뚜렷하게 느낄 수 있다. 이는 블랙크레인의 동물 소설 창작이 점점 더 성숙해지는 비밀이다. 동물 소설 작가에게는 동물의 습성을 이해하는 것은 "술術"이고, 인간이 자연 속에서 생활하는 동물들과의 관계를 잘 해결하는 것은 "도道"이다. 이런 의미에서 작품집의 표제작 『순록의 나라』는 블랙크레인의 동물 소설 중에서도 원점적인 작품으로 여길 만하다. 작품에서 동물에 대한 직접적인 묘사는 그렇게 많지 않지만 숲과 이야기를 나누고 자신이 키운 늑대를 "애야"라고 부르는 바라제이芭拉傑依라는 인물을 통해 인간과 자연, 동물들과의 관계를 묘사하는 것은 블랙크레인 동물 소설 창작의 기초이다. 북방의 숲속에서 사는 어원크족顎溫克族 문화에 대한 정신적 의존으로부터 필자는 소로Henry David Thoreau, 뮤어Edwin Muir, 발레스John Burroughs와 같은 자연의 순례자, 위대한 자연 문학 작가와 같이 대자연을 사랑하고 경외하는 블랙크레인의 영혼을 느꼈다. 블랙크레인의 동물 소설 창작은 가슴에 향수를 품고 정신적 고향을 찾는 행위이다. 블랙크레인의 동물 소설은 바로 이로써 중국의 동물 소설 창작을 가장 가치 있고 매혹적인 새로운 매력을 더했다.

与《老班兄弟》相比，在《驯鹿之国》里，我越来越感受到黑鹤发自内心的对动物生命及其心灵世界的敬畏。这是黑鹤的动物小说创作愈发臻于成熟的奥秘所在。对于动物小说作家而言，了解动物习性是"术"，解决好人类与自然界中的动物的关系是"道"。在这个意义上，集子的标题之作《驯鹿之国》是黑鹤的动物小说的原点式的作品，虽然作品中并没有多少对动物的直接描写，但是作品通过能"与森林交谈"，称自己养大的狼为"孩子"的芭拉杰依这一人物所阐释的人与自然、动物的关系，却是黑鹤动物小说创作的根基。在黑鹤与北方林地里的鄂温克人文化的精神依存里，我感受到他像梭罗、缪尔、巴勒斯这些大自然的朝圣者、伟大的自然文学作家一样，拥有着迷恋、敬畏大自然的灵魂。黑鹤创作动物小说，是怀着乡愁在寻觅精神家园的一种行动。黑鹤的动物小说正是以此为中国的动物小说创作增添了最具价值、最为迷人的新质。

■ 게렐치메그 블랙크레인
格日勒其木格·黑鹤
초원의 양치기 개草地牧羊犬

■ 게렐치메그 블랙크레인
格日勒其木格·黑鹤
초원의 맹견鬼狗

예술적 “체력”을 축적한 뒤 블랙크레인은 장편 동물 소설 『검은 불꽃』(2006), 『초원의 양치기 개』(2009), 『초원의 맹견』(2010)을 이어서 썼다. 이 세 작품은 모두 블랙크레인이 가장 잘 아는 개, 그리고 개와 인류의 감정적 관계를 그린 작품이다.

우수한 동물 소설 작가는 감성적 의미에서 동물 학자여야 한다. 톰프슨 시튼Ernest Thompson Seton, 잭 런던Jack London, 무쿠 하토주椋鳩十와 같은 작가들의 작품을 읽으면 이를 확인할 수 있다. 블랙크레인의 『검은 불꽃』을 읽으면서 나는 티베트 마스티프 거쌍格桑의 심리와 감정에 대한 연이은 정채로운 묘사에서 세계적인 동물 학자 로렌츠Konrad Lorenz의 저서 『인간, 개를 만나다』에 나오는 서술을 연상하곤 했다. 티베탄 마스티프 거쌍은 학대를 받다가 한마韓瑪에게 구원을 받았다. 거쌍은 한마를 자신의 주인으로 여기고, 한마에 대한 자신의 감정을 표현하고, 또 자신에 대한 한마의 감정을 시험하고 확인하기 위해 한마에게 달려들었다.

在积蓄了艺术“体力”之后，黑鹤创作了长篇动物小说《黑焰》（2006年）、《草地牧羊犬》（2009年）、《鬼狗》（2010年）。这三部作品都是写黑鹤最为熟悉的狗，写狗与人类的情感关系。

优秀的动物小说作家应该是感性意义上的动物行为学家。我读汤普森·西顿、杰克·伦敦、椋鸠十等作家的作品，都怀着这一确认。读黑鹤的《黑焰》，我从作品对藏獒格桑的心理、情感所作的接连不断的精彩传神的描写中，常常联想到世界著名的动物行为学家劳伦兹的著作《狗的家世》里的笔墨。藏獒格桑在历经磨难之后，得到韩玛的救助。格桑把韩玛视为自己的主人，为了表达对韩玛的情感，也为了试探、确认韩玛对自己的情感，它向韩玛扑了过去——

거쌍은 앞발이 조심스럽게 한마의 허리를 덮쳤는데, 접촉하는 순간 이미 달릴 때의 엄청난 신체적 관성으로 생긴 무서운 힘을 최대한 줄였다. 거쌍은 이 정도의 힘이라면 딱 자신을 등지고 있는 한마를 균형을 잃고 땅에 밀어뜨릴 정도의 힘이고 아무런 상처도 입지 않을 거라 확신했다. 이렇게 결정을 내린 거쌍은 이어서 무슨 일이 일어날지 모르면서, 일종의 강렬한 사랑의 불꽃에 휩싸여 스스로의 행동을 제어하지 못하고 이 모든 행동을 거의 순식간에 해버렸다. 이전에 거쌍이 했던 모든 행동들은 본능이나 경험에서 비롯된 것이었지만 이번만은 감정, 눈앞에 있는 이 사람에 대한 사랑에서 비롯된 것이었다. 한마는 아수라장이 된 텐트 위로 쓰러졌다. 마침 반대편에서 텐트 한쪽을 잡아당기고 있던 양옌楊炎은 놀라 입을 딱 벌린 채 이 모든 것을 지켜보면서 감히 자신의 눈을 믿을 수가 없었다.

거쌍은 꼼짝 않고 그 자리에서 서서 다음에 일어날 일을 기다리고 있었다. 그는 다시 일어선 주인이 자신을 어떻게 대할지 알 수가 없었다. 만약 큰 소리로 호통을 치거나 쫓아낸다면 거쌍에게는 마치 전 세계가 끝나는 것과 같을 것이다.

……

한마는 조금 놀란 듯 땅바닥에 앉아 있다가 고개를 돌렸다. 거쌍은 그의 뒤에 서서 꼼짝도 하지 않고 그를 지켜보고 있는데, 그 눈빛에는 언제나 졸린 듯한 기색이 완전히 사라지고 어떤 열렬한 기대를 품고 그를 바라보고 있었다. 그 눈길에는 강아지가 어떤 새로운 사물을 보았을 때 나타나는 그런 망연함이 있었다.

아마도 한 1초쯤 침묵했을 것이다.

한마는 큰 소리로 웃으며 거쌍에게 달려들어 목을 끌어안고 힘껏 바닥에 넘어뜨렸다.

햇빛, 짙푸른 잔디, 가장 따뜻한 바람.

새로운 세계가 거쌍에게 문을 열었다. 거쌍은 이러한 웃음의 의미를 안다. 인간은 행복할 때만 이런 명쾌한 리듬을 가진 "울음 소리"를 낼 수 있고, 목장에서 이러한 인간의 울음 소리를 들으면 종종 고기 한 조각을 얻을 수 있다는 것을 의미한다. 그러나 지금은 모든 것이 달라졌다. 엄청난 감정이 온몸을 뒤흔들어 거의 자신을 통제할 수 없다. 그것은 거쌍이 지금까지 느껴본 적 없었던 엄청난 힘이다.

格桑的前爪小心地扑在韩玛的腰上，在接触的那一刻它已经缓解了自己奔跑时巨大的身体惯性那股可怕的力量，它确信这种力量刚好可以使背对自己的韩玛失去平衡扑倒在地而又不受到任何伤害。这是它做出的一个决定，它不知道接下来会发生什么，但是它不能控制自己的动作，一种强烈的爱燃烧着它，它几乎是情不自禁地做了这一切。以前，在格桑的生命里所做的一切都是出于本能或经验，但这一次似乎是感情，一种对面前这个人的爱。

韩玛扑倒在了乱成一团的帐篷上面，正在另一侧抻着帐篷一角的杨炎惊讶地望着这一切，不敢相信自己的眼睛。

格桑一动不动地立在原地，等待着将要发生的一切。它不知道这个重新站起来的主人将要怎样对待它。假如大声呵斥或者赶走它，对于格桑来讲，那将是它整个世界的终结。

……

韩玛颇觉惊异地坐在地上回过头。格桑正站在他身后，一动不动地注视着他，目光里那种似乎永远也睡不醒的神情一扫而光，此时正怀着某种热切的期待望着他，那眼神里又有一点儿那种小狗面对新事物才有的茫然。

也许是一秒钟的沉默。

韩玛高声地大笑着向格桑扑过来，搂住它的脖子用力把它摔倒在地上。

阳光，翠绿的草地，最温暖的风。

崭新的世界向格桑敞开了大门。它懂得笑声，人类只有在快乐时才会发出这种节奏明快的"吠叫"，在牧场上听到这种人类的吠叫声往往意味着可以得到一块肉。但此时一切都不同了，一种巨大的情感使它浑身战栗，它几乎无法控制自己。那是一种它从未感受过的力量。

이는 고난을 겪은 거쌍이 갖게 된 심리적·감정적 세계를 세심하게 통찰한 묘사이다. 톰프슨 시튼의 『베어 킹Bear King』, 잭 런던의 『야성의 부름The Call of the Wild』, 트로예폴스키Троепольский Г.Н.의 『하얀 빔의 검은 귀Белый Бим Чёрное ухо』 등 동물 문학 고전을 잘 아는 독자들은 윗글에서 동물 문학 작가로서 블랙크레인의 뛰어난 자질을 읽을 수 있을 것이다. 부단한 수련을 거친다면 블랙크레인의 동물 소설 창작이 독자들에게 더 큰 놀라움을 안겨줄 것이다.

■ 게렐치메그 블랙크레인
格日勒其木格·黑鹤
검은 불꽃黑焰

这是对有着苦难经历的格桑的心理和情感世界洞察入微的笔墨。每一个熟悉汤普森·西顿的《熊王》、杰克·伦敦的《野性的呼唤》、特罗耶波尔斯基的《白比姆黑耳朵》这些动物文学的经典的读者，都会从上面那段文字中，体察出黑鹤作为动物文学作家的优秀素质。经过不断修炼，黑鹤的动物小说创作应该还会给我们带来更大的惊喜。

현실주의의 아동소설 창작에서 리쉐빈李學斌, 장제張潔, 셰첸니謝倩霓, 루메이陸梅, 이핑翌平, 린옌林彦 등 몇몇 작가들도 꽤 좋은 성과를 거두었는데, 지면의 관계로 이 작품들에 대한 평론은 유감스럽게도 결여된 채로 남겨두어야 할 것 같다.

在写实儿童小说创作方面, 还有一些作家, 比如李学斌、张洁、谢倩霓、陆梅、翌平、林彦等人, 均取得了不错的成绩, 由于篇幅所限, 对他们作品的评论, 这里只能遗憾地暂付阙如了。

제3부 독특한 아동 시가

独特的儿童诗歌

아동 시가兒童詩歌에는 동요와 동시가 포함된다. 음운을 가진 문학韻語文學으로서 아동 시가는 아동의 독서와 감상에서 특별히 중요한 위치를 차지하고 묵직한 가치를 지닌다. 중국은 시가 대국詩歌大國으로 아동문학 시인도 많고 작품도 많다. 여기에서는 스타일이 뚜렷하고 독특한 동시 작가를 골라 소개하고자 한다

儿童诗歌包括儿歌和儿童诗这两种体裁。作为韵语文学, 儿童诗歌在儿童的阅读、欣赏中具有特殊重要的地位和价值。中国是儿童文学的诗歌大国, 诗人多, 作品也多。这里, 我择取几位风格鲜明而独特的儿童诗人作一介绍。

런룽룽任溶溶

중국 아동문학계에서 가장 중요한 번역가로서 런룽룽은 수많은 세계 아동문학 명작을 번역해 중국 아동문학에 큰 영향을 미쳤다. 런룽룽은 또한 중요한 아동문학 작가이기도 하다. 그의 작품은 많지 않지만 스타일이 독특하고 중국 아동문학에 적지 않은 영향을 끼쳤다. 런룽룽은 장톈이를 이어 중국 아동문학에 유머러스한 예술적 스타일을 도입한 작가로서, 1950년대에 창작한 동화 『"덜렁이"와 "툴툴이"』는 코미디 같은 유머로 당시 흔히 볼 수 있는 설교식說教式 아동문학을 뛰어넘어 시간의 검증을 견디어낸 우수한 작품이다. 1950, 60년대 그의 동시 『넌 우리 아빠가 뭐 하는 사람 같아?』와 『아빠의 선생님』도 이 시기 아동문학 작품에서 보기 드문 유머러스한 분위기의 작품이다.

任溶溶是中国儿童文学界最重要的翻译家，他翻译的众多世界儿童文学名著对中国儿童文学产生了很大的影响。任溶溶还是一位重要的儿童文学作家。他的作品不多，但是风格独具，也对中国的儿童文学有不小的影响。他是继张天翼之后为中国儿童文学导入幽默艺术风格的作家，其五十年代的童话《"没头脑"和"不高兴"》因为喜剧式的幽默而超越了同时代儿童文学的说教次元，成为经得起时间检验的优秀作品。其二十世纪五六十年代的儿童诗《你说我的爸爸是干什么的》《爸爸的老师》等也散发着同时代儿童文学作品所鲜见的幽默气息。

만약 런룽룽이 1950, 60년대에 창작한 동시에 나타난 유머 정신이 어느 정도로 그 시대의 보편적인 교육 이념의 구속을 받았다면, 1980년대 이후 동시 창작에서는 그의 유머러스한 특질이 매우 뚜렷이 나타났다. 런룽룽은 아동의 입장에서 아동의 감정과 소망을 표현한다. 예를 들어, 『나는 커지다가도 어려질 수 있는 사람이야』에서,

如果说，任溶溶的二十世纪五六十年代的儿童文学创作中的幽默精神在某种程度上还受到教育理念的束缚的话，那么，1980年代以来，任溶溶的幽默性情在儿童诗创作中就体现得淋漓尽致了。任溶溶站在儿童的立场，表达着儿童的情感和愿望。如《我是一个可大可小的人》：

나는 동화 속 인물이 아닌데	我不是个童话里的人物，
나 자신조차 왜 그런지 어리벙벙한데	可连我都莫名其妙：
나라는 사람은 갑자기 커졌다가	我这个人忽然可以很大，
갑자기 작아지기도 하네.	忽然又会变得很小。
엄마와 아빠가 푸퉈산普陀山에 놀러 가신단다.	妈妈爸爸上普陀山去玩。
"저를 좀 데려가면 안 돼요?" 나는 물었다.	我说："带我去好不好？"
아빠와 엄마는 이구동성으로,	他们异口同声回答我说：
"안 돼. 너는 너무 어려서 안 돼!"	"你不能去！你还太小！"
엄마는 집 떠나기 전에	妈妈到了临出门的时候，
끊임없이 나에게 당부하셨는데	嘱咐我个没完没了：
"집에서 외할머니의 말씀을 잘 들어야 돼.	"你在家里要听姥姥的话，
너는 이제 어린아이가 아니거든!"	你这个人已经不小！"
아버지도 고개를 돌려, 나를 한참 보았다가,	爸爸回过头来，看了看我，
신나게 가방을 등에 메고,	得意扬扬，背上书包：

"그래, 너도 이미 많이 컸지.	"不错，你都已经很大很大，
집에서 외할머니를 도와드려야 해"라고.	在家应该帮助姥姥！"
자, 봤지? 일이 이렇게 된 거야.	请大家看，事情就是这样，
말만 하면 바뀌는 게 진짜 묘하지?	说变就变，实在太妙：
나는 갑자기 커질 수도,	我这个人忽然可以很大，
갑자기 아주 어려질 수도 있는 사람이야.	忽然可以非常之小。

이 시는 어린아이의 말투로 어른들이 제멋대로 말하고 행동하는 자기중심적 태도를 조롱한 것이다. 『나는 더 울 거야』는 어린이 스스로 자신을 어색한 상황에 빠뜨렸다는 사소한 내용을 표현한 것이지만, 설교說教가 없으므로 그 어색함은 재미가 넘치는 진실한 생활이 되어 독자들에게 회심의 웃음을 자아낸다. 런룽룽의 동시는 아동 본연의 심리와 감정을 보여 주는 동시에 지혜로운 삶의 태도까지 담고 있으며, 언어가 소박하고 구상이 기묘하여 실로 흉내 내기 어려운 예술적 경지라 할 수 있다.

■ 런룽룽任溶溶
나는 커지다가도 어려질 수 있는 사람이야我是一个可大可小的人

这首诗以儿童的口吻嘲讽了成人不能自圆其说的以自我为中心的霸权。《我还得哭》表现的则是儿童自己把自己置于一个尴尬境地的细节，但是，因为没有说教，这种尴尬变成了一种富于情趣的生活状态，引起的是读者的会心一笑。任溶溶的儿童诗具有本色的儿童心理和情感，又蕴含着睿智的人生态度，语言质朴，构想奇妙，其艺术境界是难以仿效的。

가오훙보高洪波

가오훙보는 사상적·예술적 감수성이 매우 예민한 아동문학 작가이다. 사상적으로는 「아동의 발견」 등의 글에서 아동의 "재발견"에 몰두했고, 예술적으로는 동물 소설의 창작을 추진하고 즐겁고 유머러스한 문학을 제창하면서 이러한 영역에서의 중국 아동문학의 예술적 자각을 촉진했다.

가오훙보는 아동 본위란 입장에 서서 아동의 생명 세계를 바라보는 동시童詩 작가이다. 그는 "수박을 훔치는 것은 몸과 마음에 이로운 개구쟁이들의 놀이다. 적의 동태를 살피고 포복으로 전진하며 과감하게 적과 맞서는 등 일련의 준군사적準軍事的 동작을 필요로 할 뿐만 아니라, 파수꾼에게 들키면 신속하게 철수하거나 숨어서 기다리는 등의 행동도 필요하다. 이것은 하나의 커다란 학문이다…"*라고 말한 적 있다. 나는 이 말을 그가 "아동 본위" 입장에서 동시를 창작하게 된 원점으로 간주한다. 아동들의 "수박 훔치기"를 "몸과 마음에 이롭다"고 보고, "커다란 학문"으로 간주한 가오훙보는 바로 이러한 가치관에 근거한 입장에서 아동의 세계에 들어갈 수 있는 비밀번호를 얻었고, 아동들이 자기편이라 여기는 사람이 되었다. 이런 가치관이 있었기에 그 유명한 『나는 네가 좋아, 여우야』라는 시가 탄생할 수 있었을 것이다.

* 가오훙보(2008), 초원 군대에서 문단으로, 『즐거운 잎』, 신세기출판사, 초판.高洪波：《从草原军旅走向文坛》, 高洪波著：《快乐的叶子们》, 新世纪出版社2008年9月第1版。

高洪波是一位思想和艺术感受都十分敏锐的儿童文学作家。在思想上他以《发现儿童》等文章致力于儿童的“再发现”；在艺术上，他推动动物小说创作，倡导快乐、幽默文学，促进了中国儿童文学在这些领域的艺术自觉。

高洪波是一个以儿童本位立场看待儿童生命世界的儿童诗人。他曾说过：“偷西瓜是一种有益身心的顽童游戏，需要一系列准军事动作，如观察敌情、匍匐前进、果断接敌等，一旦被看瓜人发现，又需要迅速撤退、隐蔽等待，这是一门大学问…” 我把这句话看作是高洪波“儿童本位”立场的儿童诗创作的原点。把儿童的“偷西瓜”看成“有益身心”，看成“大学问”，高洪波就凭着这种价值立场获得了进入儿童世界的口令，成为了儿童的自己人。有这样的价值观，才有了那首有名又有实的《我喜欢你，狐狸》：

너는 어린 여우야.	你是一只小狐狸，
총명하고 머리를 굴릴 줄 알지.	聪明有心计。
까마귀의 입에서 고기를 속여서 뺏어 먹다니	从乌鸦嘴里骗肉吃，
얼마나 귀여운 아이디어야!	多么可爱的主意！
쌤통이다. 누가 까마귀보고 노래를 좋아하라고 했나?	活该，谁叫乌鸦爱唱歌，
“까까까!” 잘난 체한 거지!	“呱呱呱”自我吹嘘 ！
게다가 그 고기는 까마귀도 훔친 거잖아?	再说肉是他偷的，
누가 먹든 상관없지.	你吃他吃都可以。
네가 그 고기를 먹으면,	也许你吃了这块肉
더없이 예뻐질지도 모르잖아!	会变得漂亮无比！
꼬리가 새빨간 불꽃과 같이	尾巴像红红的火苗
푸른 풀밭을 바람처럼 스쳐간다.	风一样掠过绿草地。
나는 네가 존경스러워, 여우야!	我崇拜你，狐狸，
네 교활함은 재치고	你的狡猾是机智，
네 속임수는 재주지.	你的欺骗是才气。
어른들이 뭐라 하든	不管大人怎么说，
나는 네가 좋아.	我，喜欢你。

유머 아동문학의 제창자로서 가오홍보의 동시는 그의 예리하고 섬세한 감수성과 예지가 어우러진 유머러스한 재치를 많이 보여 주는 발랄하고 묘미가 넘치게 작품들이었다. 『게으른 변호』(1998)라는 시집의 "생활 유머 계열의 시"에서 시인은 어린이인 "나"의 말투를 빌려 속마음을 털어놨다. 예를 들어, 『거위, 거위, 거위…』, 『"건들지 마"와 "안 돼!"』, 『게으른 변호』 같은 시들은 아동의 시각으로 성인 생활 속의 갈등과 어색함을 드러내어 웃으며 읽은 후에는 생각을 하게 만든다.

作为幽默儿童文学的倡导者，高洪波的儿童诗活泼灵动、妙趣横生，其表现出的主要是敏锐、细致的感受力与睿智相融合的幽默才华。在《懒的辩护》（1998年）这部诗集的"生活幽默系列诗"中，诗人以儿童"我"的口吻抒情表意，比如《鹅、鹅、鹅…》《"别动"和"不许"》《懒的辩护》等诗作通过儿童的视角，揭示出成人生活世界的矛盾、尴尬处，启人微笑后去思索。

아동 심성을 갖고 있기 때문에 가오홍보의 동시는 잘 다듬어진 원생태적原生態的 아동 정취를 표현하곤 했다. 예를 들어 『누가 더 세?』라는 시에서,

因为具有儿童心性，高洪波的儿童诗常常表现出经过凝练的原生态的儿童情趣。比如《谁厉害》这首诗：

이웃의 샤오팡小胖과 샤오까小嘎는
양육랑楊六郎과 이원패李元霸를 제일 숭배한대.
걔들은 자신의 원수主將에게 충성하느라
종종 얼굴이 새빨개지도록 큰 소리로 다툰대.

我们院的小胖和小嘎,
最崇拜杨六郎和李元霸。
他们忠实于自己的主将,
常常争论得耳鸣眼花。

샤오팡이 말하길, 양육랑은 지혜와 용맹을 겸비해서
요나라 병사들이 투구와 갑옷마저 버리고 허둥지둥
도망치게 만들었으니
그야말로 진정한 대영웅이지.
이원패? 누군데?

小胖说杨六郎智勇双全,
杀得辽兵丢盔弃甲。
他是当然的大英雄,
李元霸嘛, 算啥!

샤오까는 화가 나서 말까지 더듬었는데
(듣자니까 이원패도 그렇게 말을 한단다.)
"이 원수의 힘이 무궁무진하다는 것을 누가 모르느냐?
너를 죽이는 것은 메뚜기 한 마리를 죽이는 것처럼
쉬울 것이다"라고 반박했다.

气得小嘎结结巴巴,
(据说李元霸也这样说话):
"谁不知主将力大无穷,
捏你就像捏个蚂蚱!"

다투다 다투다 손찌검까지 하게 되어
두 "부장部將"이 한 바탕 싸우기 시작했다.
결과적으로, 육랑이든 원패든
화난 아빠는 못 이겼대…

说着说着动了手,
两员"部将"一阵开打!
结果无论六郎还是元霸,
都厉害不过发火的爸爸…

이 시는 아이들 생활에서 느껴지는 유머를 가지고 있을 뿐만 아니라 시적 표현 자체가 가진 유머까지 융합하고 있다. 자세히 음미해보면 이 시는 아동생활에 대해 객관적 묘사만 한 것이 아님을 알 수 있다. "(듣자니까 이원패도 그렇게 말을 한단다.)"라는 구절은 신이 나서 개입한 시인이 한 말이다. "결과적으로, 육랑이든 원패든 / 화난 아빠는 못 이겼대…"라는 말에도 시인이 유머러스하게 아이들의 천진난만함을 표현한 시인의 주관적 개입이 있다. 거기에는 선의善意 내지 사랑이 담긴 야유는 있어도 교훈 같은 것은 조금도 없었다. 이런 시를 읽으면서 우리는 성숙한 어른의 마음에 짓눌림을 당하지 않은 시인의 어린아이 같은 심성을 느낄 수 있다. 그는 여전히 샤오팡과 샤오까가 대표하는 아이들의 "황당"해 보이는, 왕성한 생명력과 진정한 성장 능력이 깃들어 있는 삶을 열렬히 사랑하고 완전히 인정하고 있다.

가오홍보의 동시는 언어 구사에 있어서 운율을 매우 중요시한다. 그 시원시원하고 낭랑한 운율은 시인의 예술적 자신감을 드러내기도 하지만 유머러스한 창작 스타일과도 잘 어울린다.

这首诗既有孩子们生活本身的童趣，也有诗歌表现上的童趣，而且两者已经融合为一体。细细体会，能够觉察出诗中并不都是儿童生活情趣的客观描摹。"（据说李元霸也这样说话）"一句应该是诗人兴致勃勃的介入；"结果无论六郎还是元霸，/都厉害不过发火的爸爸…"，这里也有诗人的介入，是诗人在幽默地玩味着童趣，其中即使有着蕴含善意乃至爱意的揶揄，却决没有丁点儿的教训。读这样的诗，我们能感受到诗人那未遭成熟的大人心所压抑的孩童心性，他仍然热烈地喜爱并完全地肯定着小胖和小嘎所代表的孩子们这种看似"荒唐"的生活——那里面蕴含着旺盛的生命活力和真正的成长力量。

高洪波的儿童诗在语言运用上十分讲究韵律，他那干脆利落、朗朗上口的韵语既显露着诗人的艺术自信，又与诗中的幽默相得益彰。

쉐웨이민薛卫民

쉐웨이민의 동시를 이야기하려다 필자는 곧 『시간詩刊』에 연작시組詩를 종종 발표했던 성인 시인 쉐웨이민이 생각났다. 그의 존재는 아동문학의 예술적 기준을 나타냈다. 설사 쉬워 보이는 동요를 쓴다 하더라도 진정한 예술적 재능이 필요하다. 그렇지 않으면 한단지보邯鄲之步나 서시빈목西施矉目과 같이 남을 흉내 내다가 웃음거리가 되기 쉽다.

쉐웨이민도 정취 및 유머를 중요시한 작가이다. 그 유머 속에 숨겨진 독특한 사상적 발견과 예술적 표현이 언제나 사람들의 마음을 움직인다. 『감다』를 예로 보자.

谈薛卫民的儿童诗, 我马上联想到那个经常在《诗刊》上发表组诗的成人诗人薛卫民。他的存在标示出儿童文学的艺术标准——即使是写看似浅显的儿歌, 也需要有真正的艺术才情, 否则就成了邯郸学步、东施效颦。

薛卫民也属于情趣、幽默一派。他的幽默里的独特的思想发现和艺术表现常常叫人心受震动。如《缠》:

덩굴이 나무를 감고	藤儿去缠树,
덩굴이 풀을 감는다.	藤儿去缠草。
덩굴이 누군가를 감는 것은	藤儿去缠谁,
누군가와 잘 지내고 싶은 것이다.	是想和谁好。
초목들은 다 덩굴이 무서운데	草木都怕它,
발이 없는 게 유감이다.	可惜没长脚。
발이 달렸더라면	要是长了脚,
초목들은 틀림없이 도망갔겠지.	草木一定跑——
좋아하지 않아서가 아니라	不是不友好,
감기는 게 너무 견디기 힘드니까!	缠得受不了 !

이는 일종의 인생 상태에 대한 생동감 있는 비유이고, 어린아이에게 쓴 의미 깊은 가작이다. 아이들만 좋아하는 것이 아니라 어른들도 웃고 난 뒤에는 틀림없이 느끼는 것이 있을 것이다. 『바람이 책을 넘긴다』를 보자.

这是对一种人生情状的生动比喻, 是小儿歌写大蕴含的佳作, 不仅儿童喜爱, 大人笑过之后也会受到触动。如《风儿翻书》:

바람이 방에 들어와	风儿进屋,
쏴쏴- 책을 넘겼더니	"哗哗"翻书,
모든 문자들이	所有文字,
"훽훽!"으로 읽혔다.	都念"呼呼"。

네 줄, 총 열여섯 글자에 불과한 짧은 시이지만 글자마다 주옥같다. 자연의 바람과 어린아이의 행동이 빈틈없이 하나가 되면서 일종의 정취와 성격을 생생하게 그려냈고, 심지어 시에 숨겨진 유머까지 빠짐없이 음미할 수 있다. 또 다른 예로 『원숭이가 계단에서 굴러』를 보자.

只有短短四行十六个字，但是字字珠玑。自然的风儿和小儿的行状，天衣无缝地合为一体，生动地写出一种情趣，一种性格，让人品味出内在的幽默。再如《小猴滚楼梯》：

원숭이,	猴，
원숭이,	猴，
고루에 올라가	上高楼，
발을 내딛자마자	一落脚，
공을 밟고	踩着球，
"데굴데굴" 굴러 내렸다.	"叽里咕噜"滚下楼！
원숭이는 기어 일어나 "히히" 웃으며 말하길,	小猴爬起"嘻嘻"笑，
"공중제비를 연습한 거야."	它说练练翻跟头。

어린아이의 심리와 행동이 종이 위에 생생하게 나타난다. 이런 수준의 동요는 성인 문학 작가라 할지도 경탄할 수밖에 없을 것이다.

小孩子的心理、行为跃然纸上。我想这种水准的儿歌，也会让成人文学作家肃然起敬。

■ 쉐웨이민薛卫民
거북이가 하늘로 날아간다乌龟飞上天

쉐웨이민은 인간성과 세상 이치를 깊이 드러낸 대량의 짧은 구절을 모은 경이로운 작품 『꾸밈없는 말』을 출판한 적 있다. 『꾸밈없는 말』을 읽다 보니 세계적인 귀재 셸 실버스타인Sheldon Alan Silverstein의 그림책 『색다른 댄스Different Dances』가 생각났다. 쉐웨이민도 말 몇 마디로 사물의 본질을 꿰뚫으며 깊은 사상과 함께 유머까지 표현했다. 사물의 본질을 꿰뚫은 『꾸밈없는 말』이 있었기에 『전 세계에 몇 사람이 있을까』 같은 의미 깊은 동시童詩가 나타날 수 있었다고 본다.

薛卫民出版过令人惊奇的《裸语》，书中汇集了大量深刻揭示人性和世间道理的短语。读《裸语》，让我联想到惊世奇才希尔弗斯坦的画集《不同的舞步》。薛卫民也在用三言两语，直逼事物的本质，表现一个深刻的思想，而且很幽默。因为有洞察事物本质的《裸语》，才有《全世界有多少人？》这样深刻的童诗：

전 세계에 몇 사람이 있을까?	全世界有多少人？
히히,	嘻嘻,
하하!	哈哈！
전 세계에 몇 사람이 있을까?	全世界有多少人？
맞혀 봐.	猜吧,
조사해 봐.	查吧。
전 세계에 몇 사람이 있을까?	全世界有多少人？
추측한 사람은	猜的——
머리를 두드리고,	直拍脑瓜。
조사하는 사람은	查的——
손짓발짓을 한다.	比比画画。
전 세계에 몇 사람이 있을까?	全世界有多少人？
히히,	嘻嘻,
하하!	哈哈！
전 세계에 몇 사람이 있을까?	全世界有多少人？
추측할 필요 없지.	我不用猜,
조사할 필요도 없단다.	我不用查。
전 세계에 몇 사람이 있을까?	全世界有多少人？
셋뿐이다.	就仨：
너, 나, 그리고 그.	你、我、他！

진보金波

아동의 미적 욕구의 특수성으로 인해 동시를 창작할 때 성인시보다 서사를 더욱 중요시하다. 런룽룽, 가오홍보, 쉐웨이민의 많은 작품들은 뚜렷한 서사적 특징을 가지고 있다. 이런 서사적 스타일과 대비되는 것은 서정적 스타일이다. 진보는 서정적 동시의 대표적 시인이다. 앞에서 진보의 판타지 소설 『나무 인형 우뚜뚜』를 소개하면서 이 작품이 시적 작품이라고 평가한 이유는 바로 이런 서정성抒情性 때문이었다. 시인 자신의 말처럼 그는 "시를 쓰는 감각으로 동화를 썼다."

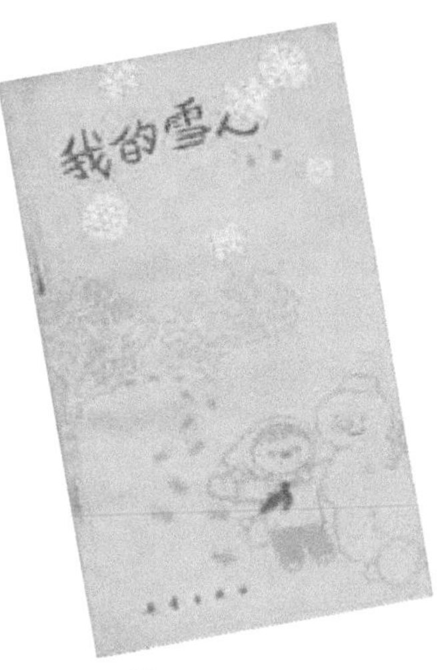

■ 진보金波
내 눈사람我的雪人

진보의 서정적 동시의 중요한 특징은 대자연 속의 생물이나 풍경과의 교감을 찾도록 노력하는 것이다. 어떤 서정적 동시는 별, 달, 화초 같은 자연경관과 사계절의 경물을 노래함으로써 감정을 표현하지만 종종 표면적인 이미지만 서술할 뿐, 그 안에 함축된 이미지가 결여되어 깊은 감정을 표현하기 어려웠다. 하지만 진보는 "풍경의 내면적 깊이"를 지니는 서정시를 창작했다. 『새끼 사슴』은 대표적인 가작이다.

由于儿童审美需求的特殊性，儿童诗创作比成人诗更重视叙事。任溶溶、高洪波、薛卫民的很多作品具有鲜明的叙事特征。与这种叙事风格相对的是抒情风格。金波是抒情童诗的代表性诗人。前面介绍金波的幻想小说《乌丢丢的奇遇》时，我说这部作品是诗性的，其渊源就是这种抒情性。如诗人自己所说，他是“带着写诗的感觉写童话”。

金波的抒情童诗的一个重要特点，是努力寻找与大自然中的生物和景物的交感。有的抒情童诗也通过吟唱星星、月亮、花草这些自然景物以及四季风物而抒情，但往往写的是表面的形象，缺少蕴藉的意象，因而情感流于肤浅。而金波写出的是具有“景深度”的抒情诗。《小鹿》是这方面诗作的代表：

꽃의 그림자, 잎의 그림자	花的影，叶的影，
찬란한 오색 옷을	给你披一件
그대에게 한 벌 걸쳐 준다.	斑斓的彩衣。
그대가 거기 서서	你站在那儿，
끝없는 숲과 함께	和无边的森林
하나로 어우러졌다.	融合在一起。
그대는 날아다니는 작은 나무처럼	你像一株飞跑的小树，
가지친 뿔을 높이 쳐들고	高昂着你枝丫的茸角，
빽빽한 삼림 속으로 뛰어 들어간다.	闪进密密的大森林里。
잠깐은 이 나무와	一会儿和这棵树，
잠깐은 저 나무와	一会儿和那棵树，
봄의 소식을 부지런히 전해 준다.	传递着春天的消息。

서정의 주인공은 외부에서 관망하는 것이 아니라 새끼 사슴의 내면세계에 들어가 함께 공감한다. 이 시는 1980년에 창작된 것이다. 그 시기에 "봄"의 이미지는 진보의 노래에 반복해서 등장했다. 『새끼 사슴』은 "봄이 온" 그 시대의 상징이라고 할 수 있다.

진보의 서정시는 언어 형식상의 음악성音樂性을 또 다른 특징으로 갖는다. 음악성에 대한 추구는 적지 않은 동시 창작에서 음악성을 등한시하는 경향에서 비롯된 진보의 자각적인 행동이다. 진보에게서 음악성은 형식에 그치지 않고 서정성과 한데 어우러져 시가의 총체적인 아름다움을 형성한다. 예를 들면 『반딧불이』에서,

抒情主人公不是站在外部观望，而是走进了小鹿的内心，感同身受。这首诗歌写作于1980年。那段时期，"春天"的意象不断出现在金波的吟唱之中。可以说，《小鹿》是那个"春天来了"的时代的一种象征。

金波的抒情诗的另一个特征是语言形式上的音乐性。音乐性追求是诗人有感于不少童诗创作有忽视音乐性的倾向而产生的自觉行动。在金波这里，音乐性不是仅仅流于形式，而是与抒情性融合在一起，造成诗歌整体的优美。比如《流萤》：

저녁 하늘의 노을도 잘라주지 않고	我不给你剪裁天边的晚霞，
밤하늘의 무수한 별도 따주지 않지만,	也不去给你摘取夜空的繁星，
얘야, 우리 함께	孩子，让我们一起，
황혼에 날아다니는 반딧불이를 함께 잡으러 가자.	一起去捕捉黄昏的流萤。
저 노을이 자주빛으로 타오르다가	晚云烧得紫了，
서서히 푸르스름한 저녁 하늘에 녹아들었다.	慢慢融进苍茫的暮色中，
눈부신 작은 꽃들은 숨으러 갔고	耀眼的小花隐去了，
그 높디높은 산도 그림자만 남았다.	山只留下它高高的身影。

봐. 저 하늘에서 반딧불이 몇 마리가 날아와
반짝반짝 보이다가 안 보이다가
별 하나, 별 둘,
무수한 별들에 날개 달렸구나.

快看，天边飞来几点流萤，
一会儿灭，一会儿明，
像一颗星，两颗星，
像一颗颗长着翅膀的繁星。

채소밭에서 파 한 뿌리를 뽑아
반딧불이 몇 마리를 넣고
부드러운 빛이 나도록 해 보자.
얘야, 청록색 등불 하나를 줄게.

我从菜园里拔一根葱管儿，
好放进几只流萤，
让它闪出柔和的光吧，
孩子，送你一盏翠绿的灯。

네 베개 옆에 반딧불을 놓고
동화 하나를 엮어 들려줄게.
저 어느 여름밤에
푸른 꿈 하나가 있었단다.

放萤火在你的枕边，
我再编一个童话给你听，
说在夏天的夜里，
有一个翠绿的梦。

이 시는 모두 4행이 1절로 되어 있고, 운율과 리듬이 느리고 은은하여 마치 달밤에 퉁소洞簫를 부는 것 같다. 시가의 듣기 좋은 운율은 서정적인 표현임이 분명하다.

这首诗每四行为一节，韵律和节奏是舒缓悠扬的，有如月下洞箫横吹。诗歌悦耳的韵律显然成了一种抒情的表达。

쉬루徐鲁

쉬루도 서정파 시인에 속하지만 많은 서정파 시인들이 어린이로 변신해 시를 창작하는 것과 달리 쉬루는 시 속 서정의 주인공이 성인 캐릭터라는 감추지 않았다. 시 속 서정의 주인공이 어린이라 하더라도 그 역시 중학교 시절의 소년이었다. 쉬루가 지은 시는 소년시少年詩이다. 『산촌 모교』를 보자.

徐鲁也属于抒情一派，不过，与很多抒情诗人往往化身为儿童来抒情不同，徐鲁并不掩饰诗中的抒情主人公的成人角色。如果诗中的抒情主人公是儿童，那也是处于中学时代的少年。徐鲁创作的是少年诗。如《山村母校》：

아, 모든 것을 여기에 남겨두고 떠나고 싶었다!	啊，一切都想留在这儿呢
우리를 키워준 그 기간 동안	在你哺育我们长大了的时光
나는 오직 잎 피리葉笛 한 자루와	我只愿带走一支叶笛
언제나 성실하고 열정적인 마음만 가져가	和一颗永远诚实与热情的心
멀리서 당신을 위해 노래한다.	去远方为你歌吟…
아, 모든 것을 가지고 떠나고 싶기도 했다!	啊，一切又都想带走呢
사방을 둘러싼 산과 들의 향기,	连同你四周的山野的芳馨

모든 풀밭, 그리고 그 작은 숲들,	你的每块草地每一片小树林
날마다 우리를 부르는 새벽과 저녁의 종소리,	你的每一天召唤我们的晨钟与晚钟的声音
그리고 그 은박지처럼 반짝이는	还有那锡纸一样发亮的
먼 산에서 서서히 떠오르는 환상적인 구름까지…	从远山缓缓升起的幻想的白云…

산촌의 모교는 바로 쉬루가 애틋한 노래를 부르기 시작한 곳이다. 이 시는 마치 시가의 기교를 느껴지지 않을 정도로 전혀 꾸밈없는 진지한 감정만을 표현하는 듯 자연스럽고 차분하게 노래한다. 이것은 쉬루의 서정시가 다른 시인들의 작품과 구별되는 특징이다. 그래서 쉬루의 서정시는 더욱 질감 있게 느껴진다. 수사修辭와 관련된 이미지에서 비롯된 일부 동시들과 달리 황혼에 밥 지을 때 굴뚝에서 나오는 연기처럼 자연스럽게 피어오르는 감정, 이것이 바로 쉬루의 훌륭한 동시가 필자를 가장 감동시키는 점이다.

쉬루도 자연경관이나 사계절 풍물을 찬양하지만 주로 자신만의 이미지를 창조하고 있다. 예를 들면 『늦가을의 온정』이라는 시에서,

山村母校, 这就是徐鲁的深情歌唱升起的地方。在这首诗里, 仿佛感觉不到诗歌的技巧, 只是毫无矫揉造作的真挚情感的表达, 是自然的、沉静的歌吟。这是徐鲁的抒情诗区别于很多人的特点, 因而, 徐鲁的抒情更具质感。徐鲁的那些好诗, 不像某些童诗, 仿佛是缘起于一个与修辞有关的形象, 而是缘起于像黄昏的炊烟一样自然升起的情感, 这是他的诗最打动我的地方。

徐鲁也为自然景色、四季风物而歌唱, 但是, 诗人在创造着属于自己的意象。比如《晚秋的温情》一诗 :

햇빛이 수확한 후의 들판을 나른하게 비치고	阳光懒懒地照着收获后的田野
도로는 맑고 부드러운 빛을 낸다.	道路发着晴和的光
이삭을 줍는 아이들은	拾穗的孩子们
길가에 앉아 손에 든 민들레를 날린다.	坐在路边吹散了自己的蒲公英
개들은 밭곁에서 참새를 쫓는 것을 낙으로 삼는다.	狗在田边追逐着麻雀为乐
그들도 잘 알고 있단다,	它们也知道
이것이 늦가을의 온정인 것을.	这是晚秋的温情
들국화도 사람 없는 곳에서	野菊在没有人的地方
올해 마지막 금색 꽃이 활짝 피웠다.	开着最后的金色的花
바람이 들국화의 잎에 대고	风在它们的叶上
소곤소곤 세심하게 당부한다.	做着细致的叮咛
수려한 단풍나무 한 그루가	一棵秀美的枫树
마치 들판에서 누군가를 기다리는 젊은 부인처럼	好像田野上等待着什么的少妇
목 빠지도록 먼 산 입구를 바라보고 있다.	出神地望着远处的山口
그곳에서 무리를 이룬 새들이 이리저리 날아다니고	那儿有成群的鸟儿在飞来飞去
소들이 마을 가에서 한가롭게 꼬리를 흔들며	牛在村边悠闲地甩着尾巴
마치 전원시인田園詩人이 서정적으로 노래하는 듯	像田园诗人在抒情
가끔 한두 마디씩	偶尔听到一两声
나이 든 농부가 그들을 진심으로 한 칭찬도 들린다.	年老的农人对它们真正的赞美
그들도 알고 있다.	它们也知道
이게 늦가을의 온정인 것을	这是晚秋的温情

이것은 진정한 전원목가田園牧歌이다. 이러한 "시골"을 읽으면서 필자는 쉬루가 쓴 『도시』가 떠올랐다.

这是一首真正的田园牧歌。读这样的"乡村", 我就想起徐鲁笔下的《城市》:

도시로 가기 전에
어머니가 우리에게 유일한 새 옷을 입히고 새 신발을 신기셨다.
거기 도착한 후 이것저것 조심하라는 당부도 하셨다.
우리는 이렇게 두려워하면서 도시를 향했다.

그리고 우리가 외롭고 예민한 아이가 되었다.
도시 사람들의 시선이 늘 엄하게 느껴졌고
우리는 무척 억울했다.
자꾸 아무도 없는 곳에서 쭈그려 앉아
유동나무 꽃桐子花이 피는 고향 마을과
강물을 간절히 그리워한다.

走向城市之前
母亲让我们穿上了唯一的新衣和新鞋子
并且嘱咐了好多到了那儿要小心的话语
我们就这么胆怯地走到了城市面前

我们因此也就成了更加孤独和敏感的孩子
城市的目光总让我们觉得很严厉
我们很受委屈
我们总在没人的地方
很委屈地想起我们的开着桐子花的村庄
和我们的河流

쉬루의 수많은 시에 등장한 서정 주인공은 낭만적인 가수歌者인데, 이 낭만적인 가수는 또한 다정한 소년으로서 목가牧歌가 아득히 울리는 시골에서 왔다. 내가 읽은 쉬루의 가장 좋은 시는 대부분 시골과 관련되며, 모두 짙거나 희미한 향수를 지니고 고향이 도시인 사람들마저도 시골로 돌아가고 싶은 마음을 자극한다. 쉬루의 이 시들은 나로 하여금 샹시湘西를 그려낸 션충원沈從文의 소설을 떠올리게 했다. 쉬루가 소년시少年詩로 묘사한 시골의 이미지는 오늘날 소년들에게 대체 불가한 특별한 미적 가치를 지닌다.

徐鲁的众多诗歌里的抒情主人公是个浪漫的歌者，而这个浪漫的歌者是一个多情的少年，而这个多情的少年又来自牧歌缥缈的乡村。在我的阅读感受里，徐鲁最好的诗大都与乡村有关，都有着或浓或淡的乡愁，撩拨着我们想回到家园的心，哪怕你是一个城里人。徐鲁的这些诗歌，让我想起沈从文的描写湘西的小说。徐鲁以少年诗所描摹的乡村意象，对于今天的少年人具有特殊的不可替代的审美价值。

■ 쉬루徐鲁
우리 나이 사람들의 꿈
我们这个年纪的梦

왕리춘王立春

왕리춘은 자기만의 스타일을 가진 동시 작가이고, 애니미즘적 사고방식으로 시를 쓴다는 예술적 형식을 개척했다. 그녀보다 먼저 동화시를 쓴 시인도 있었고 동화식 의인화擬人化 기법을 주요한 수사법修辭法으로 창작하는 시인들도 많았다. 하지만 왕리춘은 방법론적 측면에서 동화식 애니미즘적 사고방식을 사용했다. 그녀는 애니미즘적 사고를 부분적이거나 기술적으로만 사용한 것이 아니라 전방위적全方位的으로 활용하여 새로운 예술적 세계를 구축했다. 『얼룩다람쥐』라는 시를 보자.

王立春也是风格独具的儿童诗人，她创造了用泛灵思维写诗这一艺术形式。此前也有诗人写童话诗，还有更多的诗人用童话式的拟人手法作修辞，但是，王立春是在方法论的意义上运用着童话式的泛灵思维。在她这里，泛灵思维处理的不是局部的、技术的问题，而是全方位地建构了一个整体的艺术世界。请看《大眼贼》这首诗——

밤에	夜里
쥐가 왔다 갔다 하는 소리가 들리지 않다니	听不见老鼠走来走去的声音
엄마, 우리 쥐가	妈妈 我们的老鼠
또 밭으로 나갔나 봐.	又到田里去了
밭가에 서서	他站在谷地旁
봐, 얼룩다람쥐가 벼 이삭을 잡아 당기는 걸	看大眼贼拽谷子
낟알이 눈물 흐르듯 뚝뚝 떨어지는데	谷粒眼泪刷刷地掉
그는 오히려 크크 웃었어.	他却吃吃笑
그 놈	那个家伙
봐, 눈이 크고 생글생글하지	看他眼睛又大又水灵
밭에서 제일 큰 도둑이란다.	却是田里的大盗贼
메밀의 미성년 아이와	偷过荞麦未成年的孩子
옥수수의 황금 이빨을 훔친 적도 있고	和玉米的金牙
노란 콩 집에서	还在黄豆的家里
콩꼬투리의 척추를 부러뜨려	把黄豆的荚骨打断了
콩알들이 아파서 땅바닥에서 굴러다니게 했다.	疼得黄豆满地乱滚
이 깡패는	这个恶棍
하루종일 밖에서 빈둥거린다.	整天在外面游荡
우리 쥐가 그 놈과 함께 어울려 다니더니	我们的老鼠竟跟他混在一起
가끔 그놈의 밀짚모자를	有时还把他的草帽
집에까지 가져와	拿回家来
비스듬히 썼는데	歪着戴
완전 깡패 같았다.	像个十足的流氓
우리 쥐를 단속 좀 해야겠구나.	该管管我们家的老鼠了
족제비에게서 무엇을 배우겠어.	跟大眼贼能学出什么好呢

날이 밝을 무렵	天快亮时
쥐가 담을 넘어 돌아왔다.	老鼠翻墙回来了
발소리를 들으니	脚步声很像
땅콩 껍질로 만든 새 신발을 신었나 보다.	穿一双新花生皮做的鞋吧
족제비가 선물한 것은 틀림없겠다.	准是大眼贼送他的
엄마, 들어봐.	妈妈 你听
쥐가 쨍그랑거리며 상자를 뒤집고 있어.	老鼠把箱子翻得叮哐山响
얼룩다람쥐가 그를 꼬셨을지 모르지.	大眼贼准是劝过他了
저게 내일 가출할 작정인가?	他是不是打算明天离家出走
밭으로 이사 가	也搬到田里
얼룩다람쥐라도 되기로 했나?	做大眼贼呢

이것은 시적 언어로 만든 동화식 애니미즘적 세계이다. 어린아이가 집안의 쥐를 생각하는 마음이라는 총체적 구상으로부터 "콩알들이 아파서 땅바닥에서 굴러다닌다" 같은 구체적인 수사까지 시의 곳곳에 애니미즘적 사고가 가득하다. 왕리춘의 이런 시를 읽다 보면 안데르센이 쓴 옷을 꿰매는 바늘이란 동화가 생각났다.

오늘날 애니미즘적 사고는 아이들이 세상을 감지하고 해석하는 방식이 되었다. 왕리춘이 그런 좋은 시를 쓸 수 있었던 가장 근본적인 원인은 어린아이의 마음을 충분히 알고, 어린아이가 세상을 감지하고 해석하는 방식을 완전히 장악하고 이를 기묘한 수사적 방식으로 표현할 수 있었기 때문이다.

这是用诗的语言创造的一个童话式的泛灵世界。从小孩子惦记家里老鼠的心思这一整体立意，到"疼得黄豆满地乱滚"等具体修辞，诗中到处都弥漫着泛灵思维。读王立春的这样的诗，令人联想到安徒生写一根织补衣服的针的童话故事。

在今天，泛灵思维是一种小孩子感知、解释世界的方式。王立春能写出那些好诗，最根本的原因是她懂得小孩子的心，掌握了小孩子感知、解释世界的方式，并且能够用奇妙的修辞形式将其呈现出来。

도시 고양이는	城里的猫
여성스럽게 소리를 내며	叫起来女生女气
쥐를 전혀 잡지 않을뿐더러	他们从来不抓老鼠
오히려 자신의 염색된 손톱이 더러워질까 봐 전전긍긍한다.	他们怕老鼠弄脏自己染过的指甲
(『시골의 쥐』)	(《乡下老鼠》)

내 맨발에 뽀뽀해주기 위해	为了亲我光着的脚丫
네가 일부러 내 신발에 구멍을 냈구나.	你会故意把我的鞋磨出窟窿
(『말 못하는 길』)	(《哑巴小路》)

새벽에 선녀들이 황급히 꽃으로 달려 돌아가 보기 좋게 섰다.	清晨 仙女们都慌忙跑回花上 站成好看的样子
아무 일도 일어나지 않은 척하지만 눈가에 흐른 눈물을 닦아야 하는 걸 깜박했구나.	装成什么事也没发生过 可她们却忘了擦干眼泪
(『가을의 노인』)	(《老秋翁》)

감자들이 통통하게 먹은 배를 감싸고
산책을 멈추었다.
지네가 힘없이 벽에 기대어 섰는데
우리 신발을 자기 발에 하나씩 신어보는 걸 깜빡했어.
(『여음』)

土豆们捂着吃得圆鼓鼓的肚子
停止了散步
多脚虫软软地依墙站着
忘了挨个儿地试我们的鞋
(《余音》)

이러한 시적 서술에서 삶은 일상과 다른 생동감 있고 매혹적인 모습이 된다. 왕리춘의 동시는 늘 보던 일상생활과는 다른 곳으로 우리를 데려간다.

在这样的诗歌阐释中, 生活变成了另一个生动、迷人的模样。王立春的儿童诗就是这样带领我们走出了司空见惯的日常生活。

■ 왕리춘王立春
납작한 말을 탄 납작한 사람 骑扁马的扁人

제4부 창작 그림책의 흥기

原创图画书的兴起

2000년 전후부터 중국 대륙의 그림책 창작이 점차 일어나기 시작했다. 문학적 관점에서 보면 그림책 창작이 흥기한 근본적 원인은 아동문학의 발전 방향 전환에서 비롯된 것이라고 생각한다. 1980년대 아동문학이 문학성으로 회귀하는 과정에서 잘못된 점은 창작과 비평의 주류가 아동문학의 특징이 상대적으로 모호한 소년문학에 편중되었고 아동문학의 특징이 가장 뚜렷한 유아 문학은 오히려 무시당하거나 경시 받았다는 총체적 불균형이 존재했다는 것이다. 1990년대 아동성으로 회귀를 거치면서 아동문학 사조는 아동문학 및 유아 문학으로 전환하기 시작했다. 아동문학이 발달한 서방 국가에서 그림책은 유아 문학의 대명사나 다름없다. 유아 문학이 주류 아동문학의 주체로 자리 잡고 나서야 그림책은 비로소 유아 문학의 개념에서 분리되어 고유한 문학 장르가 될 여건을 갖추게 되었다.

自2000年前后开始, 中国大陆的图画书创作逐渐兴起。从文学内部的角度看, 我认为, 图画书创作兴起的根本原因在于儿童文学思潮的转向。上个世纪八十年代儿童文学向文学性回归的过程中, 也是存在着失误的, 那就是在整体上失衡, 创作和批评的主流偏重于儿童文学特征相对模糊的少年文学, 而忽视甚至轻视儿童文学特征最为鲜明的幼儿文学。经过九十年代的向儿童性回归, 儿童文学思潮开始转向童年文学和幼儿文学。在西方儿童文学发达的国家, 图画故事书几乎是幼儿文学的代名词。当幼儿文学进入主流儿童文学的主意识之后, 图画故事书才具备了从幼儿文学概念中分化出来, 成为一种特有的文学体裁的条件。

그림책 창작이 일어난 것을 보여 주는 징표 중 하나는 이전에는 소년문학을 창작해 온 작가들마저도 그림책의 스토리 창작에 뛰어들었던 것이다. 메이즈한은 일찌감치 2000년에 그림책 "리라얼 이야기 시리즈"(4부작)를 펴냈다. 2010년에 차오원쉔은 『바보 닭』, 『국화 인형』 등을 출간해 그림책의 스토리 작가가 되었다.

原创图画书兴起的一个标志是，此前创作少年文学的作家也投身于图画书的故事写作。早在2000年，梅子涵就创作了图画书"李拉尔故事系列"（四册）。2010年曹文轩出版《痴鸡》《菊花娃娃》等作品，也成为图画书故事作家。

슝레이 熊磊

근래 창작 그림책 가운데 비교적 이르게 주목받은 것은 슝레이가 글을 쓰고 루신盧欣과 한옌韓岩이 그림을 그린 『두더지의 감자』(2003)였다. 이 작품은 중국작가협회 제6회 전국우수아동문학상에서 슝레이의 이야기로 상을 받았다. 또한 심사위원으로서 필자는 이야기 자체로도 충분히 멋지고 상을 받을 만하지만 루신, 한옌의 그림도 상을 받는데 크게 일조했다는 심사위원들의 의견과 앞으로 그림책만을 위한 상을 따로 만드는 것이 어떨까 하는 논의를 했던 것도 생각난다. 이것은 그림책이라는 특정 문체에 대한 심사위원들의 관심과 중시를 보여 준다.

在近年原创图画书中，较早引起关注的是熊磊撰文，卢欣、韩岩绘画的《小鼹鼠的土豆》（2003年）。该作品在中国作家协会第六届全国优秀儿童文学奖评奖中，以熊磊的文字故事获奖。作为评委，我还记得评奖时大家都认为，这个本身非常精彩的故事获奖依然在很大程度上是得卢欣、韩岩的绘画相助，并且讨论到，今后可否专门设立图画书这一奖项，这透露了评委们对图画书这一文体的关注和重视。

■ 슝레이熊磊 글, 韩岩 한옌 그림
두더지의 감자小鼹鼠的土豆

저우샹周翔

저우샹의 『연화진의 아침 시장』(2006)은 도시 아이 양양陽陽이 시골로 내려가 고모에게 이끌려 연화진荷花鎭의 아침 시장에 가는 모습을 묘사했다. 『연화진의 아침 시장』은 독특한 스타일의 현실적인 이야기다. 이 이야기의 초점은 구체적인 사건이나 내면적인 심리가 아니라 중국의 양쯔강揚子江 남쪽 운하가 많은 마을 시장의 풍토, 민속, 인정人情을 보여 주려는 것에 있다. 저우샹은 2절지 17쪽에 인상주의적인 스타일로 강남 분위기를 농후하게 잘 표현했다.

周翔的《荷花镇的早市》(2006年) 描写城里孩子阳阳到乡下，被姑姑带着去荷花镇赶早市的情景。《荷花镇的早市》是风格独特的写实故事。它的着力点不在于具体的事件和内在的心理，而是想传达中国江南水乡集市的风土、民俗、人情。周翔用写意画风，以十七幅对开页面，烘托出了浓郁的江南水乡的氛围。

■ 저우샹周翔 글, 그림
연화진의 아침 시장荷花镇的早市

위리충 余丽琼

주청량 朱成梁

위리충이 글을 쓰고 주청량이 그림을 그린 『모모의 동전』(2008)은 아이들의 시각으로 현실적인 가정생활을 표현했다. 위리충이 스토리에서 일부러 설정한 "행운의 동전"은 매우 강력한 "복선文眼"으로 사람의 마음을 움직이는 힘을 가졌다. 주청량의 소박하고 순박한 회화는 설날, 그리고 온 가족이 모인 단원의 분위기를 강하게 부각하여 민족적이고 심미적인 분위기를 풍겼다. 뿐만 아니라 손과 발을 움직이고 몸을 돌려 서로 마주보는 순간에 미묘하게 드러나는 인물 내면의 만남과 이별의 감정을 상당히 잘 묘사했는데, 이것은 화가가 인물을 묘사하는 데 심후한 공력을 가지고 있음을 드러냈다. 여러 방면에서 뛰어난 『모모의 동전』은 제1회 펑쯔카이丰子愷 아동 그림책 최우수상을 수상했고, 2011년도 『뉴욕 타임스』에서 선정된 가장 우수한 아동 그림책 리스트에 이름을 올렸다.(이 영예를 안은 창작 그림책은 이 책이 첫 번째다.)

■ 위리충余丽琼 글 주청량朱成梁 그림 모모의 동전团圆

余丽琼撰文，朱成梁绘画的《团圆》（2008年）选取儿童视角，表现写实的家庭生活题材。余丽琼的文字故事设计的"好运硬币"情节是一个功能很强的"文眼"，具有触动人心的力量。朱成梁朴实淳厚的绘画不仅浓烈地烘托出了过年、团圆的气氛，散发着民族审美的气息，而且颇能于举手投足、转身相对之间，微妙地透露出团聚、离别的人物的内在心理情感，显示出画家描绘人物的深厚功力。由于多方面的出色表现，《团圆》获得第一届丰子恺儿童图画书奖首奖，获选《纽约时报》2011年度最佳儿童图画书（这是华文原创图画书首次获此荣誉）。

샤오모蕭袤

샤오모가 글을 쓰고 천웨이陳偉와 황샤오민黃小敏이 그림을 그린 『개구리와 남자 아이』(2011)는 그림책이란 형식으로 쓴 이야기이다. 유아가 가진 자기 동일성에 대한 열망을 포착하고 창의적인 이야기를 통해 유아의 사유방식 속에 실제로 존재하는 대비적 감지 방식을 활용하여 유아가 자기 동일성에 도달할 수 있도록 이끌었다.

萧袤撰文, 陈伟、黄小敏绘画的《青蛙与男孩》(2011年) 是一个运用图画书语法创作的故事。它抓住了幼儿所具有的自我认同的愿望, 在颇具创意的故事中, 用幼儿思维中所实有的对比感知方式, 引领幼儿到达了自我认同的境地。

■ 샤오모蕭袤 글, Yusof Gajah约瑟夫·盖佳 그림
코끼리에게 어떻게 점프를 가르치나?怎样教大象跳

■ 샤오모蕭袤 글
천웨이陳偉·황샤오민黃小敏 그림
개구리와 남자 아이青蛙与男孩

슝량熊亮

슝량은 그림책 창작에만 한결같이 몰두하고 개성이 뚜렷한 "그림책 작가"이다. 그의 『작은 돌사자』(2007)는 선명한 중국 문화 요소의 개입, 시적 언어의 사용, 리듬감이 강한 줄거리의 전개, 시각적 임팩트를 지니는 그림, 창의적인 주제 표현 등 특징을 가지고 있으므로 꼼꼼하게 읽고 섬세하게 음미해볼 만한 작품이다.

熊亮是一位对图画书创作具有执著的艺术追求，并形成了鲜明的个性风格的"图画书作家"。他的《小石狮》（2007年）具有鲜明的中国文化元素，文字语言具有诗性特点，图画书展开具有鲜明节奏，图画具有视觉的冲击力，主题表现具有创意性，是耐得住细读、玩味的作品。

■ 슝량熊亮 글, 그림
작은 돌사자小石狮

덩정치邓正祺

덩정치의 『포도』(2013)는 신선하고 생동감 넘치는 그림책이다. 젊은 작가이지만 유머러스하고 생동감 있는 이야기와 그림으로 귀여운 여우의 순수함을 묘사할 수 있는 중요한 이유는 작가가 유아의 입장에 서서 유아다운 논리를 정확히 파악했기 때문이다. 포도를 심는 데 사랑이 필요하다는 것이 유아만이 할 수 있는 생각이 아니라고 한다면 돼지 엄마 등이 포도를 위해 춤을 춰 달라고 하거나 먹고 싶은 것을 참음으로써 "사랑은 지속적인 인내"라는 것을 이해하는 것들은 아마도 유아 특유의 심리와 사물을 이해하는 방식임이 틀림없다.

邓正祺的《葡萄》(2013年)是清新、灵动的一本图画书。年轻的作家能够十分幽默而又传神地以故事和绘画，描写出小狐狸可爱的天真性格，一个重要的原因在于，作者站在幼儿的立场，抓住了幼儿的逻辑。如果说，种葡萄要有爱，这还不是只有幼儿才会有的想法，那么，请教猪妈妈等人，为葡萄跳舞，通过忍住嘴馋而理解"爱是恒久忍耐"，这些恐怕就是幼儿特有的心思和理解事物的方式了。

■ 덩정치邓正祺 글, 그림
포도葡萄

차오원쉔 曹文轩

로저 멜로 Roger Mello

그림책 창작의 열풍 속에서, 중국은 그림책이란 장르에 대한 인식이 비교적 늦은 데다 경험도 적었기 때문에 외국의 우수한 그림책 창작 경험을 배우는 것이 매우 중요했다. 중국소년아동신문출판총사가 채택한 국제 합작 모델은 주목할 필요가 있다. 2013년에 이 출판사는 중국 작가 차오원쉔이 글을 쓰고, 안데르센 상安徒生獎을 수상한 브라질의 유명한 그림책 화가兒童書畵家 로저 멜로가 그림을 그린 『깃털』이 출간되었다. 두 명인은 힘을 합쳐 아름다운 그림책을 만들어냈다.

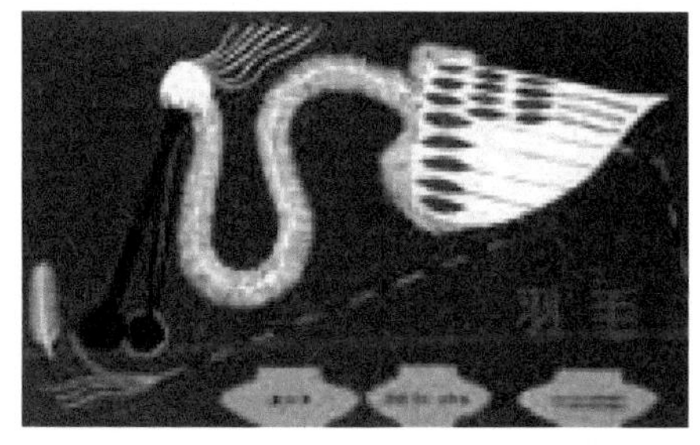

■ 차오원쉔曹文轩 글, 로저 멜로Roger Mello그림 깃털羽毛

『깃털』은 깃털 하나가 "나는 어디서 왔는가?"라는 질문에 답을 찾는 이야기를 서술한 것이다. 깃털은 하늘에서 날아다니는 것을 무척이나 기대했지만, 막상 그녀가 비행의 위험을 경험하고 땅으로 돌아온 후에는 "사실 하늘을 날지 않고 땅에서 걷는 것도 나쁘지 않네!"라고 새롭게 깨닫게 되었다. 이야기의 결말은 "그녀"가 암탉의 날개에 달린 깃털임을 암시했다. 로저 멜로는 이 철학적인 이야기를 위해 독창적인 그림을 만들어냈다. 그는 길게 덧붙인 뒤 표지의 일부분을 접어서 서로 이어지는 부분을 잘라낸 14쪽의 페이지와 하나의 깃털을 합쳤다. 이 고정된 깃털은 끊임없이 달라지는 그림과 상호작용하는 관계를 갖는다. 이와 같이 참신한 예술적 디자인은 독자들에게 그림책이 미술 디자인의 예술이라는 것을 절실히 깨닫게 했다.

在原创图画书创作的热潮中，由于中国对图画书的文体自觉较晚，经验较少，向国外优秀图画书创作借鉴经验十分重要。中国少年儿童新闻出版总社采取的国际化合作创作这一模式值得重视。2013年，该社出版了由中国作家曹文轩撰文，安徒生奖获得者、巴西著名童书画家罗杰·米罗绘画的《羽毛》。两位名家强强联手，打造了一本精美的图画书。《羽毛》讲述的是一根羽毛寻找“我从哪里来”的故事。羽毛非常期待在天空中的飞翔，但是，当“她”历经飞翔的危险，回到地上之后，有了新的感觉：“其实，不飞到天空，就在大地上走着，也很好呀！”故事的结尾，暗示了“她”是一只母鸡翅膀上的羽毛。罗杰·米罗为这个具有哲理性的故事设计了别具匠心的画面。画家将加长的封底折过一部分，与相应切掉一部分的十四幅书页，拼合成一根羽毛，这根固定的羽毛与不断变化的画面形成互动的关系。这种颇为新鲜的艺术表现，令人深深体会到，图画书是一种美术设计的艺术。

쭤웨이左伟

주 쯔창과 쭤웨이는 널리 호평을 받은 『쥐띠 청과 쥐띠 회』(4부작) 시리즈를 함께 펴낸 데 이어 최근에는 또 예술적 스타일에 있어 일정한 개척적인 의미를 지닌 작품을 각자 펴냈다.

■ 쭤웨이左伟 글, 그림
신기한 돌멩이好神奇的小石头

창의력과 상상력은 중국의 원작 그림책이 반드시 갖춰야 할 예술적 요소이다. 『신기한 돌멩이』(2014)에서 쭤웨이가 창의력과 상상력으로 중국 창작 그림책의 새로운 가능성을 보여 주었다. 그림책 연구 전문가이자 『그림책: 읽기와 경전』의 저자 펑이彭懿가 다음과 같이 평가했다. "아주 작은 돌멩이 하나가 마술사처럼 이렇게나 다양하게 변할 수 있다니! 우리는 그저 놀라울 따름이다. 미야니시 다쓰야宮西達也의 『배고픈 새끼 뱀』과 어깨를 겨룰 만한 이런 게임 그림책을 어느 유아들이 싫어하겠는가! 재미있고 예쁘고 아름답고 감동적이까지 한 이 작품은 유아들이 보고 또 봐도 질리지 않을 정도로 예상을 뛰어넘는 독창적인 걸작이다."

朱自强和左伟继合作出版广受好评的系列儿童故事《属鼠蓝和属鼠灰》（四册）之后，近期又分别介入图画书的创作，各自出版了在艺术风格上具有一定开拓性的作品。

创意性、想象力，这是中国图画书亟须拥有的艺术能力。左伟的《好神奇的小石头》（2014年）就因其创意性和想象力令人耳目一新，显示出原创图画书新的可能性。图画书研究专家、《图画书：阅读与经典》一书的作者彭懿评价说："一块小小的石头，竟然像魔术师一样变出这么多的花样！留给我们的，除了惊奇，还是惊奇。这样一本可以与宫西达也的《好饿的小蛇》媲美的游戏图画书，又有哪一个幼儿会不喜欢呢？它好玩，好看，还美丽动人，绝对是一本让幼儿百看不厌的、超出预想的原创杰作。"

주쯔창
朱自强

주청량
朱成梁

주쯔창이 글을 쓰고 주청량이 그림을 그린 『탕 씨 부부는 여행을 갈 수 있을까?』(2014)는 줄거리의 전개에 그림책 특유의 선명한 리듬감이 있고, 예상을 뛰어넘는 탕 씨 부부의 여행담에 함유된 인생 철학은 독자로 하여금 깊은 사색에 빠지게 한다. 이런 약간 황당무계한 이야기를 처리하면서, 화가 주청량은 『모모의 동전』의 소박하고 순수한 현실주의적 화풍을 바꾸어 과장되고 유머러스한 만화 스타일로 이야기와 조화를 이루는 새로운 예술적 해석의 공간을 만들어냈다.

朱自强撰文、朱成梁绘画的《老糖夫妇去旅行》(2014年)，文字故事的展开具有鲜明的图画书故事所特有的节奏，出人意料的老糖夫妇的旅行故事蕴含着开放性的人生哲理，令人掩卷沉思。处理这样一个有些荒诞的故事，画家朱成梁一改画《团圆》时的朴实淳厚的写实画风，以夸张、幽默的漫画式画风，与文字故事和谐互动，为作品创造了新的艺术阐释空间。

■ 주쯔창朱自强 글, 주청량朱成梁 그림
탕씨 부부는 여행갈 수 있을까
老糖夫妇去旅行

유아 잡지는 그림책의 창작을 촉진하는 데 중요한 역할을 발휘하였다. 『유아화보』(중국소년아동신문출판총사), 『동방인형』(장쑤소년아동출판사, 난징사범대출판사), 『유치원』(밍톈출판사) 등이 모두 나름대로 공헌을 해 왔다. 그 중에서도 『유아화보』에 모인 작가진(가오훙보·진보·배빙白冰·거빙·류빙쥔劉丙鈞)은 유아 독자들에게 인기 있는 "빨간 캥거루"란 브랜드를 만들었다.

유아 화보幼儿画报

幼儿杂志对推动图画书创作发挥着重要作用。《幼儿画报》（中国少年儿童新闻出版总社）、《东方娃娃》（江苏少年儿童出版社、南京师范大学出版社）、《幼儿园》（明天出版社）等杂志均做出了自己的贡献。其中，集结在《幼儿画报》周围的作家团队（高洪波、金波、白冰、葛冰、刘丙钧）打造了深受幼儿读者欢迎的"红袋鼠"品牌。

가오훙보
高洪波

리룽
李蓉

가오훙보가 글을 쓰고 리룽이 그림을 그린 "아기 돼지 아파! 다리야!" 시리즈(2012)는 그림책 창작의 중요한 성과이다. 가오훙보는 천진난만하고 순박하며 낙천적인 아기 돼지 뽀뽀페이의 모습을 통해 그가 집요하게 추구하는 해학과 유머라는 보기 드문 예술적 스타일을 한껏 보여 주었다. 언제 어디서나 무슨 일이 있어도 아기 돼지 뽀뽀페이는 항상 자연과, 친구와, 그리고 자기 자신의 천성과 조화롭게 살아갈 줄 아는 행복한 아기 돼지다. 이 유쾌하고 감동을 주는 캐릭터에는 작가 삶에 대한 가치관과 아동문학 창작관이 선명하게 드러난다. 겉으로 간단해 보이지만 사실은 매우 뛰어난 예술적 기법이 사용된 복잡한 이야기는 정말 흥미진진해서 어린 독자들의 마음에 직접 닿을 수 있다.

高洪波撰文、李蓉绘画的"快乐小猪波波飞"系列（2012年）是图画故事书创作的重要收获。高洪波通过塑造小猪波波飞这个天真、纯朴、乐观的幼儿形象，有力地展现了他所执著追求的风趣、幽默这一难能可贵的艺术风格。不管何时何地，不管遇到了什么事情，小猪波波飞永远是一只与大自然、与伙伴、与自身的天性和谐相处的快乐小猪。在这个给人愉悦和感动的人物身上，鲜明地体现了作家的人生价值观和儿童文学创作观。这些看似简单，其实艺术手法十分高明的不简单的故事，真是妙趣横生，它们可以直抵孩子的内心。

■ 가오훙보高洪波　리룽李蓉
아기돼지 아파! 다리야!快乐小猪波波飞

에필로그结语

필자는 일찍이 신, 구세기가 교체하는 몇 년간을 분수령으로 하여 중국 아동문학이 전례 없는 "분화기"에 접어들었다고 언급한 바 있다. 그 이유는 다음과 같다. 첫째, 판타지 소설이 동화에서 분리되어, 하나의 독립적인 문학 장르로서의 속성이 점차 확립되고 있다. 둘째, 그림책이 유아 문학이란 개념에서 분리되어 고유한 아동문학 장르가 되었다. 셋째, 시장경제의 발전에 따라 아동문학에서 통속적(대중적) 아동문학이라는 예술적 장르가 새로 분화되었다. 넷째, 어문 교육과의 상호융합 및 상호작용 하는 과정에서 아동문학은 "초등학교에서의 아동문학", 즉 어문교육을 위한 아동문학으로 분화되었다.* 앞의 두 가지 분화에 대해서는 이 책에서 이미 논의했다. 통속적 아동문학의 분화는 본래 중국 아동문학 창작의 중대한 현상으로서 양훙잉楊紅櫻, 우메이전伍美珍 등 통속문학에 주력하는 작가들을 배출하였고, "장난꾸러기 마샤오티아오", "웃는 고양이 일기", "햇살 언니의 작은 서재" 등의 시리즈가 베스트셀러에 오르기까지 했다. 그러나 성장 중의 통속적 아동문학에는 아직 미숙한 점이 많다는 점과 본서의 핵심적인 논의와 거리가 있다는 점을 감안해서 이를 자세히 논의하지는 않겠다.

■ 주쯔창朱自强
"분화기" 아동문학연구
"分化期"儿童文学研究

* 주쯔창(2013), 『"분화기" 아동문학 연구』, 제리출판사.参见拙著：《"分化期"儿童文学研究》, 接力出版社2013年10月。

我曾经指出，以新旧世纪交替的几年间为分水岭，中国儿童文学步入了史无前例的"分化期"。主要表现在：（1）幻想小说从童话中分化出来，作为一种独立的文学体裁正在约定俗成，逐渐确立；（2）图画书从幼儿文学概念中分化出来，成为一种特有的儿童文学体裁；（3）在市场经济的推动下，儿童文学分化出通俗（大众）儿童文学这一艺术类型；（4）在与语文教育融合、互动的过程中，儿童文学正在分化为"小学校里的儿童文学"即语文教育的儿童文学。（参见拙著：《"分化期"儿童文学研究》，接力出版社2013年10月）关于前两项分化，我在本书中已经论及。通俗儿童文学的分化本是中国儿童文学创作的重大现象，也涌现出了杨红樱、伍美珍等一批主打通俗文学的作家，还出现了"淘气包马小跳""笑猫日记""阳光姐姐小书房"等系列畅销书，鉴于成长之中的通俗儿童文学尚有很多不成熟的地方，也鉴于本书写作的意图指向，所以不对此作详细讨论。

현재 중국 아동문학에 일어나는 분화는 다원적이고 균형적인 발전 상태이고 성숙해지기 위해 반드시 거쳐야 하는 과정이다. 분화가 있으면 갱신과 새로운 생성이 당연히 있을 것이다. 분화가 있어야 갱신이 있을 수 있고, 새로운 것이 만들어질 수 있다. 분화가 있어야 움직임이 있고, 전진과 발전이 있게 된다. 다원적으로 분화해 가는 중국아동문학은 우리가 기대할 만한 가치가 있다.

目前中国儿童文学发生的分化，是一种多元的、均衡的发展状态，是走向成熟所应该经历的一个过程。有分化就会有更新，就会有生成；有分化就是动态的，就会有前行和发展。处于多元分化中的中国儿童文学值得我们期待。

작가 색인作家索引

작품 색인作品索引

ㄱ

ㅈ

저자소개作者简介

주쯔창朱自强

학자, 작가, 번역가. 중국해양대학교 교수, 박사생 지도교수, 아동문학연구소 소장. 일본도쿄학예대학교, 오사카교육대학교 방문학자, 오사카국제아동문학관 객원연구원, 타이완 타이동대학교 겸임교수, 홍콩교육대학 방문교수, 난징사범대학교, 션양사범대학교 객원교수. 중국작가협회 아동문학위원회 회원.

아동문학, 아동 문화, 어문 교육 등 영역에서 『아동문학의 본질』, 『아동문학개론』, 『중국 아동문학과 현대화 과정』, 『"분화기" 아동문학 연구』, 『소학교 어문 교육』, 『일본 아동문학론』, 『그림책을 읽자』 등 10 권의 개인적 학술 저서 출판.

그 외에 여러 가지 아동문학 번역, 창작 작품이 있다. 아동 이야기 시리즈 『쥐띠 청과 쥐띠 회』(4부작)는 태산문예상, 빙신도서상 등 수상했고 2010년도 "독자가 가장 좋아하는 50권 도서"로 선정되기도 했다.

学者、作家、翻译家。中国海洋大学教授、博士生导师，儿童文学研究所所长。日本东京学艺大学、大阪教育大学访问学者，大阪国际儿童文学馆客座研究员，台湾台东大学兼职教授，香港教育学院访问教授，南京师范大学、沈阳师范大学客座教授。中国作家协会儿童文学委员会委员。在儿童文学、儿童文化、语文教育方面，出版《儿童文学的本质》《儿童文学概论》《中国儿童文学与现代化进程》《"分化期"儿童文学研究》《小学语文文学教育》《日本儿童文学论》《亲近图画书》等10种个人学术著作。另有儿童文学翻译、创作著作多种。儿童系列故事《属鼠蓝和属鼠灰》（四册）获泰山文艺奖、冰心图书奖，入选2010年度"大众喜爱的50种图书"。

역자소개

둥레이董磊

한림대학교 국어국문학과 석·박사를 졸업하고, 현재 중국해양대학교 한국어학과에 교수로 재직하고 있다. 중국해양대학교 국제아동문학연구센터 연구 위원으로 임하며 아동문학 병렬말뭉치를 구축해 중-한 번역 연구와 한국어 교육에 힘쓰고 있다.

감수자 소개

홍금주洪锦珠

전남대학교 중어중문학과를 졸업하고 서울대학교에서 석·박사 과정을 마친 뒤 상명대학교 한국학과 박사과정에서 한국어 교육을 전공. 현재는 가천대학교 글로벌센터 등 여러 대학기관에에서 한국어 교육에 종사하고 있다.

"황금시대"의 중국 아동문학
黄金时代的中国儿童文学

초판 인쇄 2024년 5월 20일
초판 발행 2024년 5월 31일

저 자 | 주쯔창朱自强
역 자 | 둥레이董磊
감 수 자 | 홍금주洪锦珠
펴 낸 이 | 하운근
펴 낸 곳 | 學古房

주 소 | 경기도 고양시 덕양구 통일로 140 삼송테크노밸리 A동 B224
전 화 | (02)353-9908 편집부(02)356-9903
팩 스 | (02)6959-8234
홈페이지 | http://hakgobang.co.kr/
전자우편 | hakgobang@naver.com, hakgobang@chol.com
등록번호 | 제311-1994-000001호

ISBN 979-11-6995-498-3 93820

값 : 30,000원

■ 파본은 교환해 드립니다.